I0823513

EL SUBASTADOR

Joan Samson

EL SUBASTADOR

minotauro

Obra editada en colaboración con Editorial Planeta – España

Título original: *The Auctioneer*

Traducción: © Joan Josep Mussarra, 2024
Ilustración de portada: ©Wendell Minor
Diseño de portada y revisión: dtm+tagstudy

Bajo el sello editorial MINOTAURO M.R.
Avenida Presidente Masarik núm. 111,
Piso 2, Polanco V Sección, Miguel Hidalgo
C.P. 11560, Ciudad de México
www.planetadelibros.com.mx

Primera edición impresa en España: febrero de 2025
ISBN: 978-84-450-1950-4

Primera edición impresa en México: junio de 2025
ISBN: 978-607-39-3024-6

Impreso en los talleres de Impregráfica Digital, S.A. de C.V.
Av. Coyoacán 100-D, Valle Norte, Benito Juárez
Ciudad de México, C.P. 03103
Impreso en México – *Printed in Mexico*

Para mi padre y mi madre

INTRODUCCIÓN

Lo que tienen entre manos es un milagro. Todos los años se descatalogan millares de libros. Todas las décadas, un gran número de *bestsellers* cae en el olvido. Los libros escritos por Leon Uris, James Michener y Arthur Hailey durante los años setenta suman un total de quince. Ocho de ellos fueron *bestsellers* de gran éxito. Y hoy en día hay que buscarlos en librerías de segunda mano y estantes mal iluminados de bibliotecas. Y aquí estoy yo, frente a una reedición de la única novela de Joan Samson, titulada *El subastador* —título original *The Auctioneer*.

El 15 de enero de 1976, Simon and Schuster publicó una edición de tapa dura de *El subastador*, con una pintura del prestigioso dibujante e ilustrador Wendell Minor como ilustración de portada. Simon and Schuster había realizado una gran adquisición y respaldó su lanzamiento con una campaña de publicidad de alcance nacional en la que esta novela se comparó con *La lotería* de Shirley Jackson, acompañada de textos de escritores como Brian Garfield, autor de *Deseo de muerte* —«Jamás me he visto cara a cara con una cobra, pero me imagino que el efecto debe de ser similar»— y de publicaciones como *The New York Times* —«Quedamos atrapados en el perfecto terror claustrofóbico a que nos somete el hechizo de la narración de Joan Samson...».

Se vendió bien, las reseñas fueron buenas y los derechos de adaptación cinematográfica, así como los de publicación en el Reino Unido, se vendieron rápido. *El subastador* salió en rústica en 1977, y entonces, en 1978, Coronet, una filial de la editorial británica Hodder & Stoughton, publicó otro libro de bolsillo, esta vez con un *collage* fotográfico en la cubierta y un texto que anunciaba: «El sensacional *bestseller* estadounidense que ha vendido un millón de ejemplares, que ha aterrorizado a todo un país pronto se va a transformar en una gran película».

Pero la película no llegó a rodarse y, después de que Avon lo reeditara en libro de bolsillo en 1981, no se volvió a saber nada sobre *El subastador* hasta 2010, año en que Centipede Press sacó una edición en tapa dura y tiraje limitado, seguida por una edición en rústica. Ambas se agotaron con rapidez. Pasaron casi treinta años entre el libro en rústica de Avon y la reedición de Centipede, y eso es una muerte larga para un libro, pero el caso es que *El subastador* no murió, se transformó en un clásico *underground*, pasó de lector en lector, circuló en puestos de intercambio de libros y ventas de ejemplares viejos en bibliotecas, fue objeto de discusión en foros y blogs. Y la pregunta es: ¿por qué? ¿Por qué se negaba a desaparecer *El subastador*? ¿Qué diferenciaba este libro de tantos otros *bestsellers* de los setenta?

El subastador está ambientada en Harlowe, New Hampshire. Su historia se desarrolla en un pueblo de rudos granjeros yanquis, donde el cambio tarda en llegar, pero llega por fin. Las personas de ciudad que acuden los fines de semana para gozar del verdor son cada vez más, y ya se han producido algunos robos en un par de pueblos más allá. Existe un vago desasosiego ante los *hippies* y nadie duda de que estos son los culpables de un asesinato reciente y no resuelto. Pero esa inquietud que corroe a los vecinos de Harlowe no proviene de fuera, sino de dentro. Todos nosotros hemos sufrido una alucinación colectiva con unos Estados Unidos poblados por pequeños granjeros y pueblos igualmente pequeños que jamás van a cambiar. Pero la historia de los Estados Unidos es una historia de cambio.

En las granjas de Harlowe, el agua corriente de uso doméstico y las líneas telefónicas todavía son una novedad. Pero John Moore y su esposa, Mim, llevan una granja que ha pertenecido a su familia durante varias generaciones y saben que su propiedad, en sí misma, es mucho más valiosa que cualquier cultivo que vaya a crecer en ella. Aun antes de que Perly Dunsmore aparezca en el pueblo y ponga en marcha sus subastas, las viejas usanzas han empezado a morir. No hace falta que venga ningún subastador para que la Yaya se queje de que su hijo y su nuera ya no crían pollos, sino que los compran porque así les resulta más fácil. El cambio puede ser rápido, o puede ser lento, pero hay algo que nunca falla: el cambio se va a producir.

Los estadounidenses siempre han sido un pueblo inquieto. Han emigrado y han hallado nuevos lugares para vivir, al tiempo que anhelaban poder echar raíces. La vida de Joan Samson no fue distinta. Su madre, Helen, nació en una cabaña de madera en Saskatchewan y terminó por casarse con Ted Samson, un físico nuclear que trabajaba para el Estado. Vivieron en Watertown, Massachusetts, hasta que Joan fue a estudiar a Wellesley. Dejó la universidad sin haber terminado los estudios para casarse con su primer marido y fue con él a Chicago, donde se graduó en la Universidad de Chicago.

Al terminar su primer matrimonio, regresó a su población de origen. Ahí conoció a Warren Carberg y se casó con él. Posteriormente, se mudaron a Europa, donde vivieron un par de años. Luego regresaron a los Estados Unidos y se establecieron en Beacon Hill. Carberg y Samson, muy implicados en las movilizaciones contra la guerra, desfilaron en grandes manifestaciones contra la de Vietnam, participaron en sentadas y clases alternativas, se vieron atrapados por la agitación propia de su época. Pero anhelaban echar raíces. Por fin, hallaron una casa de campo en el New Hampshire rural y empezaron a pasar temporadas allí. No fueron los únicos.

Mientras la guerra de Vietnam se alargaba, jóvenes desilusionados daban la espalda a las ciudades y, en un gesto que evocaba a Thoreau, se marchaban a parajes agrestes, en busca de un modo de vida más honrado y decente. Kate Deloz, autora de la historia del movimiento de retorno a la tierra titulada *We Are as Gods*, escribió:

> Estudiantes de grado que en su vida habían sostenido un martillo reformaban graneros de tabaco y leían *Whole Earth Catalog* —famoso fanzine contracultural de la época— a la luz de una lámpara de queroseno. Veteranos de la guerra de Vietnam mezclaban ladrillos de adobe a mano. Urbanitas de Brooklyn talaban cedros en Oregon. Recién llegados ordeñaban cabras en el condado de Humboldt y arrancaban las malas hierbas de los fresales con los bebés atados a la espalda.

En total, casi un millón de estadounidenses se marcharon a vivir al campo a finales de los sesenta y principios de los setenta. Howard Zinn, autor de *La otra historia de los Estados Unidos* —título original *A People's History of the United States*—, fue uno de ellos. Bernie Sanders fue otro. Y también estuvieron Samson y Carberg. Los años setenta fueron la primera época desde la llegada de los colonos en que la población rural creció con mayor rapidez que la de las ciudades.

Los novelistas que trabajaban en el género de terror se afanaban en advertir a los lectores de que sus ideas sobre la idílica vida en el campo eran engañosas. Thomas Tryon escribió en 1973 su *bestseller La fiesta de la siega* —título original *Harvest Home*—, sobre personas de ciudad francamente dudosas que se trasladaban al paraíso rural de Cornwall Coombe, tan solo para descubrir que el campo pedía sangre. En aquel mismo año, *The Wicker Man*, película de terror británica ambientada en el mundo rural y dirigida por Robin Hardy, enseñaba más o menos la misma lección, igual que *Masacre en Texas* —título original *The Texas Chainsaw Massacre*—, estrenada en 1974. Pero la oleada de terror rural que sacudió a Estados Unidos es, en gran parte, posterior a *El subastador*. *Los niños del maíz* —título original *Children of the Corn*—, de Stephen King, apareció en 1977, mientras que la novela de terror de Manly Wade Wellman ambientada en los Apalaches, *El despertar de los dioses antiguos* —título original *The Old Gods Waken*—, se publicó por primera vez en 1979 y dio inicio a una sucesión de novelas de terror de ambientación rural: *Maynard's House* —1980—, *The Abyss* —1981—, *Bloodroot* —1982.

La novela de Samson ha sobrevivido, mientras que otras muchas han caído en el olvido, porque plasma con especial acierto las vivencias de los años sesenta y setenta. En *El subastador*, todo un pueblo se vuelve contra sí mismo: los policías traicionan a los mismos ciudadanos que deberían proteger, los padres subastan a sus propios hijos, y todo el mundo corre hasta el borde del abismo y se arroja a su propia perdición como si hubiera estado aguardando la oportunidad desde el mismo día de su nacimiento. Durante los sesenta y los setenta, Samson y Carberg vieron cómo las familias se volvían contra sus propios hijos, vieron cómo los policías traicionaban a los mismos ciudadanos que debían proteger, vieron cómo los Estados Unidos se arrojaban a su propia perdición, como si hubieran estado aguardando la oportunidad desde el mismo día de su fundación.

Buscaron la paz en el campo, pero también allí vieron cómo sus habitantes se dejaban arrastrar por la seducción del «Si...». «Si adquiriera esta propiedad, y la reformara, y la vendiera por el triple de su valor, me haría rico». Samson vio lo fácil que era perderse en sueños de riqueza y de una nueva vida. Vio, tanto en sí misma como en las personas que la rodeaban, a Perly Dunsmore.

El subastador empezó como un relato breve de diez páginas que Samson enseñó a su marido. El escritor de la familia era él y la animó a continuar.

Samson había empezado por publicar un libro que posteriormente obtendría un premio, titulado *Watching the New Baby*, en el que hablaba sobre la crianza de la hija que había tenido con Carberg. En el proceso, había encontrado ya a una agente literaria, Pat Myrer, de McIntosh and Otis, la primera agencia literaria fundada por mujeres. Al terminar el primer borrador de

El subastador, Samson lo envió a Myrer, que se pasó una noche sin dormir para leerlo y luego contactó a la autora. «Esto es definitivo», le dijo. «Eres escritora. Ven a New York. Vas a llegar lejos».

El éxito de aquella venta les había cambiado la vida y la irrupción del cáncer cerebral se la volvió a cambiar. Cuando faltaban cinco meses para la salida del libro, Samson falleció, y la editorial tuvo que cancelar la larga serie de apariciones promocionales que había preparado. Al final de todo, tan solo quedó un libro, que ha viajado desde las ventas de libros antiguos en bibliotecas hasta la estantería de un departamento en la playa, y de allí a la tienda de libros de segunda mano, para terminar en una habitación de algún estudiante. Un libro que, contra toda probabilidad, ha sobrevivido durante treinta años, sin más apoyo que el de sus propios lectores. Un libro que ha sobrevivido porque cuenta una verdad esencial sobre los Estados Unidos.

Perly Dunsman es el reverso tenebroso del viajante de comercio, el Horatio Alger cien por ciento estadounidense que no llegó a triunfar, el Huck Finn que se hizo mayor y cuajó en algo más oscuro. No se detiene jamás, porque no puede permitir que su propio pasado le dé alcance. Siempre va a la carrera y no importa lo que haya hecho, sabe que lo va a redimir el éxito que lo aguarda más allá del próximo horizonte, en el próximo pueblo. Es el héroe de su propia historia, no importa cuántas exmujeres, cadáveres o promesas rotas vaya dejando a su paso. La próxima vez le saldrá bien. Y si no la próxima, será la que venga después, porque los Estados Unidos son el país en el que siempre se puede volver a empezar. Lo único que tenemos que hacer es recoger la tienda de campaña e ir hasta el pueblo siguiente, donde nadie sabrá nuestro nombre.

Pero *El subastador* saca a la luz el fallo fundamental en ese plan de vida. Al empezar de nuevo, no dejamos de ser los que somos, tan solo se nos da una nueva oportunidad de contar una nueva historia sobre nosotros mismos. Pero para contar esa historia tenemos que convencernos de que es cierta. Vamos de la ciudad al campo y del campo a la ciudad, nos mudamos de pueblo en pueblo, y contamos esa historia una vez, y otra, y otra, y reemplazamos nuestra verdadera historia con una ficción que nos conviene. Joan Samson señaló el problema. Cuando nuestra vida se transforma en una mentira, el primero al que tenemos que engañar es a nosotros mismos. A partir de ahí se sigue todo lo demás.

Grady Hendrix
Abril de 2018

Grady Hendrix es novelista y guionista, autor de libros tales como *Horrorstör*, *El exorcismo de mi mejor amiga* —título original *My Best Friend's Exorcism*— y una novela de terror ambientada en el mundo del heavy metal, titulada *Vendimos nuetsras almas* —título original *We Sold Our Souls* —. Escribió una historia del *boom* de las novelas de terror durante los años setenta y ochenta, *Paperbacks from Hell*, premiada con el galardón Stoker Award.

1

El fuego se elevaba en un cono perfecto, como suspendido de la voluta de humo que ascendía en línea recta hacia el despejado cielo primaveral. Mim y John sacaban a rastras arbolillos secos de entre la maleza amontonada junto al muro de piedra y los arrojaban a las llamas, y daban un rápido paso atrás cada vez que las hojas secas empezaban a chisporrotear.

Hildie, a sus cuatro años, oyó la camioneta antes incluso que el viejo perro pastor. Corrió hasta el borde del camino rural y aguardó con impaciencia. Era la camioneta de Gore, que avanzaba con rapidez, trazando profundos surcos en el lodo y salpicando a ambos lados. John y Mim se pusieron detrás de Hildie. Ambos trataban de imaginar qué problema podía haber llevado al jefe de policía hasta la última granja del camino.

Bob Gore salió de un salto y metió los pulgares en los bolsillos de los *jeans*. Se apoyaba ora en un pie, ora en el otro, como si su gran panza hubiera estado buscando un punto de equilibrio. Gore tenía dos aficiones: los enredos y el chisme. Podría pasarse una tarde entera de charla con lo uno o con lo otro sin esfuerzo alguno. John miró hacia la hoguera.

—Hoy es un buen día para hacer fuego —exclamó Gore.

—Si has venido por eso, piensa que aún hay mucha nieve en el bosque —respondió John, aunque supiera muy bien que no era verdad—. Es que he pensado que podría terminar la quema antes de empezar con los permisos.

—Pero ¡por favor! —le replicó Gore—, ¿a ti te suena que alguna vez le haya buscado problemas a alguien?

Sonrió a los Moore.

Todos estaban frente a él con cara seria. El padre, con el cuerpo redondeado como una piedra después de treinta años de rutina, contemplaba al policía con mirada firme, algo escéptica, mientras que la madre, a quien los años de matrimonio y de trabajo al aire libre habían puesto aún más tiesa que antes, lo miraba con ojos azules, despejados y curiosos como los de la niña que se recostaba sobre sus piernas.

Gore ahuecó las manos en torno a un cirio.

—El caso es —empezó a decir, mientras daba una calada a un cigarro— que vamos a hacer una subasta. Una subasta en beneficio de la policía.

John hundió las manos hasta el fondo de los bolsillos delanteros del overol y se encogió de hombros.

—Pero si eres el único policía que hay aquí, Bobby —le dijo—. Ya tienes una patrulla estupenda y no te gusta el uniforme. ¿Qué quieres pagar con esa subasta?

—Auxiliares —respondió Gore.

—¡¿Auxiliares?! —repitió John.

Gore se encogió de hombros.

—Nuestra gente ya no está satisfecha como antes. Desde que se metieron en aquella casa escalando hasta la cornisa, y luego el incendio en el bosque de Rouse y el asalto donde los Linden... —Gore volvió los ojos hacia el quebrado reflejo de la fogata en el estanque—. Por supuesto que la gota que desbordó el vaso fue el asesinato en la casa de los Fawkes la primavera pasada.

Hildie, impaciente, se puso a bailar de un lado para otro, dándole tirones en el brazo a Mim, hasta que la mujer empezó a mecerse al ritmo que le marcaba la niña.

—Es el único asesinato que ha habido en Harlowe durante cien años —respondió John—. Y no me cabe ninguna duda de que el asesino no era de aquí. Seguro que los autores de todos esos otros delitos tampoco.

—Pero, de todos modos, los tiempos están cambiando —dijo Gore—. ¿Cómo es posible que hubiera un asesinato en pleno centro del pueblo? Y además en una casa con tanta solera. La gente me perseguía para que impidiera que Amelia alquilara habitaciones. Y entonces la mujer va y se hace estrangular y...

—No podías impedírselo —le dijo Mim en tono tranquilizador—. Si la vieja Adeline Fayette ha ofrecido alojamiento a turistas durante estos últimos veinte años.

—Pienso que si el joven Nick Fawkes no logró frenar a Amelia no tenía mucho sentido pedírselo a otros con tirones de orejas —añadió John.

—Quizá necesitaba el dinero —aventuró Mim, mientras se pasaba la mano por sus cortos rizos, pensativa—. Después de que la dejaran de ese modo con los dos niños...

—¿Quién sabe? —se preguntó Gore. Pasó el peso a la otra pierna—. Todo el mundo va diciendo que la policía no hace nada, que hay un montón de delitos que quedan sin resolver. Ven demasiada televisión. Se creen que voy a ir de un lado para otro en busca de pistas. Aquí hasta el más inútil se cree que es el rey de los detectives. Pues les voy a decir una cosa.

—Que, aunque todos los habitantes del pueblo se pusieran a trabajar como auxiliares de policía, seguiría habiendo problemas —dijo John para terminar la frase. Echó una mirada a su propia granja, pulcra y blanca—. Y además la vida en Harlowe es bastante tranquila.

—No tanto como antes —replicó Gore—. Esto está degenerando. Y no solo aquí. ¿Conocen al tipo ese, Perly Dunsmore, que al final se compró la casa de los Fawkes? Pues bien, trabaja en subastas. Ha estado en ciudades de medio mundo. Y dice que todo está empeorando. Todas las ciudades crecen y se llenan de gente de fuera. Powlton, por ejemplo. La gente de fuera se ha duplicado en cinco años.

—¿Pero cuántos son en total? —preguntó John—. ¿Han pasado de cuatrocientos a ochocientos? Eso es solo porque hicieron el parque de remolques.

—Vamos, Johnny —respondió Gore—. No nos vendría nada mal contar con un agente extra, o dos. —Sonrió—. Además, así si pasa algo no me echarían la culpa solo a mí. Y si el dinero sale de una subasta, no saldrían perjudicados. No habría que tocar el presupuesto municipal.

John se quedó mirando a Gore.

—No me parece nada propio de ti que te pongas a imaginar cambios, Bobby —dijo—. Ese tipo que acaba de llegar.

—Esto de organizar una subasta en beneficio de la policía es buena idea. Eso es lo principal —respondió Gore, y calló unos instantes mientras arrojaba el cigarro al fuego— Y recuerdo que el año pasado donaste un arado viejo a los bomberos.

John se rio entre dientes.

—Que debía de valer unos tres centavos y medio —dijo—. Seguro que alguno de esos hombres de ciudad que se creen granjeros lo compró por doce dólares. Algún tipo que quería ir al oeste en carruaje de lona.

—Sí, esas son las cosas que funcionan —añadió Gore, al tiempo que escupía un grumo de tabaco a un lado.

—¿Y si le damos las ruedas viejas? —preguntó Mim.

John asintió.

—Debemos de conservar cinco o seis.

—Alguien las utilizará para instalar lámparas en el techo —explicó Mim a Gore con cara alegre—. O las pintará de azul y las plantará al inicio del camino de entrada de su casa, para que luego el quitanieves las estropee.

Gore volvió a apoyar todo su peso sobre los talones y su rostro carnoso recobró su habitual laxitud.

—Estupendo —dijo.

Las ruedas estaban en la leñera. John y Gore tomaron dos cada uno y las llevaron hasta la camioneta. Mim pasó corriendo por su lado riéndose, en pos de la última rueda, que hacía rodar por el césped como si fuera un aro. Gore abrió la puerta trasera de la camioneta y metió dentro las ruedas una tras otra.

—Gracias —dijo, y dio una palmadita afectuosa a la rueda que estaba encima del montón—. Apuesto a que vamos a sacar diez dólares por todo esto cuando ese nuevo subastador ponga manos a la obra.

Mim y Hildie miraron dentro de la camioneta. Vieron una caja llena de platos astillados, una mesa de trabajo de madera de pino muy agrietada y un sillón de gran tamaño al que se le salía el relleno de uno de los reposabrazos.

—¿Por qué se lleva nuestras ruedas? —preguntó Hildie mientras el vehículo se alejaba.

—Porque un subastador las va a vender —respondió John.

—¿Y por qué?

John frunció el ceño y se encogió de hombros.

—A cambio de dinero, cariño —le respondió Mim—. Pero eso es algo que no tiene nada que ver con personas como nosotros. Nada de nada.

Era temporada de lodo. El bosque continuaba cubierto por una buena capa de nieve, si bien esta se derretía alrededor de los árboles hasta dejar al descubierto círculos oscuros, porque los troncos se calentaban durante los días cada vez más largos. Pero el prado de los Moore, sobre una ladera empinada que miraba al sudeste, estaba ya despejado, salvo por unos pocos restos relucientes aquí y allá, en los lugares donde antes se había acumulado, y en el trecho de hierbas altas del fondo, donde la nieve persistía junto al arroyo. El suelo empapado, apelmazado por las raíces del heno del año anterior, cedía bajo las pisadas cual esponja. El sol se llevaba la humedad de bosques, campos, arroyos y estanques, y la dejaba en el aire. Pero el cielo se mantenía profundo, seco, azul. Era la época del año en que los guantes, y los gorros, y la calefacción de las casas empiezan a saber a rancio. Surgen mil tareas al aire libre y las personas del campo se sienten llenas de fuerzas renovadas.

El jueves por la tarde, cuando Gore regresó, John y Mim se hallaban en la mitad del prado, donde este era menos empinado, y discutían qué parcela elegirían para plantar calabazas Hubbard, que querían cultivar aquel año para vender la cosecha, y también dónde harían crecer el maíz, y las habas, y las papas. Hildie estaba agachada en el margen del huerto de papas del año anterior, hundía las manos en el gélido lodo y luego miraba mientras las marcas que había dejado se llenaban de agua. Tan solo la Yaya, con el cuerpo demasiado entumecido por la artritis como para salir al aire libre, soportaba quedarse en la sala, donde no llegaba la humedad, viendo la televisión junto a la chimenea de leña. A duras penas se interesaba ya por el tiempo que hiciera, a menos que fuera para comentar lo que veía por la ventana de delante. Además, tampoco quería perderse sus programas, ni que se le escaparan los escasos retazos de chismes que aún le llegaban.

En cuanto Gore salió de la camioneta, los Moore lo saludaron mano en alto y empezaron a bajar por la colina. Hildie y Lassie se adelantaron corriendo.

—¿Qué debe de querer ahora? —murmuró John.

—Será que tiene que contarte cómo le ha ido su fantástica subasta —le respondió Mim, riéndose—. Más le habría valido ser el pregonero del pueblo, y no el policía.

La Yaya también había oído la camioneta y golpeteaba la ventana, y les hacía furiosas señas. El gastado plástico que habían pegado sobre el cristal a modo de aislamiento hacía que su figura se viera grisácea.

Dentro de la casa se sentía débilmente el acre olor del humo de leña. Con el paso de los años, las estufas habían ido depositando una costra de apagado color negro en los techos y habían llenado de hollín los resquicios que quedaban abiertos entre las tablas fregadas del suelo. Era una casa en la que habían vivido generaciones de una misma familia y los tesoros de diferentes épocas abarrotaban todas sus superficies. Hasta encima del televisor había una lámpara de queroseno de pie acanalado y cuerpo alto y tallado, que competía por el espacio con unas flores de cera bajo una campana de vidrio polvorienta, tres figuritas de Hummel y una reproducción en plástico de la Estatua de la Libertad. Se oía el tenue ritmo de unos relojes, que rivalizaban entre sí con sus tictacs: el reloj de cuco, el reloj de ocho días con colombinas pintadas sobre el cristal y el de caja larga que se hallaba en el vestíbulo. Las diversas campanadas y el pío-pío del cuco ya no estaban sincronizados y se oían por toda la casa sonidos deslavazados que los Moore apenas percibían, como un contrapunto al canto de los pájaros que se filtraba desde el exterior.

La Yaya estaba sentada en la sala, con la espalda muy erguida, en el exacto centro de un sofá cubierto con una funda brillante. Parecía que se hubiera encogido después de vestirse. El cuello de su bata de franela sobresalía cual capucha de monje en torno a su flaco cuello y las pantuflas de felpa recubiertas de pelusa parecían exceder en cuatro tallas a los pies que con tanto cuidado las sostenían, uno al lado del otro, sobre el suelo decolorado a fuerza de lejía. Más parecía una niña que una abuela.

Gore se había detenido en el centro de la sala, enorme y sonriente, y parecía empequeñecer todo cuanto le rodeaba. La Yaya le tendió ambas manos, en un gesto que expresaba autoridad, hasta que por fin el hombre sacó las suyas de los bolsillos y agarró las de la anciana.

—¿Cómo se encuentra usted, señora Moore? —preguntó.

—No muy bien —suspiró la Yaya—. Ya no tengo el vigor de antes.

Su voz fatigada contrastaba con sus pequeños ojos color avellana, penetrantes como los de un gato montés, que observaban a Gore bajo la maraña de cabello gris.

Hildie saltó sobre el sofá y se acurrucó contra el cuerpo de la Yaya. La anciana, sin apartar los ojos de Gore, alargó una mano nudosa hacia la niña y le dio unas palmadas para apaciguarla, hasta que por fin esta se calmó y cruzó las manos sobre el regazo.

Mim se acomodó en el borde de una silla de respaldo recto, cercana a la puerta, y John se sentó en la banca del piano.

—Y tú, Bobby —dijo la Yaya—. ¿Hay alguna novedad? ¿Algo que puedas contarnos sin necesidad de escucharte durante dos días seguidos?

—La novedad es Perly Dunsmore, señora Moore —respondió Gore, mientras acomodaba su gran humanidad sobre el columpio—. Es la mayor novedad que se haya visto en Harlowe desde hace años.

Sonrió, como si el subastador hubiera sido una nueva y flamante posesión, un hallazgo especial, una ganga digna de suscitar la envidia de todo vecino que supiera reconocer cuándo un objeto tenía valor.

—¿Quién? —respondió la Yaya, al tiempo que arqueaba las cejas—. ¿Quieres decir ese loco que se ha ido a vivir él solo a la casa de los Fawkes?

Gore encendió un cigarro, localizó una maceta junto a su codo izquierdo donde podría arrojar las cenizas y pareció que se hinchara levemente. Respiró hondo.

—Ahora no nos canses con tus cuentos, Bobby —añadió la Yaya, pero la fatiga había desaparecido de su voz.

—¿Mucha concurrencia? —preguntó John.

—Una maravilla —respondió Gore, al tiempo que respiraba aún más hondo—. La subasta fue una completa maravilla. —El policía se rio entre dientes—. No te podrías imaginar hasta qué punto Perly Dunsmore es capaz de sacar el máximo provecho de todo. ¡Qué subastador! En mi vida había visto nada igual. Se sube al kiosco de música y ya no lo conozco. Es como uno de esos peces que se hinchan hasta cuadruplicar su tamaño original. Más listo que el hambre. ¡Y qué labia tiene! A su lado parezco un tipo tímido.

—Es que hablan distinto —dijo John—. Esos sujetos de la ciudad hablan distinto. Tienen todos el pico de oro.

—¡De todos modos, Perly es de New Hampshire! —replicó Gore—. De Elvira, cerca de la frontera con Canadá. No vamos a enseñarle nada nuevo sobre la vida en el campo.

—Yo pensaba que sería un consultor importante de esos —dijo John—. Eso es lo que cuenta Arthur Stinson. Y debe de saberlo, después de todo el tiempo que ha pasado pintando y quitando mugre en esa casa.

—Hay que decir que Perly no es un tipo cualquiera —explicó Gore—. De hecho, es uno de esos hombres que hacen todo lo que se proponen. Pero creció en una granja de New Hampshire, igual que nosotros. Aunque se marchó cuando tan solo era un niño. Se abrió camino en todos los lugares que uno se pueda imaginar. México, Alaska, Las Vegas, Venezuela. En todas partes. Y también por todos los Estados Unidos. Creo que de vez en cuando se hace cargo de subastas, pero por lo general trabaja como una especie de consultor que da consejos sobre administración de terrenos. Ha ido de un lado para otro sin cesar. Supongo que irá siempre en busca de oportunidades.

La Yaya resopló.

—Y parece que no las encontró, señora —añadió Gore—. Porque aquí lo tenemos, dispuesto a volver a instalarse en el mismo lugar del que salió. De hecho, así es como conoció la casa de los Fawkes. Una vez se alojó ahí, de eso hará un año, cuando Amelia alquilaba habitaciones. Y fue lo bastante inteligente como para ver que Harlowe es un lugar tan bueno como cualquiera.

—Dicen que la casa de los Fawkes le salió por un precio de risa —observó John.

—Pero, de todos modos, si quieren saber mi opinión, pienso que todo esto es un poco extraño —terció Mim—. Se mudó a esa casa tan grande sin más compañía que la perra esa que tiene. Sobre todo, después de este tiempo en el que ni siquiera ha cortado nadie el césped.

—Será que los asesinatos en plena noche no van con él —añadió la Yaya.

Gore se encogió de hombros.

—Ese hombre sabe muy bien que los asesinatos en plena noche no van con la vida que llevamos en Harlowe.

—Pero ¿por qué Harlowe? —se preguntó John—. ¿Por qué no ha ido a Powlton, por ejemplo, o a Peterborough, que son lugares con mucha más clase?

—Ah, Perly llegó con ideas propias —respondió Gore—. Tendrían que escucharlo.

—Deberías traerlo aquí algún día —dijo la Yaya.

—Le gustaría a usted —respondió Gore—. Tiene un carácter de esos que le gustan a las mujeres. Y sabría reconocer el valor de una granja bien cuidada como esta.

—Eso es porque no tiene que encargarse de cuidarla —exclamó John—. ¿Estás pensando en él como auxiliar?

—Ya se lo pregunté, pero no le interesa —respondió Gore.

—Lo único que le interesa es darte instrucciones a ti. No le gusta ponerse a trabajar de verdad —observó John.

Gore frunció el ceño.

—Red Mudgett ha regresado al pueblo —explicó—. Buscaba trabajo, ¿y recuerdas lo listo que había sido siempre?

—¡Bobby! —gritó la Yaya—, ¿no se te habrá ocurrido ir a contratar a Red Mudgett? ¡Por favor!, tienes la misma cabeza de chorlito que toda tu familia.

—Perly pensó que lo haría bien —respondió, al tiempo que buscaba un cigarro en el fondo del bolsillo.

Hildie se había deslizado hasta el suelo para quedar frente a Gore, sentada, con el brazo en torno a Lassie. Miró con fascinación mientras el hombre encendía un segundo cigarro con la colilla del primero.

—¡Ah!, es la manzana podrida más podrida que se haya visto en este pueblo desde que tengo edad para enterarme de lo que se cuenta —replicó la Yaya—. Y si hay alguien que lo sepa soy yo. Lo tuve tres años enteros cuando daba catecismo los domingos.

—Yo creo que Mudgett regresó al buen camino —afirmó Gore.

—¿Te lo crees tú, o es ese tal Dunsmore quien se lo cree? —replicó John.

—Bueno, ahora está casado —contestó Gore. Sacó un pañuelo y se secó la frente—. ¡Y con qué mujer! —Dirigió una mirada evaluadora a Mim. Esta sonrió. Una pizca de rubor se asomó entre las pecas de color claro que tenía en el puente de la nariz—. No sé, Johnny —prosiguió Gore—. Si tú y él tuvieron suerte, quizá también haya esperanza para mí.

—Es curioso —observó John—. Yo había catalogado a Red como uno de esos que nunca se casan. Y por la manera como hablaba, no se me habría ocurrido que quisiera regresar a Harlowe.

—Ya que estamos en ello—dijo entonces la Yaya—, ¿no les parece un poco raro que este nuevo subastador venga aquí en vez de regresar a su propio pueblo, donde todo el mundo lo conoce?

Gore dejó la pregunta en el aire durante unos instantes.

—Ahora mismo el norte de New Hampshire es una zona que pasa por una depresión bastante grave —respondió.

—Y me dirás que aquí no tenemos depresión—respondió John, señalando el establo.

—Se avecinan cambios —explicó Gore—. Piensen en toda la gente que pasa el verano aquí. Y ahora empiezan a venir también en invierno. —Gore se recostó en la silla—. Ya les dije que Perly entiende de tierras. Y en Harlowe se están preparando grandes novedades que tienen que ver con la tierra. No falta mucho, se los digo yo. ¿Conocen los pueblos de los alrededores de Massachusetts? Están tan mal como la propia ciudad. Vandalismo a todas horas, tránsito, suciedad... Perly cree que puede ayudar a Harlowe a crecer antes de que esos males nos toquen de lleno.

—¿Y qué pasa si a Harlowe no le interesa crecer? —preguntó John.

—Pues entonces ya puedes ir a dinamitar la carretera interestatal —respondió Gore, al tiempo que miraba a la Yaya con cara de pedir disculpas—. Ahora que Boston y, me atrevería a decir, todas las ciudades se extienden como polillas peludas en junio... —Inclinó el cuerpo hacia delante sin levantarse—. Además —añadió—, ¿a ti te gustaría vivir en la ciudad?

—A mí no —respondió John.

—Por supuesto que no. —Gore se acomodó de nuevo—. Perly cree que el único motivo por el que las personas de ciudad van a todas a partes a destrozarlo todo es porque necesitan lo que nosotros tenemos. Vienen aquí en busca de los sólidos valores de la gente del campo. Un grupo de personas de verdad, del que puedan sentirse parte. Algún tipo de comunidad. Pero nosotros guardamos las distancias, no permitimos que participen en lo nuestro.

—Ese tipo acaba de llegar —respondió John— ¿y ya quiere fundar un comité de bienvenida para los que vengan después? ¿O te va a mandar a la entrada de la ciudad para que repartas margaritas? Quizá desde tu nueva patrulla.

—¡Carajo, John! —exclamó Gore—. Tú siempre tan burlón. Con toda la gente nueva que llega, ¿en qué nos perjudicará tener a alguien que sabe lo que hace?

—A mí me gustaría saber qué es lo que busca para sí mismo —replicó John.

—Te equivocas totalmente con Perly —respondió Gore—. Lo que ocurre es que es un hombre que quiere hacer el bien. No para de insistirme en que deje la cerveza y los cigarros. Tendría que ir con sombrero negro y cuello alzado, como uno de esos predicadores de otras épocas. Lo que él quiere es que volvamos a las subastas, a los bailes tradicionales en la plaza del pueblo, a los encuentros de mujeres para tejer colchas, a las cenas compartidas entre familias... ¿Recuerdas los concursos de deletreo que celebrábamos antes de que cerraran la vieja escuela?

—Tú y yo siempre estábamos entre los primeros que eliminaban —respondió John—. ¿No me dirás ahora que quieres volver a esos tiempos?

—Y luego está todo eso de la agricultura, el agua del pozo, la leña, el aire puro. En su opinión, todo eso forma parte de los valores cristianos.

Mim se mordía el nudillo del pulgar, intranquila.

Gore encendió otro cigarro y le dio una calada tan fuerte que el pecho se le ensanchó hasta quince centímetros. Echó una mirada a Hildie y luego se volvió para contemplar, incómodo, las margaritas de plástico que colgaban entre las ventanas de la fachada frontal.

—De hecho, no deja de preguntarme si serían muchos los que le mandarían a sus hijos si abriera un catecismo los domingos.

—Yo, por lo que a mí concierne, impartí catecismo los domingos durante treinta y cinco años —dijo la Yaya.

—Sí, ya lo sé —replicó Gore, asintiendo con la cabeza.

—Hildie iría a catecismo, por supuesto —afirmó la Yaya—. Se la pasaría muy bien. Y además, es algo que necesita con urgencia.

Hildie sintió la mirada complaciente de su abuela, se mordió el labio y corrió hacia su madre.

Se oyó un fuerte chasquido en la estufa y el hueco sonido de una breve llamarada. Un sonido que no resultó nada reconfortante, porque la temperatura de la sala ya era demasiado elevada para todos ellos, salvo para la Yaya.

—¿A eso viniste? —preguntó John, y se empezó a reír—. ¿Andas en busca de niños para abrir un catecismo?

—No, no es exactamente eso —respondió Gore—. El caso es que hemos decidido repetir el próximo sábado.

—¿Otra subasta? —preguntó John. Su risa se cortó de pronto.

Gore se encogió de hombros.

—Pensaba que habrían tenido suficiente con la primera —aclaró John.

—Si una estuvo bien, dos serán todavía mejor —respondió Gore, mientras acomodaba su inmenso peso sobre la silla—. Creemos que también podríamos celebrar otras más adelante.

—¿También en beneficio de la policía? —preguntó John.

Gore volvió a meter la mano en el bolsillo de atrás en busca del pañuelo.

—Si piensan esperar a que el crimen escape a todo control para contratar nuevos agentes...

La Yaya asintió con entusiasmo.

—Ah, eso es lo que Janice Pulver me contaba de que la Cooperativa de Granjeros tuvo que subir los precios porque tiene que pagar mucho, por culpa de esos *hippies* que acampan por todas partes. Por no hablar de Amelia y de cómo la estrangularon.

—Sí, es que las cosas se están poniendo complicadas —añadió Gore, volviéndose hacia la Yaya con expresión de gratitud—. Eso es todo lo que puedo decir.

—Pues podríamos darles el aparador viejo —dijo la Yaya—. De todos modos, ¿qué vamos a hacer con él?

En los días en los que ninguno de ellos iba al pueblo, John recorría a pie los cuatrocientos metros que los separaban del buzón, como había hecho siempre desde que apenas era mayor que Hildie. Por lo general lo encontraba vacío. Pero el viernes después de la segunda visita de Gore, levantó a Hildie a la altura del buzón para que mirara adentro y la niña sacó una carta. La pequeña se le adelantó mientras regresaban a la casa, corriendo bajo el sol, tan ágil que John ya no era capaz de seguirla si no se echaba a correr él mismo, y los años empezaban a pesarle. Sus botas crujían rítmicamente sobre el fango arenoso y su ancho rostro se llenaba de felicidad al ver que la niña se le adelantaba cada vez más, sosteniendo la carta en alto como si fuera una bandera.

Hildie arrojó la carta en el regazo de la Yaya con gesto triunfal, y esperó a que John se sentara en la mecedora para subirse a sus rodillas. Mim, en delantal, se quedó a la espera con el cuerpo apoyado contra el piano. La Yaya leyó en voz alta:

Estimados John, Miriam, Sra. Moore y Hildie*:*

Las ruedas que donaron a la subasta de la policía se han vendido por un precio sorprendentemente bueno. Quise enviarles una parte del dinero a modo de agradecimiento por su generosidad.

Bob piensa que la subasta fue un gran éxito. Ciertamente, espero que contribuya a la futura seguridad de Harlowe.

Como sin duda ya deben de saber, compré la antigua casa de los Fawkes, en la calle Mayor, y cuento con que nos veamos muy a menudo como vecinos que somos.

Cordialmente,

Perly Dunsmore

Dentro del sobre había un cheque por valor de tres dólares.

—Esto es más de lo que ganan los bomberos —dijo John, mientras miraba el cheque por detrás y luego de nuevo por delante.

—Ese ya tiene a Bob Gore bien atado con una correa —añadió Mim.

—No tienen por qué burlarse —espetó la Yaya—. Por pesado que llegue a hacerse, Bobby heredó todo el buen sentido que debería haberse repartido entre los diecinueve retoños de los Gore. Y si se hubiera marchado de Harlowe como todos los demás, seguro que ahora el viejo Toby estaría viviendo de la caridad pública.

—¿Y las vacas, Yaya? —respondió John, al tiempo que le guiñaba un ojo a Mim—. Las vacas también habrían tenido que vivir de la caridad pública. Mejor dispararle a Toby, antes que quitarle las vacas.

—Lo que es extraño es que no se les caiga encima el establo —añadió Mim.

—En Harlowe todo el mundo sabe que aguantará mientras Toby siga con vida —espetó la Yaya.

—Bob no es el peor policía que podríamos tener —reconoció John—. Si le llamas, viene al instante.

—Será por miedo de que ocurra algo y él no pueda entrometerse —replicó la Yaya.

—Ese comentario ha sido un poco mezquino, ¿no? —replicó

John—. Durante estos siete años ha soñado con resolver un crimen de verdad. Y ahora tiene entre manos algo importante, un estrangulamiento, por no hablar del allanamiento de morada y el asalto. Y el pobre Bobby no ha encontrado ni siquiera un sospechoso.

—Fanny dice que estaba tan harto que ni siquiera quería hablar del tema —observó Mim—. Ni siquiera cuando ya llevaba unos cuantos tragos. Y no es que se lo reproche. Qué humillante, ocurrió aquí mismo, en la casa más grande de todo el pueblo.

La Yaya se volvió hacia John.

—¿Recuerdas hace tiempo, cuando el viejo Nicholas Fawkes organizaba subastas en el establo de la casa? —preguntó—. Creó una especie de tradición, ¿no? Quizás Perly Dunsmore no es tan tonto después de todo. Tendrías que ir a la tienda más a menudo, a ver qué descubres.

John meneó la cabeza y sonrió.

—Estás desarrollando una gran curiosidad por ese hombre, Yaya —dijo.

—La verdad es que nunca se me había ocurrido, ¿tú que piensas, John? —preguntó Mim—. ¿De verdad vienen aquí para volverse como nosotros?

—¿Quiénes? —preguntó John.

—Toda esa gente de ciudad que viene a vivir al campo —añadió la mujer.

John y Mim subían al prado para reemplazar las piedras caídas del muro de atrás, el mismo que impedía que las vacas escaparan al bosque. Siempre era una buena caminata hasta la cima, pero aquella mañana una niebla se interponía en su camino y aquello parecía un viaje de verdad. La niña caminaba entre ambos, callada, agarrándose con fuerza a las manos de los dos. Un invisible atrapamoscas llamaba una y otra vez, como si contara los silenciosos pasos con que iban subiendo por la empinada isla de color parduzco que se perdía poco a poco en la blancura, y de vez en cuando los cuervos gritaban en la lejanía.

Hacia la mitad del camino se dieron la vuelta, como tenían por costumbre, para contemplar el estanque, pero la niebla lo ocultaba por completo.

—Mira la casa —susurró Hildie.

—Está bonita —respondió Mim.

Lo que veían era un manto blanco incrustado en una de las laderas de la colina, con una cerca de altas estacas cortadas a mano en la parte de atrás. La niebla difuminaba las paredes desvencijadas, la hojalata herrumbrosa sobre la leñera, los ladrillos que faltaban en la chimenea, el plástico que cubría las ventanas, y hasta la maraña de enredaderas de campanillas del año pasado que aún colgaban de la cerca.

—Se ve todo impecable —dijo John.

—Como si las personas que vienen durante el verano se hubieran encargado de ello —respondió Mim, riéndose, y reanudó el ascenso.

Por fin emergió de la bruma el pequeño cementerio, protegido por un muro a la sombra del cerezo.

—Cuidado —advirtió Mim mientras se acercaban, y detuvo a Hildie antes de que pisara los restos parduzcos de hiedra venenosa que quedaban del año anterior—. Tendríamos que fumigarla —añadió— para que no vuelva a crecer este verano.

—Antes de que fallezca la Yaya —murmuró John—. Imagina cómo nos veríamos entonces.

—Tampoco es que tu abuelo, ni todos los que estuvieron aquí antes que él, se merezcan tener que reposar bajo todas esas hojas que irritan la piel.

Pero la niña volvía a mirar ladera abajo.

—¡Se fue! —gritó—. ¡La casa desapareció!

—Igual que tú te fuiste de ella. —John se rio. La levantó del suelo para cargarla sobre sus hombros—. Mira los sauces, cariñito. ¿Ves ese borrón amarillo de ahí? Van a reverdecer y tendremos primavera antes de lo que nos imaginamos.

Se dirigieron al muro alto que cerraba los prados por detrás y lo examinaron con gran cuidado en busca de posibles entradas.

Pero la mayoría de los trozos de granito seguían en el mismo lugar de siempre, envueltos por una fibrosa red hecha con vides de uva Concord.

—Pensándolo bien, no me importa en absoluto —dijo Mim.

—¿Qué cosa? —preguntó John.

—Que seamos como somos —respondió la mujer.

2

Mientras el lodo daba paso a las moscas negras, y las moscas negras a los mosquitos, Bob Gore los visitó de nuevo, y luego los volvió a visitar.

Los Moore oían hablar de las subastas en la tienda de los Linden. Todas las semanas acudía gente nueva, gente enamorada del romanticismo de la vida en el campo, como parte de aquella misma fuerza ciega que, desde antes de que naciera Hildie, estuvo arrasando las laderas con excavadoras e instalando remolques y pequeñas casas prefabricadas, con un diseño que se pretendía tradicional. Algunos de los recién llegados recorrían todos los días la mitad del camino hasta Boston para trabajar en lugares cercanos a la autopista del cinturón exterior. Los había que tenían empleo en las relucientes fábricas de cristal y acero que se encontraban a lo largo de la Ruta 37 en dirección al sur. Y los fines de semana se presentaban cada vez más turistas por la interestatal. Invadían la tienda de Linden vestidos con sus ropas ligeras de rayas y lunares, se quejaban del precio de la verdura y se llevaban grandes cantidades de pelotas y ventiladores de plástico, y los elefantes inflables que tanto le gustaban a Hildie.

Cuando Gore venía John lo acompañaba bajo el establo, a la cavernosa estancia donde guardaban mecedoras rotas, mesas que habían perdido alguna pata, espejos agrietados, prensas de sidra oxidadas y herramientas obsoletas acumuladas a lo largo de todo un siglo.

—¿Durante cuánto tiempo crees que seguirán guardando cosas como estas, Bobby? —le preguntó John una semana.

—A veces yo mismo me lo pregunto —reconoció Gore. Se detuvo un momento para encender un cigarro y siguió con los ojos el humo que ascendía entre las telarañas del techo—. Perly parece un mago, pero de todos modos...

—Me cuesta creer que haya gente que no tenga nada mejor que hacer en primavera que ir a subastas.

—Pero es que no son agricultores —respondió Gore—. Se te ponen los pelos de punta cuando ves toda la gente de ciudad que se pasea los sábados por la calle Mayor. Los pueblos de esta comarca están creciendo. Y hasta la gente que ha venido tan solo por un fin de semana parece que no sabe qué hacer durante el sábado. Cortar el césped, llevar la basura al vertedero, quejarse de los bichos. ¿Qué diablos? Pienso que Perly tiene razón. Estas subastas hacen que se sientan integrados.

—No te voy a decir que tenga algo contra los cheques pagaderos —repuso John.

—Lo que explica Perly es que lo único que hacemos es comprar y vender de acuerdo con la mejor tradición estadounidense y que les damos un espectáculo mucho mejor que el de una tienda de descuento, que es donde irían si pasaran el sábado en la ciudad. Creo que hay personas a las que les gusta gastar porque sí.

—¿Vas a chapar en oro la patrulla, o qué? —preguntó John, mientras sacaba de entre las cosas un viejo lavadero de esteatita y le indicaba que lo levantara por el otro extremo.

—Prefiero contratar personal —respondió Gore—. Ahora ya cuento con cinco auxiliares.

—¡Cinco! —exclamó John.

—Bueno, como suele decir Perly, «más vale prevenir que lamentar» —respondió Gore, y pasó la mano sobre la piedra gris como para valorarla—. Ya te expliqué que contaba con Mudgett, y ahora tenemos a Jimmy Ward, Sonny Pike, Jim Carroll y tu vecino Mickey Cogswell.

—Gente dura —observó John, frunciendo el ceño.

—Perly dice —respondió Gore, mirando a la cara a John— que son hombres como esos los que hacen que la gente quiera criar a sus hijos en Harlowe.

John levantó un extremo del pesado lavadero y ayudó a Gore a llevarlo a la camioneta.

—¿Cuándo vendrás a ver en acción a nuestro hombre? —preguntó Gore—. Está hecho todo un brujo. Hechiza a las personas de modo que no les queda más remedio que cumplir su voluntad.

—Pero, Bobby —le espetó John—, tú ya vienes todos los jueves muriéndote de ganas de contarnos todas las frases ingeniosas que ese hombre dijo durante toda la semana. ¿Qué falta nos hace verlo?

Los Moore no solían gozar de muchos momentos de descanso en primavera. La primavera era el tiempo en el que sentaban las bases para ganarse la vida durante un año más.

John aró y volvió a sembrar el cuarto de terreno de prado donde vellosillas y margaritas habían crecido con mayor fuerza. Mim podó y fumigó los manzanos. John rastrilló y abonó el huerto y la parcela que habían elegido para el nuevo plantío de calabazas. Y Mim y Hildie plantaron las semillas, hundiéndolas a mano en la tierra húmeda. Retiraron los plásticos que cubrían las ventanas y pusieron un columpio con una llanta vieja para Hildie. Plantaron flores frente a la casa y en el jardín más grande que se hallaba al otro lado del camino rural, y que aún llamaban «jardín de la Yaya», aunque fuera Mim, y no la Yaya, quien se encargaba de cortar las flores que luego le vendían a la iglesia. Y por supuesto ordeñaban las vacas por la mañana y las llevaban al prado, y luego las traían de vuelta y volvían a ordeñarlas por la noche.

La niña los acompañaba a todas partes, se sentaba cerca de ellos en su propio banco mientras ordeñaban, siempre en un lugar donde Solecito no pudiera alcanzarla con el rabo, y hacía interminables preguntas o cantaba para sí misma, distraída. John y Mim escuchaban en silencio y respondían cuando les era posible, reposaban la cabeza contra los cálidos flancos de las vacas y se mecían al ritmo en que ordeñaban las siete reses.

Se habían casado más de diez años antes de que naciera Hildie, y la sagaz y hermosa niña era tan distinta de sus padres que la Yaya se reía de ella, diciéndole que debían de haber cambiado al bebé original por una niña mágica nacida de un diente de león. John y Mim habían planeado tener muchos hijos. Una parte del crecer consistía en echar ramas, tantas como fuera posible. Cuando se casaron, el precio de la leche todavía aguantaba y nada les parecía difícil. Aun después de que la leche dejara de resultar rentable, habrían aceptado a los niños como parte del curso de la vida, si los hubieran tenido. Pero, en el momento de nacer Hildie, sus planes se habían difuminado hasta transformarse en un dolor casi olvidado, no tanto por nostalgia de un hijo como porque percibían que los ritmos de la tierra los habían dejado atrás, como el manzano que se cubría de flores tan bellas, pero no se dejaba seducir para dar fruto.

John y Mim habían ido siempre juntos al campo, al bosque, al establo, siempre al mismo paso, como dos hermanos, para llevar a cabo sus tareas. Y prácticamente desde el mismo nacimiento de Hildie, habían mantenido sus costumbres. Se llevaban con ellos a la niñita o dejaban que durmiera con su abuela, que para entonces ya estaba demasiado tullida como para cuidar de ella, pero sí era capaz de golpear el gong para llamarlos cuando la pequeña despertaba. Cuando Hildie era pequeñita, Mim cargaba con ella sobre sus espaldas, o la ataba a una estaca como si fuera una cabra, y una vez que creció, parecía que fuera siempre espontáneamente con ellos. Y de una manera que no habían previsto y que jamás llegaron a expresar, la compañía de la niña les hacía sentirse completos, incluso felices.

Por la noche, la familia charlaba, como hacía todos los años cuando la primavera los llenaba de energía y despertaba ambiciones en su interior. Así, por ejemplo, hablaban de desmontar la gran chimenea central y construir en su lugar un baño de verdad, con tina y calentador eléctrico. Si Mim conseguía hacer unos días más de limpieza para los nuevos turistas, o vender unas flores de más, si John conseguía que el pueblo le diera más trabajo con la niveladora o el quitanieves, o algunas tareas extra ayudando a Cogswell, entonces podrían pagarlo. Aquel año también hablaron sobre el subastador, sobre los planes que este tenía para el pueblo. Su llegada había suscitado emociones que parecían ir del brazo con la vida que renacía en primavera. Se reconciliaron con las visitas de Bob Gore, porque le oían hablar sobre cosas que ocurrían más allá de los límites de su granja.

—Eso es lo que siempre he dicho —afirmaba la Yaya—. El motivo por el que toda esa gente viene aquí es el mismo por el que empezaron a existir los Estados Unidos. Se dieron cuenta de que esa vida tan acelerada no merece la pena con todos los problemas que causa.

—Y por eso siempre estás viendo a la gente guapa que sale en tus programas como si predicaran la Palabra de Dios —bromeó John.

—¿Y qué quieres que haga con estas piernas que no me sirven más que un par de bastones de madera de álamo? —exclamó la Yaya.

—Si ganáramos tan solo un poco más con los cheques de la subasta, quizá podríamos hacernos el cuarto de baño después de todo —explicó Mim.

Pero terminaron por decidir —como siempre decidían cuando los días se volvían más cálidos y tranquilos— que los cambios deberían esperar hasta que tuviesen el dinero en la mano.

Un sábado por la mañana, la curiosidad pudo más que la lista de tareas pendientes. John, Mim y Hildie fueron al estanque con una barra de jabón Ivory y se bañaron. Luego, tras haberse tallado desde el cabello hasta los dedos de los pies, se vistieron para ir al pueblo. John se puso unos pantalones caqui limpios,

Mim una falda floreada y una blusa amarilla, y Hildie un vestidito tirolés de lunares que había heredado de una de las chicas de los Cogswell. Mim lavó a la Yaya con una esponja y la ayudó a ponerse las medias de hilo de Escocia sobre sus piernas cubiertas de bultos y a atarse los zapatos negros de vestir.

Mim gozaba en secreto con las excursiones al pueblo, pero siempre se preguntaba si su ropa sería la adecuada y si cuando hablara con alguien se le escaparía alguna estupidez. Se acordaba de cómo la habían mirado la primera vez que había ido a Harlowe y se cepillaba el cabello con furia, como si con eso hubiera podido suavizar las líneas de expresión que tenía en torno a los ojos y volver a los diecisiete años. Llegado aquel momento en el que ya era demasiado tarde, le habría gustado que la contemplaran con admiración. Aunque hubiera crecido en Powlton, tan solo un pueblo más allá, siempre se había sentido fuera de lugar en Harlowe. John no cazaba, ni jugaba al póker, y ella, por su parte, no participaba en las ventas comunitarias de repostería ni en los círculos de costura. Mientras las mujeres de su edad criaban bebés, horneaban y cuidaban de sus hogares, ella tan solo se dedicaba a plantar, ordeñar y cortar leña.

«No tiene niños». Sabía que eso era lo que comentaban mientras cosían. «Porque es demasiado bonita, ese es el motivo». Luego, cuando los demás, con los niños ya en secundaria, empezaron a instalar repisas de fórmica y calefacción central, ella criaba por fin a una niñita, seguía cocinando y calentando la casa con leña, y le parecía que así ya estaba bien y le salía más barato. Y aunque ella y John vendieran flores a la iglesia, porque la Yaya siempre había vendido flores a la iglesia, no sentían ninguna necesidad de asistir a las ceremonias.

Si alguien le hubiera preguntado, Mim habría respondido que era amiga de Agnes Cogswell. Los Cogswell eran los vecinos que tenían más a mano durante el verano. Dos o tres veces al año, al menos una vez durante la temporada de los arándanos y otra en Navidad, Mim iba a pasar un día con ellos. Y de vez en cuando Agnes le venía con preguntas o chismes. Agnes tampoco estaba a la moda, pero no por falta de voluntad. El problema de Agnes era que siempre sacaba todo de quicio, hasta el punto de que los demás terminaban por esquivarla. Pero Mim, a su callada manera, apreciaba su afecto y le gustaba visitar la caótica casa donde vivía con sus seis ruidosos niños.

Los Moore iban en silencio, sentados en el asiento delantero de la vieja camioneta verde, que traqueteaba por el camino de tierra en dirección al pueblo: la Yaya con incomodidad, John y Mim con sus pensamientos y Hildie con entusiasmo. Las subastas se llevaban a cabo en la calle Mayor, igual que las de los bomberos. Aunque llegaran temprano, había coches estacionados en las cuatro aceras que circundaban la zona de césped y un buen número de personas iba de un lado para otro examinando los artículos en venta amontonados en torno al kiosco de música.

—¡Globos! —gritó Hildie, y se adelantó a los demás, que caminaban sin prisas hacia el lugar donde se celebraba la subasta.

Había tan solo un puñado de vecinos de Harlowe entre los turistas y los foráneos: niñas con sudaderas y shorts de color rosa, y tenis nuevos adornados con estrellitas; niños con pantalones nuevos e impecables, y pistolas de juguete relucientes; parejas de cuerpo esbelto con ropa holgada; señoras engreídas con pulseras que tintineaban, y unos pocos anticuarios serios ataviados con sacos oscuros.

—Por favor, papá, por favor —gritaba Hildie—, quiero un globo.

Era Mudgett quien vendía los globos. John fue con Hildie y pagó los treinta centavos. No se refirió en ningún momento a los casi veinte años de ausencia de Mudgett.

—Ahora ten mucho cuidado —advirtió Mudgett—. Si sueltas el globo, se irá hacia el cielo y desaparecerá igual que un niño malo.

Llevaba en la cadera una elegante pistolera de cuero negro como la que se ponía Gore cuando respondía a llamadas de emergencia.

—¿Necesitas la pistola para vender globos, Red? —preguntó John.

—Nunca se sabe —respondió Mudgett, y se puso en pie sin

sonreír siquiera. Sus ojos negros tenían un color apagado como el del carbón. Su cabello, que en otro tiempo había sido pelirrojo, se había vuelto de color parduzco, como cobre mal cuidado.

John negó con la cabeza mientras iban hacia las sillas para poner cómoda a la Yaya.

—Red siempre ha sido así —contó—. Cuando íbamos a la escuela, bastaba con que te mirara para que te sintieras incómodo, y no sabías por qué.

Mim ayudó a la Yaya a sentarse y apoyó los bastones en el travesaño de la silla.

—Ese muchacho era rápido como un rayo con los versículos de la Biblia —explicó la Yaya—. Solo con echarles un vistazo, luego los recitaba mejor que el predicador. Y además con voz de predicador... lo imitaba tan bien que se te ponía la piel de gallina. Ah, era un travieso.

—Todavía le tienes rencor porque una vez lo sorprendiste imitándote a ti —añadió John, sonriente.

La Yaya negó con la cabeza.

—Vaya desastre del que estaba hecho. Ya entonces se creía que era algo. Aún no había dado el estirón y ya quería marcharse de Harlowe.

—Será que ha descubierto que el resto del mundo no es muy distinto —respondió John—. No conozco a nadie que se haya alegrado de su regreso.

—Fanny dice que la chica con la que se casó es de Manchester y que empieza a notársele el embarazo.

—¿Va a tener un niño? —dijo John, con un pie apoyado en la silla que estaba frente a la Yaya y el codo sobre la rodilla—. Que el buen Dios se apiade de esa criatura. Hace tiempo tuvo un perro. ¿Te acuerdas, Yaya? Uno de esos sabuesos blancos con manchas negras. Estaba empeñado en que el perro matara. Se esforzó una y otra vez por volverlo agresivo. Pero no lo conseguía. El perro no hacía más que meter el rabo entre las patas y temblar. Los niños de la escuela nos quedábamos mirando, con ojos como platos, mientras Red maltrataba al animal. Un día, en invierno, bajó el perro al fondo del pozo. Y otra vez lo llevó a rastras hasta el tejado de la escuela y dejó que se deslizara y cayera. Terminó por matarlo mezclando vidrios rotos con su comida. Llevó al perro hasta la escuela en una carretilla para que todos lo viéramos vomitando sangre.

—De todos modos, sé de otros hombres que de niños también fueron traviesos —explicó la Yaya—. Puede que con el bebé se ablande. Conozco a uno que se ablandó como mantequilla. —La mujer movía los ojos de un lado para otro, con una rapidez que contrastaba con la lentitud de su cuerpo—. Y ahora vayan a ver lo que se vende —añadió—. He visto una base de cama que se ve bastante bien.

Y así, John, Mim y Hildie se dirigieron al kiosco de música y vieron lo que se vendía.

—Este año se va a vaciar un montón de desvanes —comentó John.

—¿Pero tú te crees que alguien metería esto en un desván? —preguntó Mim, mientras pasaba la mano por uno de los postes de la elegante cama de carrete que la Yaya había descubierto. El encerado y el acabado eran hermosos—. Yo no llamaría basura a una cosa como esta.

Hildie encontró un carrito desechado de color rojo y metió dentro de él su robusto cuerpecito. Pasó la mano con cariño por su borde oxidado.

—¿Ni siquiera una cosita pequeña? —preguntó, suplicante, porque sus padres ya le habían dicho que no le comprarían nada.

—Quizás esto no sea muy caro —observó Mim.

—Ya veremos —respondió John, mientras se volvía para ir con la Yaya.

Hildie les siguió, tirando del carrito. Luego se puso de rodillas encima de él, se sentó, probó la manija y las ruedas. Su globo verde se mecía sobre ella.

La multitud fue presa de la expectación. El subastador se hallaba en el cobertizo de la antigua casa de los Fawkes. Era alto como Gore, pero delgado, y de cuerpo erguido. A pesar de la camisa roja a cuadros con el cuello abierto, había en su pose una marcada formalidad que lo diferenciaba del desenfado de la gente que lo aguardaba, propio de los sábados en el pueblo. Sus rasgos eran finos y tensos, y su piel curtida por el sol, casi tan oscura como sus cabellos castaños. Estaba ahí plantado, contemplando a la multitud, con las manos en los bolsillos. Directamente sobre su cabeza se encontraban los elaborados grabados de los aleros del tejado, entrelazados con gruesas ramas cafés de glicina. En lo alto del cobertizo se hallaba la ventana central y más arriba aún, en la cúspide del tejado, una veleta en forma de lince que giraba sin cesar con la brisa ligera, bajo un pararrayos puntiagudo. Una perra perdiguera dorada, que meneaba la punta de la cola a modo de tímido gesto amistoso, estaba sentada detrás del subastador, a la espera de echarse a andar con él entre la multitud.

Por fin, con una media sonrisa de bienvenida en los labios, el subastador bajó los escalones de la puerta, cruzó la calle y se adentró en la multitud que se hallaba entre su casa y el kiosco de música.

Las personas empezaron a ocupar las sillas y a ponerse cómodas para la subasta. Abrieron camino para que Dunsmore pudiera pasar, y cada vez que este encontraba a un vecino de Harlowe, se detenía, le hacía un gesto con la cabeza y le estrechaba la mano.

Cuando llegó a donde estaban los Moore, se detuvo y los contempló.

—Ustedes deben de ser los Moore, ¿verdad? —preguntó—. Los que viven en Constance Hill.

John se volvió hacia Mim.

—Por el amor de Dios —exclamó la Yaya—, ¿cómo lo supo usted?

El subastador echó la cabeza hacia atrás y se rio.

—¡Ya tenía ganas de que vinieran! No son ustedes personas que se dejen ver con facilidad. Ya conozco a casi todos los demás. Y además había oído hablar de los cabellos dorados de Hildie.

El hombre alargó una mano y colocó su amplia palma sobre la cabeza de la niña.

Hildie se quedó boquiabierta y se dejó acariciar.

El subastador dio un paso atrás y apoyó ambas manos sobre las caderas.

—¿Le gusta ese carrito rojo, damita? —preguntó.

Hildie se metió el pulgar en la boca y levantó sus confiados ojos azules hacia el subastador para decirle que sí.

—Tenemos aquí a una dama que sabe lo que quiere —le dijo a Mim con una ancha sonrisa. Sus ojos oscuros se posaron un instante en el rostro de la mujer—. Vamos, Hildie. Tendrás que cederme ese precioso carrito. Tan solo un par de minutos, no sufras. Voy a empezar el espectáculo con tu carrito. Así tu papá podrá comprártelo en seguida.

Pero Hildie, en vez de bajarse, plantó el trasero con fuerza contra la plataforma del carrito y se aferró a él.

—Por favor, Hildie, soy un hombre de honor, ¿aún no te has dado cuenta? —preguntó.

Hildie se mordió el labio inferior en una tímida sonrisa.

El hombre la agarró y la sacó del carrito, le dio un beso en la frente y la depositó al lado de Mim.

Le tendió la mano a John. Y John, como lo había atrapado desprevenido, aguardó un incómodo segundo antes de reaccionar, y por fin se la estrechó.

—¡Cuánto me alegro de conocerlos por fin! —dijo el subastador.

—Hemos oído que esto es todo un espectáculo —farfulló John.

Entonces el subastador agarró el carrito oxidado y se lo llevó. La perra se giró para seguirlo. Hildie se quedó mirando durante un segundo, y luego giró y se echó a correr en pos del subastador, la perra y el precioso carrito.

—¡Hildie! —llamó John con voz severa, pero la niña no volteó a verlo.

—Déjala en paz —dijo entonces la Yaya—. ¿Qué quieres que le pase aquí en Harlowe?

Perly Dunsmore subió por los escalones del kiosco de música y golpeó la baranda de madera con el martillo de subastador. Hildie subió tras él. El hombre se detuvo, la tomó en brazos y la sentó sobre un buró que se hallaba a sus espaldas. La niña volvió a meterse el pulgar en la boca y no apartó los ojos del carrito. La perra se acostó a los pies del hombre.

Mim se volvió hacia John con una sonrisa en el rostro, pero este se reclinó en la silla, visiblemente molesto.

—Esta pequeña es Hildie Moore —anunció Dunsmore alargando las palabras. Su pose distante se desdibujó, hasta el punto que pareció que las líneas de su rostro, literalmente, se recompusieran. El timbre profundo de su voz cobró una suerte de corpulencia, y Dunsmore se transformó, a ojos de los presentes, en un hombre que obviamente había nacido para hacer de subastador.

—Hildie Moore es una amiga mía muy especial —siguió diciendo—, y ha elegido este estupendo carrito mágico para empezar con las ofertas de esta subasta, la más sensacional, grandiosa, pretenciosa y maravillosa que se haya visto un sábado en Harlowe. Díganme, ¿qué me van a ofrecer por este carrito tan extraordinario, estadounidense de pura cepa, el sueño de toda niña de ojos grandes que aún se chupa el dedo a este lado de Powlton?

Hildie se ruborizó. Se sacó el pulgar de la boca y escondió la mano bajo el trasero, por si las moscas. Gore, a la izquierda de Perly Dunsmore, sostuvo el carrito en alto para que todo el mundo lo viera.

—Cincuenta centavos —gritó John.

—Cincuenta, cincuenta. ¿Me ha parecido oír que alguien ofrecía un dólar de plata grandote, redondo y brillante?

La voz de Perly cobraba impulso, como ruedas de metal sobre las juntas de una vía de ferrocarril.

A un extremo de la multitud había una joven en pantalones cortos y top estilo hálter, de pie, acompañada por un niño pequeño con traje de marinero blanco.

—Setenta y cinco —dijo.

—Setenta y cinco, setenta y cinco... vamos, muchachos. No sean tacaños. Recuerden que este carrito será para los más pequeños. ¿Dónde está ese dólar de plata grandote, redondo y brillante?

John levantó una mano.

—¡Un dólar! ¡Un dólar! ¿He oído que alguien decía un dólar y cuarto? —gritó el subastador.

La mujer asintió y el pequeño brincó, agarrado a su mano.

—¡Sssí señor, esto ya está mejor! Solo con frotar un poquito esta herrumbre que parece sobredorado, limpiar un poquito estas ruedas chirriantes, aplicar un poquito de fuerza contra este eje torcido, este viejo carrito será digno de un gladiador. Y ahora me gustaría escuchar cómo alguien me ofrece un par de dólares de plata grandotes, redondos y brillantes, y a continuación entregaré al afortunado ganador las llaves y el registro, la factura de venta y las placas de las matrículas. ¡Quién sabe, amigos míos, a dónde los llevarán sus ruedas oxidadas!

—Un dólar y medio —gritó John.

—¡Un dólar y medio! ¡Un dólar y medio! ¿He oído un dos por ahí? A la una, a las dos, a las tres, ¡adjudicado! Por un dólar y medio, para la muchacha más bonita que he tenido en mis brazos desde hace un montón de tiempo.

Perly agarró a Hildie, que seguía sentada detrás de él, y la sostuvo en alto para que todo el mundo la viera, y luego se la pasó a Mudgett, que la bajó y la depositó en el carrito herrumbroso.

Un adolescente con una cabellera casi hasta los hombros tiró del carrito por el camino que quedaba abierto en el césped hasta llegar al sitio donde se sentaban los Moore, y John le pagó.

—¿Eres el hijo de Jimmy Ward? —preguntó John.

El muchacho asintió.

—Todos los chicos tienen las mismas pecas que su padre —comentó la Yaya—. Yo sería capaz de reconocer a un Ward a un kilómetro de distancia.

—Según tengo entendido, tu padre trabaja como auxiliar de policía—explicó John—. ¿Siempre viene tanta gente?

—No —respondió el muchacho—. Pero ahora están poniendo avisos en todos los periódicos. Hasta en los de Boston. —El chico sonrió y señaló con la cabeza hacia el kiosco de música—.

Siempre lo hace de esa manera. Me imagino que eso es lo que más atrae a la gente.

—Las subastas yanquis de toda la vida —decía Perly, y su cuerpo se mecía en una extraña quietud, sus palabras volaban sobre la muchedumbre como si hubieran tenido vida propia— son el punto de encuentro de los Estados Unidos. Las subastas yanquis de toda la vida son el punto donde lo mejor de lo antiguo se encuentra con lo mejor de lo nuevo. Son el sitio donde el reciclaje se encuentra con el viejo dicho estadounidense: «Úsalo hasta que ya no te sirva más, y entonces arréglalo o déjalo estar». Son el lugar donde los mejores veteranos conocen a los mejores entre los recién llegados. Tienen ustedes varias personas a su derecha y varias otras a su izquierda. Todos ustedes tienen algo que ofrecer y espero, con toda sinceridad, que esta séptima subasta al antiguo estilo que celebramos en Harlowe les ayude a estar más unidos.

Y ahora pasaremos a una pieza genuinamente estadounidense. Una desnatadora de manivela, antigua, de bella hechura —Mudgett levantó la pesada desnatadora y la sostuvo en precario equilibrio sobre la barandilla del kiosco de música, mientras Perly le hacía la publicidad—. Vean ustedes este maravilloso trabajo en estaño, la calidad de la porcelana del cuenco. Hoy en día no se molestan ya en hacer máquinas que deleiten a la vista. Pero hubo un tiempo en el que sí se preocupaban del niño que tenía que ponerse de pie a su lado y hacer girar la manivela, y así fue como adornaron la desnatadora con hojas y flores, para dar reposo a sus ojos y serenidad a su alma.

—Basta ya de cháchara, Perly —gritó Sam Parry, que se hallaba justo detrás de los Moore. A sus setenta años, Sam tenía los cabellos blancos, pero aún conservaba su vigor. La edad tan solo se le notaba en que, en los años pasados desde que sus hijos se habían ido de casa, le había costado cada vez más contener la lengua—. ¿Esa cosa funciona?

—Como una seda —respondió Perly—. En aquellos tiempos las máquinas se hacían para durar —Dio una vuelta a la manivela—. Su funcionamiento es perfecto. Mira esto.

—A mí me parece que chirría un poco —objetó Sam—. ¿Cómo sé yo que las piezas interiores están bien?

—Porque yo te lo digo —repuso Perly—. Y mi palabra vale tanto como un hecho probado. Pero si no estás convencido, firmaré una garantía sin condiciones. Esta máquina ha funcionado durante un montón de años y lo más probable es que le quede más tiempo por delante que a muchos de nosotros.

Sam ofreció un dólar, al tiempo que murmuraba a su esposa y a cualquiera que lo escuchara:

—Ese aparato eléctrico Sears que conseguí de Paul Geness no sirve para nada.

—Te lo tienes bien merecido —respondió la esposa—. Sabes muy bien que todo eso que vende lo saca del vertedero.

—¡Un dólar! —Perly se rio. Sam se encogió de hombros—. Por supuesto que tenemos que empezar por algún lado, pero esto es una antigüedad genuina que vale por lo menos cien dólares. Ahora quiero que todos ustedes piensen en el tipo de conversaciones a que esto podría dar lugar en la sala donde suelen recrearse, o en el comedor. Enseñarían a sus hijos los principios del centrifugado. Les enseñarían cómo se hacían las cosas antaño. Y pueden estar seguros de que ninguna de las personas a las que conocen va a tener uno igual. Lo más probable es que no quede ni una docena de máquinas como esta en el vasto territorio de los Estados Unidos.

—Diez dólares —dijo una mujer pequeña, con un minivestido ceñido y un peinado alto y lustroso de rizos oscuros.

Perly la distinguió entre la multitud y se dirigió a ella.

—Todo el mundo se va a maravillar ante esta pieza. Imagínela instalada junto a la barra del típico bar casero instalado en el sótano. ¡Podría cautivar a los invitados haciendo brotar ponche con la manivela! Sí, señora, no se equivoca usted con esto. Ya cuento con diez, ¡diez! ¿Alguien ha dicho quince?

—¡Once! —gritó Sam—. Si tiene tan claro que la cosa esa funciona, ¿por qué nos lo publicita como tema de conversación? —Siguió rezongando—: Por Dios. Que si nos servirá como tema de conversación. ¿Y quién hay tan idiota como para necesitar un tema de conversación? Si la conversación no sale por sí sola, ¿para qué molestarse?

—No es que tú tengas problemas con eso —señaló su esposa.

—¡Once! ¡Once! —canturreaba Perly—. Y recuerden que el valor de una antigüedad como esta crecerá todavía más con el paso del tiempo. Es más, todavía funciona, así que, si vienen tiempos difíciles, siempre cabe la posibilidad de adquirir una vaca y desnatar la leche uno mismo.

—¡Qué diablos! —exclamó Sam—. Yo ya tengo vacas.

—Vamos por once. ¿He oído que alguien decía quince?

Perly no apartaba los ojos de la mujer de los rizos, pero desde las sillas que estaban al otro lado del pasillo central, un hombre con saco de sirsaca azul levantó una pipa para ofrecer los quince.

—¡Quince! ¡Quince! ¿He oído que alguien decía veinte?

—Dieciséis —propuso Sam en voz alta y fuerte—, y ese precio ya me parece un robo.

—¡Dieciséis! ¿Alguien ha dicho veinte?

La mujer de los rizos asintió a los veinte.

—¡Veinte! ¡Veinte! ¿Escuché veinticinco?

El hombre ofreció los veinticinco y la mujer subió a veintiséis. El hombre contraatacó con veintisiete y entonces hubo un momento de silencio.

—¡Veintisiete! ¡Veintisiete! —gritó Perly—, y si la vendiera por el doble aún sería una ganga. ¿Quién paga treinta?

La mujer de los rizos asintió.

Perly se volvió de nuevo hacia el hombre.

—¡Treinta! ¡Treinta! Si me das los treinta y cinco, tendrás algo que podrás dejar en herencia a los hijos de tus hijos.

Pero el hombre negó con la cabeza.

—¡Adjudicado! —gritó Perly—. ¡Por treinta dólares, a esa mujer que sabe reconocer una ganga!

—Y que no se da cuenta de que se burlan de ella —refunfuñó Sam, sin dirigirse a nadie en particular.

—¡Y ahora, amigos, contengan el aliento! —exclamó el

subastador—. Les hablaré de otra vieja y reputada costumbre estadounidense que las subastas también ayudan a mantener con vida. Los estadounidenses siempre han ido a la caza de las oportunidades, dondequiera que las hallaran, y eso es lo que hace que su sangre fluya con mayor fuerza y rapidez que la de cualquier otra nación. He visitado cuarenta países y sé que es así. Los estadounidenses jamás han temido arriesgar el dinero dondequiera que se halle su corazón y por eso somos el país más rico del planeta. Y tengo aquí algo que podría generar grandes dividendos. Tengo aquí tres cajas sorpresa, y todos y cada uno de ustedes tendrán la oportunidad de presentar sus ofertas. Llegó el momento de apostar doble o nada. Nunca se sabe lo que puede ocurrir. He oído hablar de un hombre que una vez compró una caja fuerte por cuarenta dólares y cuando la abrió se encontró con setenta y cinco mil dólares en su interior. Setenta y cinco mil dólares que, según el juez, le pertenecían por ley. Le podría pasar a cualquiera. A mí, a usted. Así pues, ¿qué me ofrecen por este cartón de sopas Campbell repleto de sorpresas? Un dedal, un destornillador, un montón de retazos de tela para coser, unos calzones largos... ¿Quién sabe? Quizás una pepita de oro. Cincuenta centavos, cincuenta centavos. Quiero que alguien me ofrezca un dólar...

El jueves después de la subasta, los Moore estaban en el huerto, plantando tomates, cebollas y alubias.

—Me imagino que abajo aún debe de haber herramientas viejas para llenar dos buenas cajas, y por lo demás habremos terminado con las subastas —decía John.

—No sé —respondió Mim, al tiempo que echaba el cuerpo atrás y se apartaba de la cara sus finos rizos castaños—. Podríamos empezar con el desván. Podríamos vaciarlo, ya que estamos en ello.

—Sería mejor conservar algo para más adelante —observó John.

—Para más adelante —repuso Mim—. Todas esas cháchara

se han ido guardando siempre para más adelante, desde tiempos que ni siquiera la Yaya alcanza a recordar. Si nos libramos de ellos ahora mismo, por lo menos sacaremos algún dinero.

John se ayudaba con una palanca al clavar en tierra las estacas de los tomates y las alubias. Arrancó del suelo una piedra tan grande como su propia cabeza y la arrojó a un lado.

—Si conservamos todo eso —siguió diciendo Mim—, los hijos de los hijos de Hildie irán a curiosear en el desván durante los días de lluvia, igual que hacías tú cuando eras niño. Trampas para castores y espejos rotos. No es lugar para niños, y Hildie ya tiene ganas de subir cada vez que se le presenta la oportunidad.

Empezaron a darse cuenta de que estaban oyendo el sonido de un motor que se acercaba. Se pusieron de pie para ver quién era y luego decidir si bajarían por el prado para ir a su encuentro. En verano los curiosos conducían por los caminos rurales tan solo para ver dónde terminaban. Girarían en el patio de la entrada de los Moore. La Yaya los espiaría desde la ventana. Hildie los observaría a la sombra del establo. Y los turistas devolverían la mirada con rostro serio, como si lo que veían no tuviera más significado que las imágenes en blanco y negro de un documental de televisión.

Pero esta vez el motor era el de Gore. Y esta vez venía acompañado por Perly Dunsmore.

Hildie se echó a correr ladera abajo por la colina, y Mim y John la siguieron a paso ligero.

La camioneta de Gore se detuvo en el patio de entrada, la puerta del copiloto se abrió y la perdiguera dorada del subastador salió de un salto. Lassie retrocedió y se puso a ladrar con furia. La perdiguera se acercó a Lassie con gran prevención. Lassie calló, y entonces ambas perras empezaron a rodearse con la cola en alto.

Hildie se detuvo tras la valla que separaba la casa del establo, presa de un ataque de timidez, mientras el alto subastador se bajaba de la camioneta y se agachaba para saludarla, sonriente.

—¿El carrito rojo te está gustando, Hildie? —dijo para ganarse su confianza.

Hildie asintió y salió de detrás de la valla, pero de todos modos se quedó a cierta distancia, chupándose el pulgar.

—Ven a ver lo que te he traído —añadió el subastador, y se puso a hurgar dentro de uno de sus bolsillos.

Hildie se sacó el pulgar de la boca y esperó a sus padres. Agarró la mano de Mim y se acercó con ellos a Gore y Dunsmore.

Gore estaba con el cuerpo apoyado contra la puerta de la camioneta.

—¿Qué te pareció el susto de muerte que le dio Perly a esa turista cuando habló de quitar la herrumbre a base de frotar? —le dijo a John, saludándole.

Perly abrió la palma de la mano frente a Hildie. Dentro había un trozo de chicle rosa envuelto en un plástico verde.

Hildie volvió los ojos hacia Mim, y luego sonrió y aceptó el chicle. Perly le acarició la mejilla y le guiñó el ojo, y luego se incorporó.

—Desde luego que este lugar es bonito —dijo Perly a John y Mim—. Todo lo que contaban al respecto es verdad. —Miró más allá de la casa, hacia el prado, con el huerto a medio camino en terreno llano—. Pero tenía que venir y verlo por mí mismo.

Hildie se acercaba sigilosamente a las perras. Estas seguían olisqueándose la una a la otra con desconfianza. El pelo del ancho lomo de Lassie se había erizado y sus cortas patas estaban tensas.

—Te presento a Dixie —dijo Perly a la niña. La corpulenta perra, de color castaño claro, se puso al lado de su amo en cuanto este pronunció su nombre, aunque sus ojos ambarinos siguieran mirando a Lassie, llenos de interés—. Dale la pata a Hildie, Dixie —ordenó. La perra se sentó y le tendió la pata a Hildie. Por unos momentos, Hildie no se intimidó, pero luego se dio la vuelta y hundió el rostro contra el cuerpo de su madre. El subastador le guiñó un ojo a Mim, mientras esta tomaba en brazos a la niña y la protegía.

—Enséñales cómo dices tus oraciones, Perly —exclamó Gore—. Esta perra es la más inteligente que existe...

—Reza, Dixie —ordenó Perly. La perra se levantó sobre sus

patas traseras como un terrier, juntó las zarpas delanteras, apuntó con el hocico a la voluta de humo que salía de la chimenea de la casa y aulló.

Hildie se rio y empezó a saltar de un lado a otro de puro regocijo. En su entusiasmo, rebotó contra la rodilla de Gore.

—Ten más cuidado, Hildie —la regañó Mim. Pero su propio rostro brillaba de alegría—. ¿Le vendría bien entrar y saludar a la Yaya? —preguntó la mujer, levantando los ojos con timidez para mirar a los del subastador.

Mientras Mim y Hildie acompañaban al subastador dentro de la casa, como si hubiera sido un dignatario de visita, John y Gore fueron a buscar las cajas de herramientas del fondo del establo.

—¿Se han apuntado más auxiliares? —preguntó John.

—Jack Speare y Ezra Stone —respondió Gore.

—Tú lo que quieres es poner un circo —replicó John, al tiempo que agarraba una caja de madera y metía dentro las viejas herramientas oxidadas que aún estaban esparcidas entre los excrementos de rata y los restos de paja vieja.

—Sí, es eso —repuso Gore.

John hizo que no con la cabeza.

—Supongo que es asunto tuyo —dijo—. Mientras las subastas rindan y mis impuestos no suban... —Dejó una de las cajas junto a la puerta y agarró un cesto para meter dentro lo que aún le quedaba—. Pero espero que sepas lo que estás haciendo.

—Deberías darme las gracias —replicó Gore—. Este lugar tiene muchísima mejor pinta que hace tan solo seis semanas.

John se enderezó y miró a su alrededor.

—Me imagino que barreremos y que meteremos algunos pollitos aquí —explicó.

Agarró la cesta, y Gore, por su parte, la caja. Las sacaron afuera y las depositaron en la zona de carga de la camioneta, junto a un buró azul al que se le caía la pintura.

—Bueno, esto será todo por este año —afirmó John.

Gore cerró de golpe la puerta trasera.

—¿Quieres decir que no tienes nada en el desván? —preguntó Gore, mientras observaba la pequeña ventana que se asomaba bajo el tejado, encima de la cocina.

John siguió su mirada hasta la polvorienta ventana y luego observó de nuevo a Gore, que se estaba examinando el vello del dorso de la mano.

—Puede que sí y puede que no —contestó—. Pero por lo que respecta a mí y a las subastas, creo que este año no habrá nada más.

Gore encendió un cigarro.

Hildie, Mim y el subastador salían por la puerta trasera riéndose a carcajadas.

—¿No es increíble que estos cachivaches se sigan vendiendo? —le dijo Perly a John, mientras andaba por el camino con Hildie a su lado y Mim detrás.

—Debe de ser mérito del subastador

—Lo es —corroboró Gore, aliviado—. ¡Es una auténtica maravilla! Ustedes mismos lo han visto.

—Todo esto es una sana diversión —explicó Perly. Agarró a Hildie y la contempló con sus ojos oscuros y vivaces. La niña soltó una risita y trató de zafarse de él—. ¿No le darás un beso de despedida a tu padrinito que te quiere? —preguntó. Y Hildie respondió con un rápido beso en su oscura patilla y luego escapó de sus brazos—. ¿Sería posible que Hildie viniera a mi catecismo, a partir de este domingo, a las diez en punto? —preguntó Perly a John.

—¡Ay, estaría muy bien! —exclamó Mim—. ¿A ti te gustaría? —preguntó a Hildie.

Hildie bailoteaba sin decir nada, bien agarrada a la mano de Mim.

Perly se puso en cuclillas y le preguntó:

—¿A ti te gustaría, amiguita?

—¿Dixie estará? —preguntó Hildie a su vez.

—No lo dudes —contestó el hombre—. Y además contaremos historias: la de Moisés entre los juncos, la del viejo sabio

Salomón, la del rey Herodes y el Niño Jesús... Contar historias es casi como vivir varias vidas a la vez.

Aquella semana John y Mim barrieron el fondo del establo y construyeron un gallinero para reemplazar el de atrás, que se vino abajo hacía tres inviernos, durante una tempestad de granizo. El miércoles, John fue con Hildie a la Cooperativa Agraria y se hizo con dos docenas de pollitos.

—Ya sé que es de puro sentido común, no tiene caso tener gallinas —rezongó la Yaya cuando hubieron ordeñado las vacas, cenado y acostado a Hildie—. Pero lo que sí estaría bien sería que tuviésemos un gallo que se pusiera a cantar por la mañana cuando aún está oscuro como boca de lobo. Una bestia testaruda como mil demonios que cantara y cantara cuando nosotros aún estamos lagañosos...

—Ahora no vamos a discutir por un gallo, mamá —respondió John. Estaban bebiendo té en la mesa, junto a la ventana, y contemplaban el estanque, cuya superficie estaba tersa como un cristal bajo la última luz.

—No, ya veo que no —respondió la Yaya—. Esto es un poco como lo que dice Perly. Hemos perdido los valores de tiempos pasados, como por ejemplo cuando vamos y pagamos un buen dinero por pollitos ya incubados, aunque podríamos tener un buen gallo y conseguir los pollitos de la manera que es natural.

—A mí me gustaría saber cuáles son los valores de tiempos pasados por los que Harlowe necesita tantos auxiliares de policía —replicó John.

—Ya empezamos, John —intervino Mim—. Ya vuelves a buscarle tres pies al gato.

—¿Yo? No —respondió John—. Por lo que respecta a nosotros, hemos terminado con las subastas. Me da igual lo que hagan ahora en el pueblo.

3

Pero el jueves siguiente, mientras los Moore terminaban la comida del mediodía, la camioneta de Gore entró de nuevo en el patio con gran estrépito y el rostro de John se ensombreció.

—¿A qué diablos viene esto? —dijo.

Perly había llegado con Gore de nuevo.

Hildie gritó de regocijo y salió por la puerta, y corrió sendero abajo con Lassie, porque quería hacerle mimos a Dixie. Mim iba a seguirla, pero entonces John se puso en la puerta y no la dejó salir. Inclinó su cabeza de lado e hizo como que esperaría a que los hombres llegaran.

Pero estos se dirigieron a la parte de atrás de la camioneta. Gore abrió la puerta trasera y se encaramó trabajosamente al interior del vehículo. Perly agarró uno de los extremos de un viejo sofá de felpa roja y lo fue guiando hasta el suelo mientras Gore empujaba desde el otro lado.

—Espérate aquí —le dijo John a Mim, y bajó con pasos lentos por el sendero.

Mim lo siguió.

—¿Qué es esto? —preguntó John.

Perly se volvió hacia él, sonriente.

—Mira, este mueble ha llegado al almacén y me he dado cuenta de que tiene la altura ideal para tu madre. Cuando las articulaciones se ponen rígidas, los sofás demasiado bajos no vienen bien. Se me ha ocurrido que tal vez me lo cambiarías por tu propio sofá, porque así tu madre podría darle más reposo al cuerpo.

—Eso tendrá que decirlo la Yaya —respondió John, mientras miraba con desconfianza la tapicería algo desgastada—. Puede que sí le resulte más cómodo. La verdad es que no lo sé.

Mim no decía nada. Pensaba en la nueva funda floreada para el viejo sofá de la Yaya que le había costado tres días de trabajo no hacía mucho, en el invierno anterior.

Al ver el nuevo sofá, la Yaya pareció alarmarse. Perly la ayudó a ponerse en pie.

—Si no le conviene —le dijo para tranquilizarla—, volveremos a llevárnoslo y seguiremos a la espera hasta que llegue otro que sí le convenga.

Bajo la mirada de Perly, la Yaya se sentó en el nuevo sillón con ayuda de sus bastones, y luego volvió a incorporarse. Después se sentó de nuevo, y de pronto una sonrisa le iluminó el rostro.

—¡Ah, pues tenías razón, Perly! —exclamó—. Esto es algo que nunca se me había ocurrido. Pero me resulta mucho más fácil levantarme de este, y cuando me siento no tengo la necesidad de dejarme caer en el último trecho, como sí he tenido que hacer durante estos últimos años. Esa sacudida siempre me molesta —Se levantó y se sentó de nuevo—. ¡Sí que está bien! —añadió—. Y, sabes, además me parece que en este me quedo mejor sentada. No se me queda el cuerpo tan para atrás.

—Reconozco que has acertado —le dijo Mim a Perly, aunque siguiera pensando que el nuevo sofá no era tan bonito como el antiguo—. Ninguno de nosotros se había dado cuenta.

—Los de casa nunca se dan cuenta de esas cosas —afirmó la Yaya.

Perly se había quedado de brazos cruzados en el umbral de la puerta y escuchaba sus comentarios.

—A veces, un nuevo par de ojos... —dijo, y su rostro se iluminó con una radiante sonrisa.

—Pues te doy las gracias, Perly —añadió la Yaya, radiante de felicidad.

El subastador se acercó y tomó la mano de la anciana entre las suyas.

Sin decir nada, John ayudó a Gore a llevar el sofá por el camino de entrada hasta la camioneta. Gore lo encajó con firmeza en un extremo de la zona de carga y lo protegió con un par de edredones andrajosos.

—¿Esta semana no tienes ninguna historia por contarnos? —preguntó John—. No me lo acabo de creer.

Gore se apoyó en el sofá bien instalado dentro de la camioneta. Su vistosa funda ya no quedaba a la vista. Metió la mano en el bolsillo en busca de cerillos.

—Ven a casa, veo que te gustaría platicar. Ya sabes que los domingos siempre hay alguien de la vieja cuadrilla por ahí. Pero es que tú nunca has venido mucho.

—Pensaba que Perly te tendría ocupado todo el tiempo —contestó John.

—No —repuso Gore—. La vida sigue igual que siempre, salvo por las subastas de los domingos.

Salió de la camioneta y volvió los ojos hacia la ventana del desván.

Dunsmore apareció en la puerta junto con las mujeres. Hasta la Yaya se había esforzado en caminar hasta la salida con sus bastones para despedirse de él.

—Bueno, gracias —le dijo John cuando se acercaba a la camioneta—. Gracias por tu amabilidad.

—Ha sido un placer —respondió Perly—. Tu madre es toda una mujer. Un verdadero símbolo de todo lo que este país representa. Eso lo veo muy claro.

John se quedó de brazos cruzados observando al subastador. Los movimientos de Perly eran rápidos y espontáneos. «Demasiado rápidos y demasiado espontáneos», pensó John, con una punzada de antipatía.

Gore subió a la camioneta. Perly abrió la puerta del copiloto y le tendió la mano a John.

—Nos vemos la próxima semana —le dijo.

John juntó su mano con la del otro hombre, tan solo por un instante.

—¿Para qué nos vamos a ver? —preguntó, mientras la fuerte mano de Perly agarraba la suya.

Perly enarcó una ceja.

—Pues las subastas aún no han terminado —dijo—. Alguien pasará por aquí.

—Como tú mismo decías —señaló Gore desde lo alto de su asiento—, ahora tenemos policías suficientes para todo un circo. Hay que darles trabajo.

Perly cerró la puerta, sonriente, y Gore pisó a fondo el acelerador.

—¡Eh! —gritó John, pero la camioneta había retrocedido y empezaba a girar, por lo que tuvieron que apartarse para que pasara.

Mim se había puesto a remendar overoles de trabajo en la máquina de coser de pedal que tenía en la sala. Desde allí veía a Hildie en el césped. La niña trataba una y otra vez de hacer la vuelta de carro y terminaba siempre rodando por el suelo.

John y la Yaya estaban sentados cerca de ella, a la espera de que empezara el telediario de las siete.

—No sé qué tiene ese tipo que hace que te entren ganas de levantarte de la silla y ponerte a hacer cosas —explicaba Mim—. A mí me gusta la idea esa de que no es que nosotros nos hayamos quedado atrás, sino todo lo contrario.

—Mira, si con eso te pones a remendar, entonces la cosa no fue del todo mal —repuso John.

—Qué satisfecho estaba de sí mismo con lo de ese sofá —dijo la Yaya, mientras pasaba la mano por la desgastada felpa roja—. ¿No les pareció que estaba a punto de estallar de pura emoción? ¿O de bailar una giga? En parte es eso lo que hace que te entren ganas de levantarte y ponerte a hacer cosas.

—Esa niña terminará por partirse el cuello —exclamó entonces John, mirando a Hildie por la ventana con el entrecejo arrugado.

—Y la verdad es que cumplió su palabra —añadió la Yaya— en lo que respecta al catecismo. Ese es uno de los valores de antaño que no dudo que fueran mejores a lo que tenemos hoy.

—Pero Hildie es una astilla de este palo que soy yo —observó John, riéndose—. Y el catecismo no le gusta.

—Porque ese hombre les contó la historia de cuando Abraham estuvo a punto de destripar al pobrecito Isaac —explicó Mim—. Seguro que se preocupó por lo que podrías hacerle tú la próxima vez que te enojes con ella. Es una historia que ninguna madre puede entender.

—Si piensas de esa manera es porque no tienes fe —replicó la Yaya.

—Eres la única persona que queda por aquí que tiene tanta fe, Yaya —le respondió John—. Pobre Hildie. Dios no pide cosas como esas hoy en día y me cuesta pensar que en otro tiempo las pidiera.

—No, a personas como nosotros tan solo nos pide pequeñeces —contestó la Yaya—. Como por ejemplo, darse cuenta cuando una anciana necesita un sofá más alto para dar reposo a su espalda fatigada.

—¿Tú crees que vino por eso? ¿O más bien porque el sofá viejo del abuelo tenía más probabilidades de encontrar comprador, gracias al arreglo que le hizo Mim?

—Tú nunca has tenido fe, hijo mío. Los jóvenes no recuerdan ya los valores de antaño.

—¿Son valores de antaño los que guían a Gore cuando dice que necesita todo un ejército de auxiliares de policía? —preguntó John—. Lo que yo quisiera saber es para qué los quiere. ¿Es por algún valor de antaño por lo que me insiste en que contribuya a la subasta todas las semanas? Antes de que nos demos cuenta, la mitad de los hombres del pueblo serán auxiliares de policía. Dios sabrá para qué los quiere.

—Debe de haber veinte pueblos en New Hampshire que celebran subastas todos los sábados —repuso Mim, mientras empujaba el overol de mezclilla bajo la aguja y hacía funcionar la máquina.

—Y yo te he estado diciendo toda la semana —insistió la Yaya— en que no puedes echarle la culpa a Perly por la charlatanería de Gore. Todo lo que te diga Gore te lo puedes borrar de la cabeza en seguida. Esa familia siempre ha sido un desastre. No les importa un comino lo que sea verdad y lo que no.

El jueves, John estaba inquieto. Tras ordeñar las vacas y sacarlas a pastar, se demoró en el desayuno. Bebía una taza de café tras otra y buscaba nuevas tareas que pudiera hacer por la casa. Cada vez que el viento suspiraba largamente entre los pinos, le parecía ver a Perly y Bob irrumpiendo en el patio.

Terminó de remendar un desgarre en la puerta mosquitera y se volvió para hablar con Mim. La mujer llenaba la cocina de leña con cuidado de no acercar el cuerpo, para que no se le quemara la ropa. Hildie vio que su padre estaba sin hacer nada, lo agarró por las manos y trató de trepar por su cuerpo como si fuera un árbol. John se sentó al lado de la mesa y la hizo saltar sobre su rodilla, sin perder de vista a Mim.

La mujer dejó la cocina y fue al lavabo a lavarse las manos. Después agarró su cepillo del estante y empezó a cepillarse el cabello. Se lo cepilló una y otra vez, al tiempo que contemplaba su propia imagen en el pequeño espejo colocado sobre el lavabo, con el que John se afeitaba cada dos o tres días. Cada vez que pasaba el cepillo, su cabello claro se recogía en rizos crespos. Por lo general, solo se cepillaba así cuando se lo lavaba los sábados por la mañana. Hildie resbaló hacia abajo por las piernas de John y luego volvió a trepar. Mim dejó el cepillo y acercó la cara al espejo.

John empujó a Hildie a un lado. Sentía que el calor se le subía a la cabeza. El juicio de la Yaya le resonaba en los oídos: «Es demasiado bonita como para poder ser una esposa decente».

Mim tenía diecisiete años en el momento de su boda y era tan hermosa que a John le dolía el mero hecho de tocarla. Si alguien le hubiera preguntado por qué se casaba con ella, probablemente habría contestado que ese era el motivo. Pero luego había visto con alegría como, tras un par de años a solas con los campos y los árboles, sin más ojos que la contemplaran salvo los de John y sus padres, la mujer había olvidado su propia belleza y no se molestaba en mirarse al espejo desde el principio de la semana hasta el final. Mim era solo para él. Y recordaba haber pensado de vez en cuando durante aquellos primeros años —cuando Mim corría prado abajo en verano, o se zambullía en el estanque, o entraba en la cocina en invierno, sonrosada por el frío— que tener una mujer con aquella imagen era algo que demostraba la valía de un hombre.

Llevaba años sin pensar en todas esas cosas, pero en ese instante vio que Mim ya no era joven. Las delgadas manos con que agarraba el cepillo se habían curtido como las del propio John. Su bonita piel clara, que en otro tiempo se había ceñido a sus marcadas facciones con tal tersura que su rostro no delataba ningún pensamiento, se había cubierto de leves arrugas, de modo que la risa, la burla, y la breve y característica mirada de soslayo con que expresaba escepticismo parecían estar siempre ahí, a punto de manifestarse. Con todo, su cuerpo se había redondeado y había ganado confianza sin perder su gracia, y sus pupilas conservaban el azul claro y profundo de un cielo de invierno.

Por todo ello, no había pasado por alto los ojos con que el subastador la miraba. John se levantó de la silla y fue hacia ella con pasos lentos. La mujer vio sus ojos en el espejo y se quedó tensa, alarmada. Las dos manos de John se posaron sobre sus brazos. Mim se quedó inmóvil. El propio John sintió la fuerza de sus manos y cerró los ojos para contenerse. Mim no iba a resistirse. Nunca se había resistido. John se había salido con la suya al primer intento, cuando Mim tenía quince años. A veces la muchacha empezaba por huir, se refugiaba en las sombras, bajo los árboles, pero si John se quedaba quieto, muy quieto, siempre terminaba por volver con él y le permitía hacerlo.

La mujer soportó el doloroso apretón en los brazos sin tratar de moverse, hasta que el propio John empezó a temblar. El hombre se apartó con tal brusquedad que el cuerpo de Mim se tambaleó contra el lavabo.

—¿Por qué te cepillas el pelo? —le gritó.

Hildie gritó espantada y corrió hacia su abuela, hacia la sala, pasando entre John y Mim.

La piel pecosa de esta última palideció.

—Cuando vienen visitas, lo correcto es tener un aspecto decente —replicó. Sin tratar de apartarse de John, empezó a sacar los platos del escurridor y a guardarlos en las estanterías superiores—. ¿Qué vamos a donar esta semana? —preguntó. Aquella pregunta ya se había repetido demasiado.

John se quedó en medio de la estancia, observándola con sus ojos verdes entrecerrados.

Mim lo miró a su vez. Luego dio un amplio rodeo en torno a él y salió por la puerta de atrás de la cocina, sin detenerse a recoger su chaqueta, aunque fuera un día fresco y hubiera empezado a caer una lluvia fina.

John se sentó en una silla y esperó. Sintió que el pulso de sus sienes perdía fuerza y su respiración acelerada volvía a su ritmo habitual.

—¿John? —llamó su madre.

John no contestó. Hildie asomó la cabeza a la cocina y luego corrió de vuelta hacia su abuela.

—Está ahí —informó.

—¿Johnny? —llamó de nuevo la Yaya—. No tienes ningún derecho a tratarla de ese modo.

—Yo solo le he hecho una pregunta —espetó el hombre.

No le dijeron nada más y John se quedó sentado, a la espera. Mim no regresó hasta poco antes de las tres. Entonces, entró y fue directa a la tarja, y siguió sacando los platos del escurridor, con la blusa empapada de lluvia y pegada a los hombros.

—¿Qué vamos a donar esta vez? —preguntó de nuevo.

—Nada —respondió él sin moverse un ápice.

—¿Por qué vamos a parar? —insistió la mujer—. El desván todavía está abarrotado.

—El viejo Caleb Tuttle no les dio más que una silla rota en todo un mes.

—¡Ah!, Caleb Tuttle. Fanny cuenta que ahora los recibe escopeta en mano. ¿Te lo imaginas? Sale al encuentro de Perly Dunsmore y Bob Gore con una escopeta. Caleb siempre ha sido un buscabroncas.

—Te repito que ya les hemos dado lo que correspondía —insistió John.

—¿No preferirías invertir algo de dinero, en vez de guardar esas cháchara del desván que nunca utilizamos para nada? Y además por una buena causa. ¿No te parece bien que tengamos un cuerpo de policía de verdad? Si algún día los necesitamos, vendrán en seguida.

—¿Para qué? ¿De qué te serviría un policía, si tuvieras tiempo de llamarlo?

Mim se encogió de hombros.

—Bueno... a saber. El mundo está cada vez peor.

Fue a la leñera y tomó ramitas para encender el fuego de la cena. Levantó la tapa de la estufa y se volvió hacia John.

—Diles que no, si eso es lo que quieres —le concedió—. Pero al menos a mí me gusta colaborar en lo que ese hombre está haciendo por el pueblo.

—No es más que un tipo enamorado de su propia charlatanería —replicó John.

Pero cuando Dunsmore y Gore acudieron de acuerdo con lo prometido, John y Hildie los recibieron en el patio, los acompañaron al desván y les dejaron que se llevaran las sillas de arce de roca pintadas que estaban pendientes de adherir.

El lunes, John se presentó a comer con el correo en la mano.

—El cheque por las sillas no pasa de un dólar setenta y cinco —explicó—. Y la nota de Perly no dice nada al respecto. Tan solo se lamenta por no haber tenido tiempo de venir a saludarlos a ti y a la Yaya.

—Esas sillas no valían nada —respondió Mim.

La Yaya se acomodó en torno a la mesa.

—Me siento un poco mejor ahora que sé que me ha mandado saludos —dijo.

John se lavó las manos y luego metió toda la cabeza bajo el chorro de agua fría del lavabo. El mecanismo de bombeo se puso en marcha debajo de ellos y siguió funcionando después de que cortara el agua. John se frotó la cabeza con una toalla.

—No sé —dijo—. Yo podría estar muy bien sin sus visitas.

—A mí me parece que tienes envidia, niño —respondió la Yaya—. Y la verdad es que con un hombre como ese no es difícil sentir envidia.

Mim se volvió hacia la cocina y escondió su sonrisa en la olla donde se cocinaba la sopa.

—Estoy pensando en cuestiones concretas, mamá —le contestó John—. Por ejemplo, cómo es que este año no me han pedido que me encargue de la niveladora, ni una sola vez, cuando a estas alturas todos los caminos de tierra ya están nivelados.

—Yo ya te lo dije —replicó Mim—. Deberías ir a ver a Jimmy Ward y preguntarle en persona.

—¿Estás insinuando que esto podría ser pura casualidad? —preguntó John—. ¿Es casualidad que haya sido Ian James quien ha nivelado nuestro camino este año, después de quince en que siempre lo habíamos hecho Frank Lovelace o yo mismo?

—Pues es lo más probable —contestó Mim.

—¿Y ahora me dirás que las palabras de Gore también fueron casualidad?

—¿Bobby Gore? —dijo entonces la Yaya—. Pero si ese no tiene más que paja en la cabeza. Es igual que su padre.

—El viejo Toby es mala persona, Yaya. Quizá Bobby también se le parezca en eso.

—Sí, es mala persona —confirmó la Yaya—. Corrió de casa a sus propios hijos a medida que iban cumpliendo los quince años y les decía que no regresaran. —Alargó la mano para acariciarle el brazo a Hildie, pero Hildie estaba absorta haciendo burbujas en un vaso de leche con un popote—. No sé si Toby terminará por vivir de la caridad pública, pero se lo merecería.

—Lo que más me preocupa es que los que terminemos viviendo de la caridad pública seamos nosotros —repuso John.

Los edificios de la calle Mayor eran casas coloniales de dos pisos, pintadas de blanco, con persianas negras o verdes. La mayoría tenían recibidores, alas y dependencias exteriores añadidas. La tienda de Linden quedaba escondida en una esquina, si bien su presencia no era tan discreta como algunos vecinos habrían deseado. Había sido un establo hasta que dos generaciones atrás un Linden entabló las ventanas, llenó de mercancías la larga estancia interior y abrió una tienda donde se vendía de todo. En su tiempo, Ike Linden había recubierto las paredes con un amianto gris veteado con líneas oscuras que, en teoría, tenía que parecer granito. Salvo por la adición de un pequeño escaparate y una hilera de focos que colgaban del techo a intervalos, la tienda se veía más o menos como siempre, no tan anticuada como abarrotada y oscura. Se distinguía desde la calle por dos surtidores de gasolina Amoco, un desgastado letrero de Coca-Cola y una pintoresca selección de carteles antiguos.

Cada vez que tenían que llenar la despensa, las personas de Harlowe recorrían en automóvil los veintisiete kilómetros de la Ruta 37 que los separaban del centro comercial. Sin embargo, casi todos los habitantes del pueblo hallaban alguna ocasión para visitar la tienda de Linden dos o tres veces por semana. Iban por leche y pan, por dulces para los niños, pasta de jitomate para una cena a medio cocinar, un tornillo del tamaño idóneo, alquitrán para la estufa de leña, velas de cumpleaños, el periódico, pan de plátano casero y gasolina, por no hablar de los libros de la biblioteca, seguros, licencias de caza y números para las apuestas de las competencias de New Hampshire.

Una parte del genio del viejo Ike Linden como tendero, y también como concejal, era su capacidad para escucharlo todo y no contar prácticamente nada. Dicha cualidad, al combinarse con su dominio sobre una tal abundancia de bienes materiales, le había dado la fama de saber muchas cosas. Todo el mundo lo consultaba sobre el impuesto de la renta, las normas de etiqueta en sociedad, las esposas conflictivas y las nuevas variedades de manzanas. Y Ike, a su lacónico estilo, hacía lo posible por satisfacerlos con sus contestaciones, sin darles ninguna respuesta clara. Pasaba los días sentado en la trastienda, sin más ocupación que fumar y reflexionar sobre las cuentas del negocio, mientras el joven Ike y la esposa de este, Fanny, se ocupaban de la tienda como tal.

—¿El suegro está por aquí? —preguntó John a Fanny al entrar en la tienda aquella tarde, en apariencia para comprar hojas de afeitar.

La mujer señaló con la cabeza en dirección a la trastienda.

—¿Entro? —preguntó John.

—Más valdrá que esperes —contestó Fanny—. Está con alguien.

Y John, con cierta torpeza, fingió entretenerse en los anaqueles donde se guardaban los fertilizantes. Iba leyendo las etiquetas y volteaba cada vez que se abría la puerta, para ver quién entraba. Por fin, después de que entraron y salieron varios turistas que conversaban en voz alta, como si Fanny y él mismo no hubieran estado presentes, entró Walter French, arrastrando los pies.

Se detuvo frente a Fanny.

—Quisiera unas esponjas —dijo.

—Están en ese pasillo —le respondió, señalando con el dedo.

—No las veo —insistió él, sin mirar. Entonces Fanny se bajó del banco y fue por un paquete de esponjas de cuarenta y nueve centavos.

En ese momento, French se volvió y su mirada se cruzó con la de John. Este no sabía si durante las últimas semanas se habían incorporado nuevos auxiliares de policía. French tenía pinta de perro apaleado y no parecía el tipo de persona que alguien pudiera querer en ese puesto. Hubo un momento incómodo en el que John se quedó con la boca abierta sin decir nada. Luego pensó que un hombre como French, con un montón de niños hambrientos a su cargo, era el tipo de hombre que podía servir muy bien a los intereses de Perly sin necesidad de trabajar como auxiliar de policía. Cerró la boca, asintió como poniendo distancia y se volvió de nuevo hacia los fertilizantes.

Las campanas de la puerta sonaron a espaldas de French y John volteó para echarle una nueva mirada mientras se alejaba. A través del revoltijo de objetos que se exponían en el escaparate, vislumbró a un agente de policía estatal uniformado que se colocaba el sombrero Stetson en la cabeza mientras se alejaba de la puerta de Ike Linden. El rumor profundo y uniforme con que arranca el motor de un automóvil se mezcló con el carraspeo de la camioneta de French. Era un Oldsmobile azul con placas de New Hampshire. John se había fijado en él al entrar.

Sin darse cuenta él mismo, se giró hacia Fanny con rostro interrogador. La mujer le devolvió una mirada inexpresiva. Eran las dos únicas personas que quedaban en la tienda.

—Entra a ver al viejo, si quieres —dijo ella.

Lo único que se veía de Ike era una silueta oscura contra la ventana. En cuanto los ojos se le hubieron acostumbrado a la penumbra, John se sintió confuso. Había ido a hablar con un hombre vigoroso, pero Ike estaba muy mayor. Llevaba un suéter de color azul claro sobre los hombros, como una mujer. Sus lentes colgaban de una cadena en torno al cuello, pero no se molestó en ponérselas para mirar a John.

—¿Hubo algún problema? —preguntó este, que se detuvo a la mitad de la estancia y señalaba en la dirección por la que se había alejado la patrulla.

—Solo una visita amistosa —respondió Ike, y reordenó los papeles que tenía sobre la mesa para jugar a naipes frente a la que estaba sentado.

John seguía de pie. Oyó las campanas de la entrada de la tienda.

—Quisiera saber por qué este año no se me ha encargado ningún trabajo con la niveladora —espetó.

—Las carreteras y caminos son competencia de Jimmy Ward —respondió Ike.

—¡Pero si Jimmy es auxiliar de policía! —exclamó John.

Entonces Ike se puso los lentes para mirarlo.

—Pero de todos modos están a su cargo —insistió.

—Ya me imaginaba que me habrían excluido por eso —explicó John—. Y tú también eres concejal.

—Soy un viejo cansado —respondió Ike—. Y no soy persona a la que le guste entrometerse en nada.

John se sonrojó y apoyó las manos en el respaldo de un sillón que estaba frente a él.

—Es que había pensado que quizá podrías ayudarme —murmuró.

—¿A qué viene esto? —gritó Ike, visiblemente irritado.

—Se me había ocurrido que quizá podrías encontrarme trabajo —dijo John con voz fuerte.

—Ya me parecía que era eso lo que me dijiste —replicó Ike, mientras volvía a sus papeles—. La verdad es que es la primera vez que veo a alguien de tu familia pidiendo caridad.

John se agarró al sillón y se quedó mirándolo mientras el anciano agarraba un papel y se lo acercaba a los ojos.

—Hace quince años que nivelo caminos —insistió John.

El anciano no dio señal de haberlo oído.

John volteó, apartó la cortina y salió a la tienda, y se dirigió a la puerta.

—Tus hojas de afeitar —le dijo Fanny desde la penumbra.

John retrocedió, agarró el paquete de hojas del mostrador y se dirigió de nuevo a la puerta.

—Esto será un dólar con veintiún centavos —gritó Fanny a sus espaldas.

John respiró hondo y se detuvo. Metió la mano en el bolsillo, sacó dos billetes de dólar arrugados y los dejó sobre el mostrador.

—No le hagas mucho caso —le dijo Fanny mientras sacaba

el cambio de la caja registradora—. En estos tiempos ya tiene bastante con cubrir sus necesidades y también las nuestras.

Muchas de las cosas que guardaban en el desván se iban estropeando con el calor, el polvo y el paso del tiempo. El subastador se lo llevó todo en varios viajes con la camioneta y vació el desván antes de lo que habían esperado. Lo único por lo que sacaron un cheque decente fue un baúl repleto de cartas y tarjetas de la madre de Mim. Eran miles, con las esquinas roídas por las ardillas y la suciedad que quedaba al pudrirse los adornos de las felicitaciones de San Valentín. La madre de Mim perteneció a un club de costura de colchas, un club de floristería, un club de aficionados a las tarjetas postales y un club de coleccionistas de cajas de cerillos, y mantuvo correspondencia con socios de todo el país. Cada una de las cartas empezaba con una crónica de fracasos, decesos y dolencias. Mim pensaba que las cartas de respuesta de su madre debían de ser casi idénticas a las que recibía. Había sido una mujer corpulenta, enérgica, que se creía todas las promesas y había acumulado frustraciones ante la realidad del mundo hasta el día en que murió. La propia Mim fue uno de sus fracasos. Se casó joven. Se casó con un granjero. Le dio la espalda a las oportunidades que le deparaba la belleza de sus años jóvenes. Su madre había soñado en que con esa belleza conquistaría a un médico, un senador o un príncipe. Aquellas cartas incomodaban a Mim. Algo le decía que fueron las propias quejas, el mismo acto de plasmarlas sobre el papel, las que hicieron que su madre fuera tan infeliz. En cambio, Mim no ponía la pluma sobre el papel si no era absolutamente necesario.

El 28 de junio, Perly y Gore se llevaron las tres cajas de colchas a medio terminar, lo único de valor que aún podía encontrarse en el desván. Cuando se fueron, John, Mim y Hildie subieron y examinaron los restos que habían quedado: trozos roídos de cajas de cartón, retazos podridos de tela para acolchado, polvo acumulado en desiguales montículos, mazorcas de maíz mordisqueadas por las ardillas que se refugiaban allí durante el invierno y un montón de braseros herrumbrosos que el padre de John había querido utilizar para calentar el huerto durante un tiempo en el que le dio por cultivar duraznos. Mim bajó por una escoba y pasaron una tarde de calor y polvo mientras limpiaban la gran estancia.

En cuanto terminaron, Mim cruzó los brazos y contempló a Hildie, que corría arriba y abajo sobre las tablas amplias y poco firmes del suelo.

—En toda nuestra vida no habíamos hecho una limpieza como esta —observó—. Todas esas cháchara no eran más que un peligro de incendio. Creo que en ningún momento las necesitaremos para nada.

—Y con esto terminamos —añadió John—. Terminamos de una vez por todas.

Mim no le respondió hasta que bajaron detrás de Hildie por el sendero que conducía al estanque, con la intención de bañarse. Entonces le dijo:

—Bueno, esos dos tienen ojos en la cara. Ahora ya no les queda ningún motivo para volver a molestarnos. —John no le respondió—. ¿No te parece que es así, John? —insistió la mujer.

—Si tú misma estás tan convencida, ¿por qué me lo preguntas? —repuso John.

4

El jueves, John y Mim fueron al huerto a recoger los primeros chícharos, y Hildie, en cuclillas junto a la maraña de plantas, se entretenía en desgranarlos y comerlos. De vez en cuando hacían pausas en su tarea para escuchar. Llegó el momento en el que el sonido de una camioneta se acercó poco a poco hasta volverse inconfundible, y entonces todos ellos se incorporaron, uno tras otro, y miraron en dirección al camino rural.

—Ah, es Cogswell —murmuró John.

—Quizá necesita que le echen una mano con alguna labor —señaló Mim.

Cogswell salió de su abollada camioneta verde, saludó con la mano y caminó hacia ellos por el prado. Era un hombre alto y delgado, que se movía con una dejadez que podía atribuirse solo en parte a la bebida. Los Moore, como todos los demás que lo conocían, sentían una especie de cariño protector por Cogswell, y al mismo tiempo perplejidad, porque parecía que aquel hombre iba siempre a contracorriente del mundo.

En cualquier caso, los Moore se acercaron a él con pasos pausados. Se encontraron en el trecho de hierbas altas, donde la exuberante vegetación llegaba a los hombros de Hildie, y se miraron como si hubieran coincidido allí por pura casualidad.

—¡Vaya con Hildie! —dijo Cogswell por fin—. Ha crecido

mucho desde la última vez que la vi. Está tan grande que casi podría ordeñar una vaca.

La niña se aferró al bolsillo de los pantalones de Mim.

Cogswell buscó en el bolsillo de su camisa y sacó un paquetito envuelto en un pañuelo de papel.

—Esto es para ti —añadió, y se lo ofreció a Hildie.

La niña tomó el regalo y lo desenvolvió. Era un pequeño soldado de plástico verde con la rodilla en el suelo y un arma en las manos. Hildie miró a Cogswell con una sonrisa deslumbrante.

—Es un cazador —dijo la niña.

—¡Esto es muy bonito, Mick! —exclamó Mim.

—Se le cayó a uno de los niños dentro de la camioneta. Le regalaron una bolsa entera a Benjy por su cumpleaños —Cogswell metió las manos en los bolsillos y miró a su alrededor, al estanque, la casa, y las vacas que se hallaban más arriba en el prado—. Diríase que los cuervos se han llevado buena parte del maíz —dijo.

—Es lo que hacen siempre los muy ladrones —contestó John, y entonces dieron la vuelta y se dirigieron al puente que cruzaba el arroyo—. ¿Cómo es que vienes por aquí, Mickey? —preguntó John—. No te habías acercado desde que se te averió la desnatadora en aquella gran nevada.

—Pues esta vez vengo por la subasta del 4 de Julio —respondió Cogswell—. Hubo una reunión y Perly convenció a los bomberos para que entregaran a la policía el cincuenta por ciento de las ganancias de su propia subasta, en vez de quedarse con todo. Y, ¿sabes?, votaron, y la cosa fue entre los bomberos que también son auxiliares de policía y los que no.

Pasaron por la puerta que separaba el establo y el cobertizo. Se detuvieron en el patio de la entrada y Cogswell dirigió los ojos hacia el estanque.

John se quedó donde estaba, con los brazos cruzados.

—¿Sabes?, creo que ya se llevaron las últimas cosas que no queríamos —dijo Mim.

—Están en un lugar estupendo —explicó Cogswell—. Siempre lo he pensado. ¡Justo al lado del estanque de Coon!

Mis hijos piensan que esto es vida. Si los dejaras correr por aquí un verano entero, estoy seguro de que se transformarían en pececitos. Los he estado llevando al estanque de Decker, pero el agua no se puede comparar.

—¿Tú crees que es buena idea involucrarse en esto, Mick? —preguntó John.

—Deberías apuntarte —respondió Cogswell—. Todavía están contratando auxiliares.

—¿Cuántas personas se han apuntado ya, Mick? —preguntó John.

Mickey se metió las manos en los bolsillos, luego volvió a sacarlas y se quedó con los brazos colgando a cada lado del cuerpo.

—Pues no estoy seguro —respondió.

—¡¿Que no estás seguro?! —exclamó John.

—Bueno, es que ya no lo hacen público. Los primeros que entramos somos los únicos que salimos a la calle como tales.

—Los demás prefieren esconderse —dijo John—. Y lo entiendo a la perfección. Todo esto empieza a oler mal.

—Pero, de todos modos —prosiguió Cogswell, cruzándose de brazos—, sé que Gore ha dicho que siguen contratando. Por supuesto que esto tendrá que terminar en algún momento y no creo que falte mucho, pero si hablo con ellos...

—Preferimos correr el riesgo —replicó Moore.

Cogswell acercó la cara. Se dieron cuenta de que su aliento olía a güisqui.

—Escúchenme —les dijo—. Quizá podría sacarlos de este aprieto.

—¿De este aprieto? —exclamó Mim—. Es la primera noticia de que estemos en un aprieto.

—Pero ¿por qué tú, Mickey? —insistió John.

Cogswell se encogió de hombros y soltó una risita forzada.

—Es que al principio me gustaban sus propuestas. Y creo que aún me gustan. Pero lo que me digo últimamente es que, si no puedo ir contra ellos, lo mejor es estar con ellos. Piénsalo bien, Johnny.

—No, yo no —respondió John—. No siento ninguna necesidad de estar con ellos. Y tampoco me interesan para nada.

—Oye, no estoy seguro de que pueda volver más adelante con la misma oferta —dijo Cogswell. Se afanó en sacar la ánfora de acero que llevaba en el bolsillo de atrás—. Pero quizás esté hablando más de la cuenta. Después de todo, esto no es cosa mía, ¿eh?

John se cruzó de brazos y no respondió.

—Oí que tu madre no se encuentra bien —añadió Cogswell.

—Tampoco está tan mal —respondió John, y ambos se quedaron en silencio, a medio camino entre la casa y la camioneta. Hildie se hallaba al otro lado del camino, apuntando a las mariposas cafés y amarillas con su cazador.

—En fin, me mandaron aquí —añadió Cogswell—. Se quedarían muy satisfechos si pudieras darles algo más, aunque fuera una sola vez. No puedes ser el único que se niegue.

—Nos queda el chifonier del abuelo —murmuró Mim—. Desde que murió, no lo usamos para nada. Es bonito, sin más.

Y, por tratarse de Cogswell, John lo acompaño al piso de arriba y lo ayudó a bajar el viejo y pesado mueble. Cuando estaba a punto de marcharse, Cogswell aguardó unos instantes junto a la puerta abierta de la camioneta, entreteniéndose en subir y bajar la manija. Miraba a la puerta y no a John.

—¿Has oído lo de Caleb Tuttle? —preguntó—. Tuvo un ataque al corazón justo cuando iba al establo a ordeñar las vacas. Debió de sobresaltarse con algo. El forense de Powlton dice que parece que sufrió una caída.

—Sí, lo escuché —repuso Moore. Pero no, no lo había oído.

Cogswell se secó la frente con una manga.

—Todo hombre hace lo que tiene que hacer —dijo, como si le hablara a Mim. Pero ella lo miraba como si fuera un extraño.

Después, cuando la camioneta se perdió de vista, John y Mim se quedaron donde estaban. Entonces, con un gesto poco habitual en él, John puso la mano sobre la espalda de su esposa y le dio la vuelta para que viera las aguas del estanque, que en la calma que precedía al ocaso se aquietaban hasta transformarse en espejo.

La Yaya estaba preocupada porque Cogswell no había ido a verla.

—Era el más cariñoso y el más simpático de todos ustedes —decía—. Y siempre tenía alguna idea en la cabeza. A nadie le gusta que Mike Cogswell se vaya sin tener antes una charla con él.

—Preguntó por ti, Yaya —dijo Mim.

—¿Y no te ha comentado por qué lleva tanto tiempo sin venir? —preguntó la anciana. La tierra de los Cogswell lindaba con la de los Moore por la parte de arriba y eran vecinos durante el verano, cuando el viejo cortafuegos que separaba las granjas estaba despejado. Cogswell poseía catorce hectáreas donde cultivaba arándanos y tenía algo de ganado, y habilidades entre mediocres y medianas como albañil, según el grado de sobriedad en el que se hallara.

—Está demasiado ocupado como auxiliar de policía —espetó John.

—Además, ha estado bebiendo sidra —añadió Mim.

—Pues qué lástima —repuso la Yaya—. Aunque no habrá otros tres hombres en Harlowe capaces de beber y luego trabajar como Mickey Cogswell. ¿Tenía algún trabajo por ofrecerte, Johnny?

—No.

—Pues entonces, ¿a qué vino?

—A decirme que le parece que me convendría hacerme auxiliar de policía.

—¡Él y sus planes! —exclamó la Yaya—. Terminará por matar a Agnes y a esos niños. ¿Cuántas veces tuvieron que cenar papas con salsa de leche porque ese hombre despilfarró todo el dinero en algún plan absurdo? ¿Qué fue lo que hizo aquella vez con el campo de arándanos?

—Quería convertirlo en aeródromo —recordó Mim.

—¿Y lo del estanque para criar patos? —intervino John.

—Pues que le ha servido para criar unos mosquitos estupendos —repuso Mim—. Ahora están mucho peor que antes.

—Con todo el dinero que tenía —añadió la Yaya—. ¡Qué loco! Si se hubiera contentado con construir chimeneas, le habría ido muy bien, y también a ti. ¿Por qué lo llevaste al piso de arriba? Se me ocurre que tal vez fueron a ver la chimenea.

—Vino a pedir algo para la subasta, Yaya —explicó John.

—¿Para la subasta? —preguntó la Yaya—. Yo pensaba que ya habían vaciado el desván.

Nadie le respondió. Mim pelaba zanahorias en la tarja. Hildie seguía afuera. John se había quedado en la puerta de atrás contemplando los prados.

De súbito, la Yaya golpeó el suelo con el bastón.

—¿Acaso le has dado algo de mi habitación a ese hombre sin pedirme permiso? —gritó.

—El chifonier de papá, Yaya —respondió John, volviéndose de pronto hacia su madre, con rabia acumulada y dureza en su actitud.

La Yaya acercó la cara desde el otro lado de la mesa, como para suplicarle.

—¿El chifonier de tu padre? —dijo con voz débil.

—Seguro que a otros también se les acaba la paciencia —comentó Mim el jueves siguiente, mientras realizaban el ordeño matutino—. No tenemos que ser nosotros quienes empecemos el alboroto. Y aún podríamos prescindir de otro par de muebles. Seguro que habrá quien no pueda.

—Sí, aún nos quedan bastantes cosas de las que podríamos prescindir —le respondió John, al tiempo que daba una palmada en el flanco a una vaca grande—, siempre que el huerto crezca bien y Solecito esté aquí.

—Pues entonces dales algo —dijo Mim—. ¿Mi tocador, tal vez?

John había llenado un balde y emprendió la rítmica tarea de llenar otro.

—No sé —respondió—. Lo que de verdad hace daño no es el hecho en sí de prescindir de algo.

Pero tuvieron un día tranquilo hasta casi las cinco de la

tarde. Mim desgranaba vainas de chícharos en la cocina, la Yaya veía sus programas de televisión en la sala y John, que estaba haciendo mantequilla, había empezado a silbar al ritmo con que batía la nata.

En cuanto la camioneta entró en el patio, Hildie y Lassie salieron por la puerta mosquitera, seguidas por John y Mim. Aquella semana había ido Dunsmore en persona, al volante de una gran camioneta amarilla. Se leía «Firma de Subastas Perly S. A.» en pulcras letras rojas y negras, estampadas sobre las puertas y los amplios costados del vehículo.

Perly se abalanzó afuera y atrapó a Hildie a media carrera. La balanceó en alto y la pequeña gritó de alegría.

—¿Cómo está mi niña gordita? —preguntó. Sostenía a Hildie frente a su propio rostro, para poder mirarla.

John arrancó a Hildie de los brazos del subastador y la sostuvo él mismo.

—El mueble que me dieron la semana pasada era bueno —explicó Perly. Hizo una leve inclinación ante los Moore y los miró, primero a uno, después a la otra.

Gore estaba haciendo un montoncito de piedras con la punta de la bota en el camino rural.

—¿Saben?, los bomberos se hicieron con una suma de dinero mayor de lo que jamás habían conseguido por su cuenta —dijo.

—Vamos a hacer que Harlowe siga siendo un lugar maravilloso para vivir —añadió Perly—, gracias a personas generosas como ustedes.

Bob Gore estaba de pie, con los pulgares bajo el cinturón.

—¿Qué nos darán esta semana? —preguntó.

John, todavía con Hildie en brazos, no respondió. Gore llevaba una pistolera pequeña de cuero sujeta en el cinturón, y dentro de ella, la pistola. John se quedó mirándolo. Había estudiado con Gore, que tan solo tenía dos años más que él, en la escuela de Four Corners, que contaba con una única aula. En aquel momento servía como vivienda a un grupo de *hippies*. Habían compartido algunos buenos momentos.

—¿Cuántas pistoleras de cuero elegantes como esa han pagado? —preguntó.

—Los demás han tenido la amabilidad de comprarse cada uno la suya —respondió Gore.

—¿Quiénes son exactamente los demás? —preguntó John.

—Hallamos una oferta maravillosa —respondió Perly, y afloró en su rostro una sonrisa en la que quedaron al descubierto sus dientes blancos y rectos—. Es como si un genio nos protegiera, se nos abren todas las puertas.

Perly se mecía levemente sobre las puntas de las botas, en perfecto equilibrio, como un eje alrededor del cual hubieran girado los prados, el estanque y los bosques, e incluso los otros tres adultos.

—¿Así es como lo ves? —preguntó John.

Perly, sin moverse, volvió la mirada hacia él. Su rostro moreno se sumió en una despreocupada contemplación. El silencio se prolongaba. John tomó aliento y le dio una patada al tapacubos de la camioneta.

Mim tocó al subastador en la manga.

—Ven arriba —dijo con voz suave.

John se volvió hacia Mim con el rostro enrojecido. Luego, de pronto, se giró hacia Perly y le gritó con tal fuerza que hasta se oyó un débil eco al otro lado del estanque.

—¡No tenemos nada para ti!

Fue como si el subastador no lo oyera. Sonrió a Mim y asintió levemente.

Mim se quedó como paralizada. Vio que John se alejaba de ellos, con pasos tambaleantes, y entraba en el establo, y golpeaba con la mano abierta el poste de la puerta al entrar. En cuanto su silueta desapareció en las sombras, miró de nuevo al subastador.

—¿Dónde? —preguntó este con voz gentil.

Mim se quedó inmóvil, indecisa. Sus ojos claros escrutaban el rostro del subastador.

Este le respondió con una breve sonrisa que la avergonzó, y luego se volvió y se dirigió él mismo a la puerta de entrada, la abrió y se inclinó ante Mim para cederle el paso. La mujer aguardó un instante y luego obedeció, pasó por su lado al entrar por la puerta y subió antes que él por las escaleras. Oyó las ligeras pisadas de Perly a sus espaldas y las más pesadas de Gore, todavía más atrás.

Entró en el dormitorio y, sin decir palabra, señaló al tocador. Era de nogal, con un patrón de flores y hojas estampadas en colores que se desvanecían ya sobre los elegantes cajones curvos. Al verlo, Perly le dijo:

—Está bien, muy bien. —Se dio la vuelta y acercó el rostro a Mim, con aire tenso y muy serio—. Eres una mujer muy generosa.

Gore levantó el tocador sin más ayuda y se atoró en la puerta, al tratar de hacerlo pasar por ella. Perly y Mim quedaron atrapados en la habitación.

—Esto no es para mí, ¿sabes? —explicó Perly. Toda la fuerza de su voz se había reducido a un murmullo—. Es para el pueblo. Para conseguir todas esas cosas que sé que tú quieres tanto como yo.

La sangre subió a la cara de Mim.

—No quiero que te lo lleves —dijo la mujer—. Es especial para mí.

Perly se acercó todavía más y abrió la amplia palma de su mano para tocarle la cara, pero la detuvo a una pulgada de distancia, como para atrapar la calidez de Mim.

—¿Sabes?, lamento de verdad que Hildie no haya vuelto al catecismo de los domingos. Ahora es el momento de enseñarle lo que está bien y lo que está mal. Tú, una mujer como tú, sabes muy bien que llega un momento en que la sangre se sube a la cabeza y se pierde el control.

Los ojos de Perly relucían como caoba pulida y Mim se sintió forzada a buscar en ellos su propio reflejo.

—Es que la asustaste —respondió, dubitativa.

—Yo no he asustado nunca a nadie —replicó Perly, como si recitara algo desde el mismo centro de su quietud.

—¿Y qué pasó con Caleb Tuttle? —susurró Mim.

—¿Tuttle? —repitió Perly, sin apartar sus ojos de los de ella. Se sentó sobre la cama y se apartó a un lado para que ella también pudiera sentarse.

Mim no se movió de donde estaba.

—¿Era amigo tuyo? —preguntó—. ¿Estás apenada por él? Lo siento mucho —Alargó el brazo y agarró a Mim por el talle con su mano, que era grande—. ¿Por qué me preguntas esto? ¿Hay algo que pueda hacer por ti?

Mim volteó y bajó corriendo por las escaleras. Casi chocó con Gore, que aún estaba bajando con dificultad por los últimos escalones, sosteniendo con las manos el pesado tocador.

Mientras Perly ayudaba a Gore a cargar el tocador en la camioneta, Mim volvió adentro y se quedó mirando desde la puerta de la cocina. Luego, mientras Gore acolchaba el tocador con los viejos edredones y lo ataba con fuerza, Perly volvió a subir por el camino de piedras para ir con Mim. Abrió la puerta mosquitera y entró. Mim se vio forzada a retroceder. El hombre echó un vistazo a la cocina.

—Quisiera saludar a la señora Moore —explicó—. Le tengo mucho cariño.

—En estos momentos no está para visitas —replicó Mim con voz firme. La mujer estaba con la espalda contra la pared y Perly se plantó frente a ella, le acercó levemente el rostro, para que sintiera la tensión que acumulaba, como las olas de calor que se elevan desde los prados en verano.

—¿Tanto significaba ese mueble para ti? Yo conozco los placeres que un tocador ofrece a una mujer bella. Pero tú tienes que pensar en otras cosas... en una escuela mejor para Hildie, en una iglesia que funcione todo el año, en tener más dinero, mayores comodidades... yo sé lo que quiero.

Mim no habría podido salir de allí sin golpear al hombre y obligarlo a retroceder, y temblaba, porque sentía la necesidad de hacerlo y le costaba mucho contenerse.

—Comodidades —añadió el hombre, casi con fiereza—. Tú nunca has disfrutado de muchas comodidades, ¿verdad, Mim?

Mim levantó sus ojos hacia los de Perly, azules y desafiantes.

Perly bajó la mirada hasta las manos de Mim. La mujer apoyaba ambas palmas contra la pared que se hallaba a sus espaldas y apretaba con furia. Poco a poco, el hombre volvió a levantar sus ojos hacia los de Mim, y en su rostro se dibujó una expresión de placer, tal vez de triunfo.

—Tú y yo tendremos que encontrarnos algún día, Mim —añadió—. Me gustan las mujeres fuertes.

Y, en su propia y rutilante quietud, retuvo a Mim contra la pared, mientras el reloj de la cocina daba la hora. En cuanto la mujer bajó la mirada, el hombre se marchó en silencio.

Al arrancar la camioneta, Mim cerró de golpe la puerta de la cocina y apoyó todo el cuerpo contra ella, y sintió en el rostro la frialdad del esmalte desvencijado de los paneles.

Poco a poco empezó a oír que la Yaya la llamaba, y se dio cuenta de que había empezado a llamarla desde antes de que Perly se marchara.

De pronto, volvió en sí e irrumpió en la sala.

—¿Dónde está John? —preguntó a la Yaya—. ¿Dónde está?

La Yaya estaba de pie en el centro de la sala. Había dejado la cháchara del televisor y emprendido el camino de la cocina.

—¿Pero qué derecho tenías tú, sinvergüenza, más que sinvergüenza? —masculló—. ¿Qué derecho tenías tú? Estoy en mi casa y quería decirle unas cosas a ese hombre.

—¿Y qué era lo que querías decirle? —replicó Mim—. ¿Qué ibas a decirle tú? A ese no le interesa.

—No. De eso se trata —exclamó la Yaya—. No. No. No. No serían capaces de juntar una pizca de coraje entre los dos. Deberían ser más francos con ese hombre. En ningún momento has llegado a decirle ni una sola palabra que le diera a entender que no querías desprenderte de tu tocador. En ningún momento.

—No es por el tocador, Yaya —gritó Mim—. Me importa un bledo el tocador.

Se dio la vuelta de golpe y se sentó en el banco del piano, de espaldas a la Yaya, y clavó los ojos en las teclas polvorientas que ya nadie recordaba cómo tocar.

La Yaya suspiró.

—Miriam, cariño —dijo. Se dio la vuelta y volvió cojeando al sofá. Se acomodó en él, con un cojín contra la parte baja de la espalda y la pierna mala sobre el taburete. Luego continuó—: Si mal no recuerdo, fue un regalo de bodas de tu madre.

Mim asintió.

—Qué bonita eras —prosiguió la Yaya—. Te regaló un tocador. Este no era buen lugar para una chica como tú.

—No, no lo era —replicó Mim, enojada. Se puso en pie y se acercó a la ventana, desde donde se divisaba el verdor del césped, el trecho de jardín que se había teñido de amarillo con las primeras margaritas y cinias, la franja de prado donde solían pastar los caballos de trabajo y por fin el estanque, azul bajo el cielo estival—. Mi madre no tuvo jamás ni una pizca de buen sentido.

—Perly no es el tipo de hombre que se habría llevado el mueble si se lo hubieras contado, niña.

—Pero si ya lo sabe, Yaya —exclamó Mim, levantando la voz—. Ya lo sabe. John se lo dijo. Yo se lo dije. Tú espera y verás. Ese no se detendrá por nada —Iba a salir por la puerta principal, pero volvió a entrar y dijo—: Lo único que se puede hacer es huir, Yaya. Algunas personas son así. Lo único que puedes hacer es darles lo que quieren, o echarte a correr.

Mim salió y corrió sendero arriba hasta el jardín, para encararse con John. Este dejó de trabajar y se quedó quieto, aferrando el mango de la azada con ambas manos. Contempló a Mim y se imaginó que la agarraba por la cintura y la sacudía hasta que toda la rebeldía se desprendiera de ella como paja. Pero en cuanto la tuvo cerca, en cuanto Mim empezó a acariciar la cara y los cabellos de Hildie con las yemas de los dedos, y a mirarle con prevención, volvió a poner la azada en tierra. Habría querido tocar a su mujer, para consolarse a sí mismo, para consolarla a ella, pero se le hacía difícil.

La Yaya, sola en casa, suspiraba.

—Ese punto de locura de Mim le viene de su madre.

Se acomodó de nuevo para seguir los últimos retazos del programa de televisión. Se había perdido toda la escena en la que el médico le decía a Angela que Dirk padecía leucemia. Y en los últimos minutos, Angela ponía cara de horror, hacía una bola con un pañuelo, y gritaba: «¡No! ¡Ay, no, no, no!».

—Si le dices que no, será todavía peor —dijo Mim, mientras se levantaba de la cena haciendo chirriar la silla contra el suelo y se dirigía a la tarja con pasos resonantes.

—Si me hubiera pasado toda mi vida haciendo lo que los demás querían que hiciera, ahora no estaría sentada aquí, y tú tampoco —replicó la Yaya—. Y a mí no me va a decir nadie que regale una cosa por la que siento mucha estima.

—Es que ese hombre no te lo dice, Yaya. Te lo ordena.

—Él solo hace su trabajo. No pasa nada porque pregunte. Pero no hace falta que ustedes le respondan. Si fueras una Moore de verdad, no te prestarías de ese modo a entregar lo que es nuestro.

—Soy tan Moore como tú —replicó Mim—. Eres tú la que te pones de su lado y te niegas a ver lo que es ese hombre.

Las mujeres siguieron peleándose durante toda la semana, mientras John pasaba el día sentado, a veces con la cabeza escondida entre ambos brazos. Cuando ya no lo soportaba más, pegaba gritos, y entonces ambas se callaban, enfurruñadas.

Por la noche, cuando estaban solos en la cama, trató de sonsacar a Mim.

—¿Qué pasó con ese hombre? ¿Qué hizo?

—El problema no es el tocador, Johnny —respondió Mim—. Ni tampoco el que se lo haya llevado. El problema es el propio Perly Dunsmore. Nos lo ha dejado claro como el agua.

—Le diremos que no —dijo John—. Se lo diremos los dos. Esta vez no nos pelearemos, así evitaremos que se salga con la suya.

—No puede ser, Johnny —respondió Mim—. No puedes decirle que no. Nos metería en problemas muy graves.

—Puedo decirle lo que me dé la gana.

—Dale algo, Johnny. Por mí. Dale algo. Para que nos deje en paz. Esto no puede durar mucho.

—Es curioso cómo todo se ha vuelto desagradable —respondió John—. Hasta su manera de tratar a Hildie. No soporto esa manera que tiene de levantarla en el aire.

—Tú dale algo, John. La cama extra de la habitación de Hildie. Prométemelo. Tan solo una cosa cada semana, para que nos deje en paz. Prométemelo.

Pero John no le prometió nada. Tocó a su mujer y entonces ella lo abrazó con fuerza y escondió el rostro contra su garganta, y la excitación se apoderó de John con una rapidez contraria a sus hábitos. Y no aclararon nada.

El jueves, John revisó las armas —la escopeta y el rifle de .30-'06— y la caja cuadrada de acero donde guardaban las municiones. Deslucidas de puro polvorientas, reposaban una al lado de la otra, a plena vista, en el estante de arriba de la despensa que se encontraba al fondo de la cocina. No las sacaba de allí. Le resultaban tan agradables y naturales como los frascos altos de cristal repletos de harina, azúcar, harina de maíz y alubias secas. Se dio la vuelta y subió por la escalera. Se detuvo en la puerta de la habitación de Hildie y contempló la cama extra. Era una cama de arce tirando a sencilla, pero bonita, idéntica a la de Hildie. Las dos camas habían sido propiedad de los padres de John. Seguramente concibieron al propio John en una de ellas.

Por fin, se dirigió al establo y arrancó el tractor. Una vez en el campo de maíz, fue de un extremo a otro, trabajando en el cultivo bajo el sol ardiente de la mañana, hasta que se bañó en sudor. Las horas de trabajo no le ayudaron a tomar ninguna decisión, y entonces vio que Hildie bajaba corriendo por el sendero desde la puerta de atrás y se quedaba mirando junto al camino.

En contra de sus expectativas, esta vez no fue la camioneta de vivo color amarillo la que bajó por la colina y entró en el patio, sino la vieja y polvorienta camioneta Chevy de Cogswell. John atravesó el campo con grandes zancadas para ir con Hildie.

Cogswell salió por la puerta del conductor y se encaró con John sin sonreírle, ni decirle palabra alguna. Red Mudgett bajó por la otra puerta y se acercó a los dos vecinos. Otra vez llevaba la pistola.

Antes de que ninguno de ellos pudiera decir nada, se abrió la puerta principal y salió la Yaya. Apoyándose en ambos bastones, empezó a bajar con dificultad por los toscos escalones de piedra.

—Esta vez no te voy a dejar escapar, Mickey Cogswell —gritó.

Cogswell y John subieron a toda prisa, y ayudaron a la Yaya a llegar a la única silla de madera que había en medio del césped.

Hildie bailoteaba de alegría al ver que la Yaya había salido, y Mim bajó poco a poco por el sendero de la cocina hasta el lugar donde se encontraba John.

—Vamos, Mickey —decía la Yaya—. Siéntate aquí, enfrente de mí. Vamos a tener una charla.

Cogswell vaciló un instante, volvió la mirada hacia Red Mudgett, y luego le sonrió a la Yaya y plegó su largo cuerpo para sentarse como un piel roja sobre el césped, frente a la anciana.

—¡Y tú, Red! —le dijo la Yaya a Mudgett—. Siéntate tú también. No paras de moverte y eso me pone nerviosa. Eres tan inquieto como cuando tenías ocho años.

Mudgett soltó una risita y luego se puso en cuclillas. Era pequeño y fibroso. Observó a la anciana con unos pequeños ojos negros que no parecían tener necesidad de parpadear.

—Y ahora, Mickey, estaría bien que me contaras qué es lo que haces aquí —preguntó la Yaya.

—Ando en busca de objetos que puedan ir a la subasta, señora —respondió él.

La anciana negó con la cabeza.

—Ya te has metido otras veces en historias descabelladas, Mickey —dijo—. Y yo solo quiero que todo te vaya bien. Si de hecho eres el que le cae mejor a todo el mundo. ¿Cómo es que sigues haciendo estas estupideces?

—Eso es lo que me pregunta siempre mi mujer —respondió Mickey—. Será que nací con mala estrella.

—¿Y si ahora te digo que no tenemos ni un triste palo para darte?

—Yo, en su lugar, no diría eso, señora. Podría dar algo esta semana, un poquito más la próxima.

Mickey agarró una piedra y la arrojó al camino, y luego se volvió hacia la Yaya.

—Si todo esto es por esa historia que ha inventado Perly Dunsmore, ¿cómo es que no viene él en persona?

Mickey se encogió de hombros.

—Esto va a terminar muy pronto, señora Moore. ¿Para qué quiere armar problemas?

—¿Problemas? —replicó la Yaya—. Los problemas los están armando ustedes.

—Creo que siempre he sido buen vecino —dijo Mickey, mientras arrancaba la hierba que tenía entre las rodillas—. Si creyera que esto no está bien, no se lo diría.

—¡¿Que esto está bien?! —exclamó la Yaya.

—Bueno, al menos nos viene bien.

—¿Que nos viene bien? —añadió la Yaya, al mismo tiempo que se movía hacia un lado para que Hildie pudiera sentarse con ella en la ancha silla— ¿Ahora vas a contarme que me viene bien ir regalando lo que es mío? Ni siquiera es natural. Y tú, Red Mudgett, tú siempre andabas haciendo teatro. Ahora dime de qué estás haciendo ahora con esa pistola, ¿indios y vaqueros? ¿policías y ladrones?

—Mickey —dijo Mim, acercándose—. Llévate la cama extra de la habitación de Hildie.

Mudgett se levantó de un salto, como un muñeco con resortes de una caja de sorpresas.

—¿Dónde está? —preguntó.

Cogswell los siguió, con pasos más lentos.

—Con eso cubrimos otra semana —le dijo a Mim, y asintió con gravedad.

John se giró de pronto y se metió en el establo, y dejó que la Yaya se quedara a mirar mientras los dos hombres cargaban la base y el somier de la cama en la camioneta. No se habían llevado el colchón, porque decían que era ilegal vender colchones. Cogswell dejó a Mudgett atando la cama en el interior del vehículo y se acercó a la Yaya.

—Todo esto se va a arreglar por sí solo, señora Moore —le dijo, tocándole la mano.

—Esto ha sido lo último —respondió la anciana, aferrándose a los brazos de la silla—. Lo último de lo último. ¿Me has oído, Mickey?

—Puede ser —respondió Mickey—. No se ponga nerviosa con esto.

Dejó a la Yaya y entró en el establo. John estaba sentado sobre un caballete, en el pasillo que separaba las hileras de casillas para animales.

Cogswell no dijo nada. Esperó a que John se volteara.

Por fin, John levantó los ojos y le dijo:

—No sabía que fueras tan amigo de Red.

Cogswell se encogió de hombros.

—¿Tú te crees que todo esto me gusta? Soy yo quien tiene que pasarse el día yendo de un lado para otro con él —Cogswell le dio una patada a un poste, como para comprobar que aguantara, y luego se reclinó contra él y echó la cabeza hacia atrás, fatigado—. Qué más da —añadió, mientras se sacaba la ánfora del bolsillo de atrás y se la ofrecía a John—. Un día de estos, muy pronto, nos van a juntar a todos y nos meterán una bala en la cabeza a cada uno.

John negó con la cabeza.

—¿Quiénes?

Cogswell volvió a encogerse de hombros.

—No lo sé exactamente —respondió—. Si lo supiese, quizá

me emborracharía e iría a entregarme. Tendría que ser la policía del Estado, pero no lo sé. Esta mañana, cuando pasé por casa de Mudgett a recogerlo, había un agente que no conozco. Y había visto a ese mismo y a otro saliendo de la vieja casa de los Fawkes, creo que fue el martes pasado. Todo esto es extraño. Aquí hay algún tema importante de dinero, aunque yo no haya visto apenas un billete.

—El viejo Ike Linden, ¿está en esto? —preguntó John.

—¿Y yo qué sé? —respondió Mickey—. No he ido a su casa a buscar cosas para vender. Pero Perly se toma muy en serio el respeto a la intimidad. Se supone que no podemos decir de quién provienen los objetos que se subastan, ni siquiera podemos contar a quién hemos ido a pedir. Creo que incluso hay algunas personas a las que deja en paz. Quizá sea el caso de Ike. No es una persona que convenga tener en contra. Pero tampoco creo que se meta en el lío como me he metido yo. —Cogswell hacía girar el licor dentro de la ánfora. Estaba casi vacía—. Esto no puede continuar. Habrá alguien... algún pez gordo se dará cuenta de lo que está ocurriendo y hará que esto termine.

John tenía los ojos puestos en la ánfora que Cogswell sostenía con la mano.

—La pregunta es —dijo con voz pausada—, ¿quién será?

—Ojalá lo supiera —respondió Cogswell con voz trémula—. Lo único que sé es que cada una de las historias en las que me meto acaba peor que la anterior. Creo que esta va a ser mi final.

—Yo también lo pienso —replicó John, y soltó una breve carcajada—. Ni siquiera consigo ponerme de acuerdo con Mim sobre lo que hay que hacer en esta situación.

Cogswell enarcó una ceja.

—Mim es inteligente —dijo—. Siempre ha sido inteligente.

—¿Y si les dijera a ti y a Mudgett que se vayan de mi propiedad?

—A ver —respondió Cogswell—, si esa serpiente que acecha ahí fuera no te atrapa ahora, pues... —Dio media vuelta y salió del establo—. Qué diablos.

—¿Entonces qué? —preguntó John, que caminaba detrás de él.

Cogswell se detuvo, pero no se volvió.

—Hace dos noches, Emily Carroll perdió el control sobre el coche en la Ruta 37 —murmuró.

—¿Tuvo un accidente? —John trató de agarrar a Cogswell por el hombro—. ¿Está muy mal?

—Aún no está claro que salga con vida de esto —contestó el otro, girándose—. Creo que le quedó mal la espalda o algo así.

—¡Emily Carroll! Esa mujer tiene cuatro hijos.

—Cinco —respondió Cogswell. Sacó un pañuelo y se secó la cara.

John tenía los ojos clavados en él.

—Pero estas cosas ocurren —dijo en seguida—. Debe de haber sido un accidente, ¿no?

—Ojalá que hubiera sido otra persona... no Emmie —añadió Cogswell—. Podría decirse que es la mejor amiga de Agnes. Se le rompió la dirección.

—¿Iba sola en el coche?

Cogswell asintió.

—El caso es que Carroll nos había dejado hace dos semanas. Y además se lo contó a todo el mundo. Y cuando la semana pasada nos mandaron a Mudgett y a mí a pedirle que diera algo para la subasta, nos respondió que nada de nada.

Tuvo que pasar una hora y media antes de que John se atreviera a encararse con las mujeres. Cuando entró en la cocina, Mim, que estaba en la tarja, se volteó para mirarlo. Sus rasgos, de ordinario suaves, se habían endurecido y estaban llenos de rebeldía.

—Me da igual —empezó a decir—. Tienes que dárselo. Te equivocas si crees que puedes... —Calló en seco—. Dios mío, John —exclamó entonces—. ¿Qué ocurre? Hildie...

Pero Hildie estaba sentada a la mesa de la cocina, frente a su padre. Sus ojos de color azul oscuro estaban abiertos como platos de puro miedo.

—Alguien lo va a matar —murmuró John—. Alguien lo va a matar.

Mim se mordió el labio inferior y, sin darse cuenta ella misma, agarró a Hildie por los hombros.

—¿Qué es lo que hizo? —susurró.

5

Como las regulaciones habían complicado demasiado la venta de leche, John hacía mantequilla, que Hildie no se bebía y se la vendía al doctor y a la señora Hastings. El doctor y su esposa habían llegado a Harlowe poco antes de que Hildie naciera. Pero eran personas con formación y venían de fuera, y John pensó que gracias a todo ello les resultaría más fácil afrontar aquella situación.

El médico era un hombre de poca estatura, calvo. Sus lentes le magnificaban los ojos hasta el punto de que parecía que oyera con ellos. Sus pacientes —y todos los que vivían en el pueblo lo eran— se quedaban con la impresión de que lo veía todo y probablemente también lo entendía, aunque jamás dijera una palabra más de lo necesario. Hacía todas las preguntas que tenía que hacer, pero nunca ponía nombres a las enfermedades que los demás padecían. Y cuando escribía una de sus ilegibles recetas, nunca decía para qué era, tan solo repetía las instrucciones, que casi siempre eran las mismas: «Tres veces al día, después del desayuno, el almuerzo y la cena, hasta que las pastillas se terminen».

El médico atendió el parto de Hildie, pero el propio John nunca había tenido motivo alguno para acudir a él en busca de ayuda, y cuando le llevaba la mantequilla, no hacía más que echar un vistazo al alimento, parpadear mientras observaba a

John con sus ojos miopes y pagarle. Sin embargo, John estaba dispuesto a romper con aquellos hábitos y hablar con él.

Por ello, cuando tocó el timbre el viernes por la mañana, se llevó una gran decepción, porque fue la señora Hastings y no el médico quien le abrió la puerta. Todo el mundo sabía que aquella mujer había estudiado en la universidad y que recibía a amigos de la ciudad casi todos los fines de semana. Todos sus hijos, salvo el más joven, estaban en el internado. Hablaba lo suficiente como para compensar los silencios del médico. De hecho, era una mujer sumamente amable, quizás excesivamente cordial, como si en realidad estuviera reprimiendo el impulso de dar unas palmadas en los flancos de John y gritarle: «¡Arre, caballito, vete ya!».

Este aguardó frente a la mesa de la cocina, mientras la señora Hastings pesaba la mantequilla en una báscula colocada sobre el mármol.

—¿El doctor está en casa? —preguntó John.

La señora Hastings levantó el rostro y lo miró fijamente.

—¿Está usted enfermo? —preguntó.

—No —respondió John—. No, yo no.

—Entonces, ¿sus hijos?

—No, Hildie está bien.

—Entonces ¿para qué quiere ver al doctor?

—Es que quisiera hablarle de un asunto.

—El doctor no atiende a problemas de carácter emocional, ¿sabe usted? Está demasiado atareado. Si lo único que quiere usted es hablar, la enfermera le dará las referencias de un psiquiatra que atiende en Concord.

John se encogió de hombros y se metió las manos en los bolsillos. Se dio cuenta de que la mantequilla pesaba más de lo previsto. Tomó aliento.

—¿Han asistido ustedes a las subastas? —preguntó.

—A unas cuantas —respondió la mujer, volviéndose hacia él. Los rasgos de su rostro eran alargados, angulosos, y estaban levemente picados de viruela—. ¿De dónde pueden sacar todas esas cosas tan bonitas que venden todas las semanas?

John guardó unos instantes de silencio.

—De personas como yo —dijo entonces.

—¿Ah, sí? —contestó la mujer, y se empezó a reír, hinchando el pecho—. ¡Mira que son ustedes generosos! A mí, por ejemplo, no me gustaría desprenderme de mis muebles.

—No —respondió John con voz pausada—. No, por supuesto que no.

La mujer levantó la barbilla con suspicacia. Ya no sonreía.

—Y dígame, ¿por qué lo hacen ustedes? —preguntó, casi con enfado.

John enrojeció de pura vergüenza y no se movió de donde estaba. No podía marcharse, porque la mujer aún no le había dado su dinero. Todo el mundo sabía que la señora Hastings detestaba Harlowe y también a las personas de Harlowe, y, ya puestos, todo lo que estuviera en el campo. De hecho, Harlowe y la señora Hastings se toleraban mutuamente tan solo por la presencia del médico. Sin duda, aquella mujer pensaba que el subastador tenía más clase que la gente a la que compraba la mantequilla. Y si ese era su punto de vista, era probable que el médico lo compartiera.

—Y bien, ¿por qué? —repitió, con sus ojos negros y acusadores. Se acercó al mármol, tomó un vaso de vino a medio vaciar y bebió.

John dio un paso atrás sin perderla de vista. Luego le tendió una mano encallecida, como para pedirle los billetes y la calderilla que la mujer había estado contando.

La señora Hastings dejó el dinero sobre la mesa, lo bastante lejos de él como para obligarlo a alargar el brazo.

—La verdad es que no los entenderé jamás —añadió la mujer.

John trató de recoger con la mano el cambio que se hallaba en el borde de la mesa, pero las tres monedas de diez centavos se le quedaron atascadas en el borde cromado.

La mujer del médico volvió a beber del vaso y lo sostuvo con elegancia. Miró desde lo alto de su larga nariz las manos de John, mientras estas pugnaban con torpeza por agarrar las monedas.

En cuanto el hombre se alejó tres pasos de la puerta, esta se cerró a sus espaldas, con tal fuerza que todo el edificio retumbó. Se detuvo un instante, presa de un súbito impulso de regresar y decirle a la mujer: «Usted no vale nada». Pero aquello no pasó de un momento de vacilación en su andar, mientras recorría el camino de regreso a la camioneta y subía a ella. En aquel momento no disponía de más dinero que el que le pagaban por la mantequilla.

Estaban ya en pleno verano. Los barrenillos taladraban nuevas hileras de orificios en torno a los troncos y las ramas de los manzanos, y a la hora del anochecer los mapaches y marmotas, que ya habían engordado, bajaban poco a poco por los prados altos en dirección al huerto. Los escarabajos transformaban en encaje las hojas de las tomateras, aunque las fumigaran todas las semanas, y las rudbeckias crecían en los lugares donde había echado raíces la maleza, incluso entre el heno recién sembrado. John y Mim aceptaban aquellas señales de los días más calurosos del verano, igual que aceptaban la advertencia del primer grillo. Siempre terminaba por haber suficiente heno para las vacas, suficientes manzanas, maíz y jitomates para la familia.

Y, durante varias semanas, aceptaron las visitas de los jueves. Al principio la Yaya se quejaba. La semana en que Mim ayudó a Cogswell y Mudgett a llevarse el piano, se puso a gritar. Pero para cuando se llevaron la alfombra de la sala y la buena vajilla que Mim ya les había embalado, apenas dijo nada.

John dejaba que fuera Mim quien decidiera lo que se iban a llevar, pero hacía grandes esfuerzos por no hablar de lo que ya se habían llevado. Y todos los jueves y los viernes, después de las visitas, trabajaba largas horas en los campos, y volvía a casa incluso después de la hora de la cena, cuando podía dejarse caer exhausto sobre la cama.

Cierta semana, Cogswell se entretuvo junto a la puerta de la camioneta charlando con Mim.

—Escucha —le dijo, meciendo levemente el cuerpo de un lado para otro, mientras envolvía a la mujer en una bruma de vapores de alcohol—. Agnes me ha dicho que estaría encantada de que vinieran un día de visita con Hildie. Esta semana las frambuesas están en su mejor momento y llegan hasta el campo de arándanos. Y ella no ha ido a recoger ni una sola vez. Dice que ahora la ponen nerviosa esos campos tan grandes rodeados de bosques. —Miró con fijeza a Mim y luego al estanque, hasta el punto de que su cuerpo empezó a inclinarse hacia este, como si lo atrajera. Se agarró al retrovisor de la camioneta para no perder el equilibrio—. Ay, Mim... —dijo entonces—. A mí también me pone nervioso. Si va allá arriba con los niños...

Mim estaba de pie, de brazos cruzados sobre la camisa vaquera. Mudgett apoyaba la espalda contra el capó de la camioneta y no la perdía de vista.

—No te digo que tengas la obligación de ir ni nada. Es solo que tenías la costumbre de venir de visita. Y Agnes está fatal de pura preocupación por Emily. Piensa que siempre fueron al mismo curso.

—¿Qué tal está Emily? —murmuró Mim. Se volvió un instante hacia Mudgett y esquivó de inmediato su desagradable mirada.

—No se puede mover —respondió Cogswell, mientras apretaba y soltaba una y otra vez el botón de la puerta de la camioneta—. Pasará mucho tiempo en el hospital, quizá toda la vida. —Miró a los ojos de Mim—. Esto hace que un hombre se sienta desvalido —dijo en voz baja—. Que una mujer se quede de ese modo...

Subió a la camioneta. Mudgett se dirigió a paso rápido hacia la otra puerta del vehículo.

Mim apoyó una mano en la ventanilla bajada.

—Conduce con cuidado, Mick —dijo—. No estás sobrio del todo.

Cogswell se asomó hacia ella y le dijo:

—Se han estado llevando cosas de la casa de Carroll como si fuera un vertedero de basura.

A la mañana siguiente, Mim bajó al pueblo con la mantequilla y se detuvo en la tienda de Linden. Después de la comida del mediodía, mientras John y Hildie subían a trabajar en el huerto, se quedó en casa y trabajó en las puertas con un taladro y un destornillador. John regresó para ver dónde estaba Mim y se encontró con cerraduras en dos de las cinco puertas, y a la propia Mim trabajando en la tercera.

—Los únicos a los que estas cerraduras impedirán entrar son tus amigos —le dijo.

Mim dejó caer con gran estrépito el destornillador y la hembrilla.

—¿Dónde está Hildie? —preguntó.

—Sigue arriba, en el huerto.

Mim se incorporó y corrió hacia la puerta para comprobarlo.

John fue tras ella y se quedaron los dos en la puerta trasera que daba a la cocina. Miraron al otro lado del arroyo y el puente, en dirección al huerto, donde distinguieron la reluciente cabecita de Hildie entre dos hileras de verdor, gozando del sol en la calma del mediodía.

—Ojalá no fueran necesarias —dijo Mim.

—Deberíamos recibirlos con la escopeta en la mano. Nos están transformando en esclavos —respondió John.

—John —contestó Mim.

—A ti te da lo mismo —repuso John—. No eres un hombre.

Pero mientras Mim iba por la niña, John dio una vuelta por la casa y examinó las cerraduras, apretó las tuercas, y pensó que Mim debía de haber pagado por ellas todo el dinero que había sacado de la mantequilla, e incluso más. Luego, con gran cuidado y método, instaló las dos cerraduras restantes en las puertas del cobertizo y el sótano.

Como la vitrina donde habían guardado la vajilla ya estaba vacía, la entregaron también, y luego el buró que ambos utilizaban, y después el de Hildie. Al llegar la primera semana de agosto, no sabían qué más podrían entregarles.

La Yaya no hablaba ya sobre el tema de las subastas, y de hecho no hablaba sobre casi nada. Cuando no estaba viendo sus programas ni jugaba con Hildie, se quedaba sentada en su sofá durante largo rato, con sus flacos brazos cruzados sobre su bata deslucida, y miraba por la ventana. Si le decían algo, apenas contestaba, y durante semanas no contó ni una historia. John y Mim se sentían incómodos y hablaban siempre a sus espaldas, aunque fuera una conversación tan solo entre ellos dos. A la hora de cenar reinaba tal mal humor que Hildie armaba un berrinche todas las noches cuando le decían que se sentara.

En el pueblo no era mucho mejor. Cada vez que John o Mim se encontraban con gente a la que conocían desde hacía décadas, sonreían, y charlaban sobre el tiempo, o sobre el coste de la vida, o sobre lo mal que funcionaban las máquinas. Hablaban exactamente igual que siempre habían hablado, solo que durante los últimos tiempos parecía que las conversaciones de siempre se desarrollaran sobre un silencio tan profundo como el que reinaba en la casa.

Fue Mim quien tuvo la idea de que John asistiera a la subasta.

—Podrías ir solo, John —le dijo—. Ni siquiera se darán cuenta de que estás. Así quizá descubras algo.

Había coches estacionados en el césped del ayuntamiento, en el de la iglesia, en la cercanía del parque de bomberos. Había coches en la calle de Mill, hasta el otro lado del puente, y la hilera continuaba detrás de la esquina.

Mudgett volvía a vender globos. A su lado, una extraña muchacha, vestida con una bata premamá, estaba sentada sobre una toalla de playa de colores brillantes y movía nerviosamente el cuerpo al ritmo de una radio de transistores. Era muy joven y tenía los cabellos largos y oscuros, y enmarañados, como si no se hubiera peinado. Había algo en la manera como miraba a las personas que se acercaban a comprar globos que hizo pensar a John que debía de estar hambrienta.

No había ni una mujer ni un niño que Moore conociera. Ward sí estaba, y Speare, Pulver, Janus, Stone y algunos otros que también conocía. Por supuesto que aquello no quería decir que trabajaran todos como auxiliares de policía. Estaban sentados en silencio aquí y allá, repartidos uniformemente entre la multitud, sentados de cualquier manera en las sillas, en el borde del kiosco de música, en la parte de atrás de la camioneta. John pensó que la mayoría debían de estar preguntándose si el propio John trabajaba como auxiliar. James y Cogswell, vestidos con overoles de mezclilla, organizaban los objetos que se iban a subastar. Ezar Stone vendía palomitas de maíz, y Sonny Pike, Coca-Cola y cerveza.

Y había gente, mucha gente, gente que no conocía. Habían ido con hieleras portátiles y manteles, y las colocaban detrás y al lado de las sillas de madera. Saludaban a sus vecinos turistas y a personas que habían conocido la semana anterior.

Moore, incómodo, se acercó a los objetos en venta. Una mujer de mediana edad, delgada, dura, con *jeans* amarillos desteñidos, le decía a otra que vestía un traje blanco y holgado:

—¿Verdad que es fantástico? Compré algunas cosas que están tan bien que me las llevé a Weston. ¿Tú te puedes imaginar cuánto se pagaría por esto en Beacon Hill? ¿Cómo puede ser que tengan tantas cosas todas las semanas?

—¿Verdad que es fabuloso? —respondió su amiga—. Ya llevo siete veranos yendo a subastas y más subastas, pero jamás había visto una selección de objetos como esta. Fíjate en esa cómoda alta de palisandro que tienen allí.

Tenían razón. Estaba claro que aquello no era una subasta de beneficencia. No se vendían los típicos paquetes sorpresa con el precio de partida de veinticinco centavos. Se ofrecían grandes sillones orejeros, camas talladas a mano, mesas macizas de cerezo, tocadores de nogal, un escritorio grande con tapa enrollable. Moore pasó la mano por encima del pequeño tocador de madera de pino que había sido de Hildie —había pertenecido a la hermana de Mim y para entonces ya era vieja— y trató de recordar dónde había visto el aparador estarcido.

Un hombre vestido con una holgada camisa hawaiana, bermudas y chanclas estaba diciendo:

—Aquí hay muchos muebles de madera buena.

Y su mujer se quejaba:

—Pero lo que yo quiero de verdad es una mantequera para el árbol de caucho.

Había una mesa larga rodeada de cajas con productos de granja. Vendían jitomates por cajones. Más allá había dos motosierras, una bomba de agua, una ordeñadora y cuatro podadoras. Y, casi escondido detrás del kiosco de música, un tractor. Los tractores tienen personalidad propia y este era un John Deere de color verde oscuro, probablemente de los años treinta. Moore trató de recordar dónde lo había visto antes. Tal vez en casa de Rouse, pero no estaba seguro.

El subastador apareció y anduvo con pasos ligeros y el cuerpo erguido hasta el kiosco de música, con sus oscuros cabellos descubiertos y relucientes a la luz del sol. Dixie lo perseguía obedientemente en pos de su talón izquierdo.

—Menudo personaje es ese Dunsmore, ¿no te parece, Moore? —El que había hablado era Tad Oakes. Tenía dos invernaderos llenos de geranios en el otro extremo de la calle Mayor y había empezado a trabajar en jardinería al servicio de los recién llegados. También era el jefe de la brigada de bomberos voluntarios—. ¿Tú colaboras? —preguntó.

—¿Yo? No —respondió Moore.

—Bien —dijo Oakes—. Yo tampoco. Esta semana tampoco van a vender nada de la vieja casa de los Oakes.

—¿Cómo te las has apañado?

—Pues les dije: «Lo siento, chicos, no me queda nada». Y me respondieron: «¿Estás seguro?». Y entonces yo les dije: «Seguro de la muerte». Y eso fue todo. Se marcharon sin decir palabra. A la primera que me busquen problemas, llamo a la policía.

—Cogswell cree que la policía debe de estar implicada.

Oakes guardó unos instantes de silencio.

—¡Qué diablos!, iré a Concord. Iré a ver al puto presidente si es necesario. Esto no se puede tolerar.

Moore asintió. Lo sabía todo sobre Tad Oakes, por supuesto, pero no lo conocía en especial, no más que a cualquier otro de los que vivían en el pueblo. Pero entonces dijo, sorprendiéndose él mismo al oírse:

—Tenemos una ternera de tres días. Y te diré que el agua es muy agradable, por si algún día pasaras por allá con tus chicos.

—Gracias —respondió Oakes, visiblemente complacido—. Lo tendré en cuenta.

Perly había empezado con la subasta y hablaba con la voz profunda y cadenciosa que reservaba para tales ocasiones.

—Esto no puede seguir así —dijo Oakes—. ¿No te parece?

Moore negó con la cabeza.

—Mi gente lleva doscientos años en esta tierra. Ya han tenido que aguantar otros chanchullos.

—Eso es lo mismo que yo digo —respondió Oakes con voz sombría—. ¿Qué son unas cuantas subastas? A mí me daba igual que me vaciaran el establo y la bodega. Pero hay que ponerles un límite.

Moore levantó los ojos y Oakes siguió su mirada. Mudgett, entre los árboles, tenía los ojos puestos en ellos, sin pestañear, como un pez. Sin mediar palabra, los dos hombres se dieron la espalda.

El jueves de aquella semana, Mudgett se presentó con una flamante camioneta Crew Cab International, del tipo que todos los hombres de Harlowe admiraban cada vez que pasaban frente al nuevo concesionario que la firma automotriz Tucker había abierto en la Ruta 37.

—¿Qué tienes para nosotros, Moore? —preguntó, clavando en John sus ojos inexpresivos, mientras Cogswell venía arrastrando los pies por el otro lado del vehículo.

—¿De qué color es la tuya? —preguntó John a Cogswell.

Este se encogió de hombros.

—A algunos se la dan y a otros no —respondió—. El jefe dice que tengo que empezar por soltar la botella. Quiere que acabemos todos haciendo de predicadores.

—El otro día se le escapó de las manos un buró cuando yo estaba debajo —explicó Mudgett—. Por poco no me mata. Y no hablemos de cómo conduce.

Cogswell soltó una risotada floja.

—A ver si se lo haces entender, John —añadió—. No merece la pena que traten de reformarme. Agnes lo ha intentado todos estos años. Y yo no paro de decirle que si por un tiempo se tomara una botella diaria conmigo quizá crecería una cabeza, o dos.

—Conseguirá que lo echen si no se anda con más cuidado —dijo Mudgett—. A estas horas del día parece que la lengua se le sacude con la brisa.

John y Mim miraron alarmados a Cogswell.

—Bueno, ¿qué tienen para mí? —preguntó Mudgett.

—¿Cuánto tiempo piensan seguir con esto? —preguntó John a su vez.

—Eso habría que preguntárselo al jefe —respondió—. Por cierto, el sábado pasado vi que hablabas con Tad Oakes. ¿Eres amigo suyo?

—Platicamos un rato —contestó Moore—. ¿Hay alguna ley que lo prohíba?

—¿Te enteraste de que vendió su propiedad y se mudó a Manchester? Se marchó ayer.

—¿Así de golpe? —preguntó Moore.

—¿Recuerdas aquel viejo olmo ya muerto, el que tendría que haber talado hace unos años? Pues se cayó sobre sus dos invernaderos y los destrozó. La verdad es que tuvieron suerte. En ese momento toda la puta familia estaba en Concord. Pero creo que Oakes se desanimó mucho.

—¿Y la casa ya está vendida?

—Dunsmore pagó dinero contante y sonante.

—¿Cuánto?

—¿Y yo qué sé? Ya sabes cómo se calla todo el mundo en asuntos de dinero.

John hundió ambas manos en los bolsillos del mono.

—¿Y cómo es que tú regresaste a Harlowe, Red? —preguntó.

Mudgett se agitó con aire de fastidio.

—Todo lo que se encuentra por esos mundos de Dios es de mentira —respondió—. El mundo es una mierda.

—Y por eso regresaste a Harlowe.

—No —replicó Mudgett—. A este pueblo lo odio todavía más que el resto, eso es todo. Era una buena razón para volver.

Mudgett sonrió, y John vio que sus dientes delanteros, que siempre le habían crecido torcidos unos contra otros, se le habían roto en puntas afiladas.

—Tampoco es que tú caigas muy bien por aquí —replicó John.

Mudgett seguía sonriendo.

—Nunca he caído bien —dijo—. Ni tengo ganas de caer bien.

Aquella noche, mientras Hildie cantaba para conciliar el sueño, John y Mim se sentaron a ver el concurso de la Yaya.

El presentador preguntó a un hombre que vestía un jersey oscuro de cuello de tortuga en qué año se había creado la Asociación de Cheerleaders de Estados Unidos. La Yaya aguardó a que contestara —allá por los años veinte— y luego dijo:

—Hay cosas sobre las que no tienen derechos. Y mi buró era una de ellas. Y el chifonier del abuelo, otra.

Mim y John se miraron, y el presentador adjudicó un premio de doscientos dólares a una muchacha en mallas ceñidas con estampado de leopardo que debía de haber dado la respuesta más acertada.

—Un donativo de vez en cuando, eso está bien —prosiguió la Yaya—. Pero no es posible que les den todo lo que tienen. Yo ya te digo que tu padre habría corrido a latigazos a esos sinvergüenzas. Tu tatarabuelo despejó todo ese prado de arriba y no solo ese cuando los bosques aún estaban llenos de indios. Eran como una plaga.

—No ibas a hacer nada con ese buró, Yaya —dijo John.

—¿Me estás diciendo que me ha llegado mi hora?

—Por supuesto que no —contestó Mim—. Pero puede que ese buró nos haya servido para seguir adelante sin sufrir ningún accidente.

—¿Accidentes? —replicó la Yaya—. A ver si te enteras de los accidentes que ocurrían en los viejos tiempos. Mira lo que le ocurrió al abuelo. ¿Y los accidentes que salen en las noticias? Centenares de muertos de una sola vez...

—Eso no sirve de nada si tú estás entre esos cientos —repuso John.

—A mí algo me dice que es Red Mudgett el que está detrás de todo esto —siguió diciendo la Yaya—. Ese no ha tenido nunca ni una pizca de fe, al menos no tiene fe en algo tan sencillo como la diferencia entre el bien y el mal. Todo porque es demasiado listo. Por muy mequetrefe que fuera, siempre se creyó que era algo. Todos los años ganaba el premio de memorización de la Biblia. Participaba por pura mezquindad, porque le resultaba más fácil que a los demás. Un año se hizo elegir delegado de su clase de catecismo. Jamás logré entender cómo lo consiguió. Pero estoy segura de que recurrió a alguna artimaña, porque ese nunca se ha hecho amigo de nadie con buena fe. Me daba rabia solo con pensarlo. Y lo peor de todo es que después de ganarlo me venía detrás y me jalaba de la manga como un gitanillo. «¿No se alegra de que haya ganado el premio, señora Moore? ¿No se alegra de que me hayan elegido?». Y todo porque no lo educaron bien en casa. Con toda franqueza, nunca le tuve cariño. No conozco a nadie que se lo tuviera. Era demasiado listo. Nada le era suficiente. Nunca le gustaron las historias de la Biblia y nunca le gustó cantar. Si hasta se resistía a hacer de ángel en el espectáculo de Navidad.

En aquel momento el presentador ordenaba a los concursantes que hicieran girar un bastón en el aire con los dedos, y el bastón se le había caído sobre el pie a una joven con vestido de lentejuelas, y se había puesto a pegar saltos con el otro pie.

—¿Y qué quieres que hagamos, Yaya? —preguntó Mim—. No creas que John y yo somos muy aficionados a regalar nuestras cosas.

—Yo que ustedes les diría que se ocuparan de sus propios asuntos. No de los suyos.

John se levantó de golpe de la silla. Miró a su madre con rabia.

—Solo hay una manera de hacérselo entender, Yaya. —Se puso a caminar por la habitación, de la cocina a la ventana y de la ventana a la cocina. Luego volteó de nuevo hacia su madre, colocó ambas manos en el reborde de acero de la estufa apagada que se hallaba a sus espaldas y se quedó apoyado en ella—. Y lo único que me lo impide, Yaya, es que tengo tres mujeres a mi cargo.

Los muebles fueron desapareciendo uno tras otro: las sillas acolchadas y la mecedora de la sala, la vieja mesa plegable del comedor e incluso las sillas de pino de la cocina. Hubo una semana en la que Cogswell se contentó con tres cajas de alubias.

Entretanto, como si la decisión de desprenderse de los muebles les hubiera ganado algún tiempo, los Moore llegaron al final del verano. El maíz —el que no se habían llevado los cuervos— estaba maduro. Y los pepinos, los jitomates, las calabazas y las alubias se hallaban en plena temporada. Todos los días llevaban a Hildie a nadar en el estanque y trataban de enseñarle a trepar sin pisar piedras sueltas, ni ramas muertas que pudieran ceder bajo su peso. Segaban y rastrillaban el heno, lo amontonaban con las horcas en la vieja carreta de heno y luego arrastraban la carreta hasta el establo con el tractor y la vaciaban por las compuertas superiores. A última hora de la tarde iban todos juntos a recoger jitomates y calabazas, mientras se quejaban del calor y escuchaban a los grillos. Las moras de aquel año eran espléndidas y, después de cenar, John y Mim se paseaban por la orilla del estanque, a la última luz del día, y recogían moras, y a veces arándanos de arbusto alto. Comían lo que podían y se llevaban el resto para meterlo en latas.

Los días se volvían más cortos, a la par que se iban quedando sin muebles. Cuando aún hacía buen tiempo, tenían por costumbre sacar a la Yaya a la hora de comer y la acomodaban con una bandeja en la amplia silla de madera que tenían para el césped, y colocaban sus propios platos y vasos sobre los escalones de granito. Después ordeñaban, estrujaban un chorrito de leche en la boca de Hildie para hacerla reír, y luego fregaban las relucientes cubetas de acero en la cocina, con jabón y agua que calentaban sobre la estufa. Dos veces por semana, John batía mantequilla. A la hora de comer, cuando la luz del sol había calentado los escalones de la salida, bebían el suero de mantequilla frío y contemplaban las primeras manchas bermejas sobre los arces rojos cercanos al estanque.

Nunca hablaban sobre los objetos que habían perdido, pero sus vidas cambiaron. Hacían cosas que jamás habían hecho. Iban hasta lo más alto del prado para cenar al aire libre. Un día tranquilo, a la hora del atardecer, subieron a la Yaya a la camioneta y la llevaron lo más cerca posible del estanque, para que viera saltar a los peces. John condujo hasta la gravera, se llevó una carga de arena y la echó al borde del establo, para que Hildie no tuviera que cavar en la tierra del camino. Cierto día, Mim, que estaba recolectando zanahorias en el huerto, se quedó con los codos sobre las rodillas y miró más allá de la casa, hacia el estanque, y dijo:

—Es curioso, me siento como si hubiera sido mi propia familia la que hubiera vivido aquí por generaciones. Me siento ligada a esta tierra. —Suspiró—. Este es el lugar más bonito que hay.

John no dejó su trabajo, pero miró a la mujer, y a la niña que estaba detrás de la casa y jugaba a arrojar un palo para que el perro lo fuera a buscar, y luego corría a buscarlo ella misma porque el perro era demasiado holgazán.

—No hemos fumigado la hiedra venenosa —dijo—. Eso da mala suerte.

Mim tenía muy claro que Fanny Linden gozaba de una visión privilegiada de la compleja situación que reinaba en el pueblo, gracias a la posición que ocupaba tras el mostrador de la tienda. A pesar de toda su tacañería, Fanny no era mala persona, y por ello, a despecho de la experiencia de John con el viejo Ike, Mim conservaba la esperanza de que la mujer supiera de algún modo lo que había que hacer y se lo contara también a ella.

Por ello, siempre que entraba en la tienda se entretenía hablando con Fanny sobre el tiempo, los dolores de parto y achaques diversos, como había hecho durante toda su vida. Fanny hablaba y hablaba, con voz tan insípida como el queso que ella misma elaboraba, pero Mim apenas si sacaba nada en claro. Ni Fanny ni la tienda parecían haber cambiado en nada. Se enteró de que Collins, el que vivía en la cresta del cerro, se había caído bajo la excavadora y habían tenido que amputarle una pierna.

—Por supuesto que eso no va a frenar a Jane —dijo Fanny—. Sigue viniendo aquí igual que siempre, arreglada como si se creyera que estamos en New York.

—¿Cómo pudo caerse bajo su propia excavadora? —preguntó Mim, interesada en averiguar en qué situación se hallaban los Collins con el subastador.

—Sí, se necesita cierta destreza para hacer una cosa así, ¿verdad? —respondió Fanny—. Ha sido un mal año en cuestión de accidentes.

Mim frunció el ceño.

—Por supuesto que salió una cosa buena de todo ello.

—¿Cuál? —preguntó Mim con cautela.

—¿Quieres decir que no te has enterado de lo de la ambulancia? Yo pensaba que ya se habría enterado todo el mundo. Lo pregonaron por todas partes. Ocurrió el martes pasado, después de que Collins se hiriera. Una parte del dinero salió del presupuesto de la policía. Me imagino que ahora tienen excedente, gracias a las subastas. Y Perly Dunsmore donó lo que faltaba. Perly fue a Boston en persona, sí, en persona, y regresó con una ambulancia nueva. La mejor que había. Se pasaron el miércoles entero paseándola por la calle Mayor. Así, la próxima vez que alguien se haga daño podrán asistirlo con medios propios del siglo XX. Así es como lo anunció Perly.

—¿Crees que Perly tuvo que donar mucho dinero?

—Él dice que sí —respondió Fanny—. Lo dice en voz baja, pero lo bastante fuerte como para que se oiga.

—Deben de estar sacando mucho dinero con las subastas. ¿Tu marido colabora en algo? —preguntó Mim, y ella misma tembló por su propia osadía.

—Es que la tienda abre los sábados —contestó Fanny—. Siempre ha estado abierta los sábados. Pero desde aquí estamos al pendiente de todo. Ese montón de forasteros que se presenta aquí todos los sábados no perjudica en nada a nuestro negocio, todos vienen con ganas de gastar.

—Ah, ya —dijo Mim, azorada—. Claro, ya me lo imagino. ¿Han... han hecho muchas donaciones?

—Ninguna —respondió Fanny, que permanecía sentada con una quietud que resultaba forzada, incluso en ella—. No nos lo han pedido y tampoco se lo hemos ofrecido.

Harlowe compartía predicador con otros once pueblos. Este pasaba cada uno de los trimestres en una zona distinta, donde predicaba en tres pueblos distintos todos los domingos. No era una labor muy atractiva para un hombre con familia, por lo que el cargo había estado durante ocho años en manos de una mujer: Janet Solossen. Una vez al año visitaba a los Moore. Venía traqueteando por el camino de su casa con un viejo jeep Willys, siempre cuando menos la esperaban. Calzaba botas de trabajo masculinas y cubría de cualquier manera su grueso cuerpo sin corsé, por lo general con unos *jeans* azules y suéteres oscuros de cuello alto. Antes de entrar, siempre se quedaba un rato en el patio hablando sobre vacas y tractores con John, y se pasaba sin cesar los dedos manchados de nicotina por sus cabellos rubios entrecanos. Ya en la sala, fumaba y hablaba sobre bebés con Mim, y sobre edredones y programas de televisión con la Yaya. Nadie la consideraba especialmente inteligente, porque siempre hablaba de lo que todos ya sabían, pero terminaron por advertir que solía dar buenas respuestas cuando se presentaban problemas, y mucho tiempo atrás habían llegado a la conclusión de que, a pesar de ser mujer, tenía línea directa con Dios, como es habitual en los predicadores. Habían dejado de llamarla «la mujer que se cree predicadora». Por lo general, la llamaban «la predicadora» sin más, y «Reverenda Solossen» cuando estaba presente. Salvo los recién llegados y los francocanadienses, la mayoría de quienes vivían en Harlowe aún se casaban y enterraban a sus muertos de acuerdo con la Iglesia de la Unión, pero los que asistían con regularidad a los oficios ya no eran tantos como antes.

—Falta poco para el primer domingo del trimestre que la predicadora pasará por la zona —observó Mim—. No creo que pueda estar aquí y no darse cuenta.

—Y cuando pregunte —se burló John—, supongo que le dirás que se lo regalaste todo porque un viejo tuvo un ataque y un olmo se cayó sobre un invernadero.

—Me imagino que la predicadora tendrá paciencia suficiente para escuchar toda la historia.

—¿Y si se lo contamos todo y piensa que son tonterías nuestras, y no nos hace caso?

—Se lo contaré de todos modos.

Era un domingo frío y luminoso, impregnado de la frescura y la aspereza del otoño. La Yaya estaba satisfecha de ir a la iglesia. Se veía extraña y frágil en su traje de gabardina azul marino, sentada entre Hildie y John sobre el duro asiento de la camioneta. Tras la muerte del abuelo, John se había encargado de llevarla a la iglesia, hasta que ella misma había renunciado a ir.

—Esto ya no es como antes —había dicho—, no haces más que moverte y dar vueltas en el banco como si fueras un gato atrapado en una trampa.

John y Mim callaron mientras la camioneta avanzaba poco a poco frente a la iglesia con el campanario a medio construir. John dejó atrás las cuatro nuevas y relucientes camionetas Crew

Cab que los habían precedido y se detuvo junto a la oficina de correos.

—No te pares —le dijo Mim—. No tiene sentido que vayamos ahora. Ya hemos visto bastante.

—¡¿Que no vayamos?! —exclamó la Yaya—. ¿Tan solo por las camionetas esas? Tienen tanto derecho a ir a la iglesia como tú. Y te diré más, ya que te casaste con un hombre de Harlowe, habría estado bien que entraras también en su iglesia. Pero tú siempre te has empecinado en lo tuyo, con tal de que no fuera Johnny quien te insistiera.

—Quie-ro-salir, quie-ro-salir —canturreaba Hildie, embargada por el deleite de lucir su vestido de fiesta—. Quiero dar vueltas con la falda tutú.

—Y esta niña está salvaje como una chinita —añadió la Yaya—. Se te ocurre mandarla a catecismo y entonces ella te dice que no quiere ir y tú se lo consientes.

—Pero si ya sabes quién es el catequista, Yaya —replicó Mim.

—Bueno, el catecismo es siempre catecismo. Y de todos modos yo sigo diciendo que el que está detrás de todo esto es Mudgett.

John detuvo la camioneta sin parar el motor y se quedó mirando a la iglesia. La Yaya alargó el brazo y le dio una palmada sobre la rodilla a Mim.

—No es que te eche la culpa a ti —le dijo—. Es solo que si ya tienes algo programado no puedes permitir que te lo echen a perder.

Los encargados de recibir a la concurrencia estaban alineados a la entrada de la iglesia. En primer lugar, Sonny y Theresa Pike, luego Mickey Cogswell, que se veía como más voluminoso y rubicundo en traje y corbata. Los Moore estrecharon la mano a los Pike sin sonreír y luego pasaron a Cogswell.

—¿Agnes no ha venido? —preguntó Mim.

—No quiso —respondió. Miró a Hildie y no se dignó a saludarla—. ¿Has oído que la predicadora ya no está? —preguntó.

—¡¿Que no está?! —exclamó Mim.

Pero Cogswell hizo un gesto a los Moore para que entraran.

—Ya verán —murmuró.

Mim tomó en brazos a la niña y la llevó por entre las hileras de bancos, al tiempo que John, sosteniendo a la Yaya, seguía a Ezra Stone, que lo guió a un lugar situado hacia la mitad de la iglesia.

Fanny Linden tocaba el órgano en el presbiterio, como siempre había hecho, y la luz del sol se filtraba entre los arces amarillos por las altas ventanas transparentes. La iglesia nunca se llenaba más de un cuarto, ni siquiera en Navidad, pero nada más sentarse, los Moore se dieron cuenta de que otra pareja se acomodaba detrás de ellos. John se volvió y vio a los James. Ian James era auxiliar de policía. Había sido uno de los primeros. John agarró a Hildie y la acercó hacia sí.

La Yaya iba descubriendo amigos entre la gente mayor y observaba, complacida, que el número de lo que ella llamaba «jóvenes» era mayor de lo habitual. Pero en el primer domingo del trimestre de la predicadora siempre eran más. Era como una fiesta especial del pueblo. John miraba en derredor para saber qué hombres habían ido y se preguntaba si todos ellos serían auxiliares de policía, o si habría alguno que estuviera allí por los mismos motivos que él. Mim escuchaba la música solemne y deseaba el momento de volver a sentir bajo los pies las rugosas tablas del piso de su cocina.

Con una resuelta serie de acordes, Fanny inició el Procesional. El coro —seis personas ataviadas con sobrepellices de color rojo oscuro— entró arrastrando los pies por la parte de atrás de la iglesia. Mim se volvió para mirar, a tiempo para ver que Perly colocaba a Dixie en uno de los bancos de atrás. El hombre se dio cuenta y le hizo un gesto con la cabeza, como si, en medio de aquella congregación, Mim hubiera sido su amiga especial. Luego se sentó e inclinó la cabeza.

Todo el mundo se puso de pie y empezó el cántico, desafinado y algo inseguro: «Imponente fortaleza es nuestro Dios, baluarte que jamás sucumbe». Mim seguía las palabras del himnario con el dedo, demasiado tímida para cantar.

De pronto, la Yaya la agarró por el brazo.

—¡Por Dios bendito! —le dijo.

Una figura salió por una puerta lateral y se acercó al púlpito, envuelta en la túnica negra con capucha roja de Janet Solossen. Subió con pasos lentos al elevado púlpito central y permaneció en silencio durante los cánticos, mirando a la congregación con ojos negros e inexpresivos. Era Mudgett.

En cuanto hubieron terminado los cantos y el órgano enmudeció, Mudgett leyó el salmo:

—Se enardeció mi corazón dentro de mí; en mi meditación se encendió fuego...

Hablaba con voz aguda, tensa, pausada. Parecía más predicador que la propia predicadora. Cuando el hombre irguió la cabeza y rezó, Mim dirigió hacia él los ojos de su propia cabeza inclinada y le observó, embargada por la sensación —contraria a todo lo que pudiera saber— de que Mudgett había oído una llamada y se había transformado en portavoz de Dios.

Después de la plegaria, Red Mudgett se quedó mirando a la congregación, hasta que todos empezaron a agitarse, incómodos. Parecía un gesto calculado, para hacerles sentir el peso de sus propias conciencias.

—Tengo aquí una carta de la Reverenda Solossen —dijo por fin—. La fecha es de ayer.

Queridos amigos:

Como todos ustedes saben muy bien, hace años que asumo como especial interés misionero la menesterosa situación de los huérfanos de Vietnam. Ahora se me ha presentado una maravillosa oportunidad de servir a Dios y servirlos indirectamente a ustedes. Hace tres días recibí una invitación en la que se me llamaba a tomar parte en una delegación de clérigos que comparecerá ante el gobierno de Vietnam a fin de buscar maneras de aliviar la situación de esos niños necesitados. Y hoy mismo, mientras me preguntaba si convenía dejar a mis feligreses y si podría permitirme el boleto de avión, me llegó por debajo de la puerta un pasaje para el vuelo de medianoche a Hong Kong, donde podré enlazar con un vuelo a Saigón. Esta donación anónima, que debe de proceder de uno o varios de ustedes, ha sido como una respuesta a mis oraciones y una garantía de que estoy llamada a participar en esta delegación.

Aunque sé muy bien que esto probablemente significa que Harlowe no contará con ningún predicador durante este año, confío en que sentirán que todos ustedes, a través de mí, están ayudando a salvar la vida de esos pobres niños, víctimas en parte de la desgraciada intervención de Estados Unidos en el Sudeste Asiático. Que sus oraciones me acompañen, igual que las mías los acompañarán a ustedes.

Janet Solossen

El oficio religioso continuó —la Lectura, la Lectura Responsorial, el Himno—. Daba la impresión de ser un oficio normal y no resultaba fácil advertir que el hombre envuelto en la túnica era Mudgett. Jimmy Ward predicó el sermón, tomando como base el texto: «Dejen que los niños vengan a mí». Para alivio de Mim, era el Jimmy Ward de siempre. Se encallaba, se disculpaba, se enredaba en sus propias palabras.

Después, Mudgett anunció el programa: café después del oficio religioso, una cena de hermandad el jueves, una reunión del grupo de Mujeres de la Misión de Ultramar con la finalidad de clasificar ropa para los huérfanos vietnamitas.

—Prevemos seguir celebrando los oficios religiosos con regularidad —explicó— en ausencia de la predicadora. Todo el que quiera colaborar, puede hablar con el señor Ward o conmigo mismo después del servicio de hoy.

—Hablaba de una manera que no parecía Red Mudgett —comentó Mim de camino a casa.

—Siempre ha sido una comadreja —replicó la Yaya—. Nada de lo que haga me va a sorprender.

6

Llegó la semana en la que ya no les quedó nada, salvo lo esencial. No podían prescindir del sofá de la Yaya, y ni siquiera el propio Perly habría sido capaz de sacar dinero de la mesa y los bancos de cocina que John había puesto con unas tablas viejas del establo. Como si se hubiera dado cuenta del problema, el subastador acudió en persona junto con Gore.

Dixie corrió al encuentro de Lassie, meneando su sedosa cola. John observó desde la puerta a los dos hombres que se acercaban. Cuando estuvieron frente a él en los escalones de la entrada, abrió la contrapuerta y salió a recibirlos.

—Ya no queda nada, Perly —dijo, con el cuerpo plantado con firmeza entre el subastador y la puerta—. No tiene ningún sentido que vengas por aquí. No se puede sacar de donde no hay.

El subastador miró a John con condescendencia. Sus ojos cafés se llenaron de preocupación.

—Has sido muy generoso —dijo con voz pausada. Se acercó tanto que John retrocedió, hasta sentir el cristal de la puerta en las espaldas.

Gore estaba apoyado en el poste esquinero de la casa y daba vueltas al mango de un rastrillo con las manos, sin mirar a los ojos a John. Por fin, dejó el rastrillo en el suelo y dijo:

—No pasa nada, John. Lo único que queremos son tus armas de fuego.

—¡Mis armas de fuego!

Perly se agachó para arrancar una brizna de menta que crecía cerca de la puerta. Se la metió en la boca y masticó.

—La temporada de caza está a la vuelta de la esquina y nos ha parecido que sería buena idea organizar una subasta especial de armas de fuego.

—Así que ha llegado el momento de desarmarnos —respondió John, irguiéndose con firmeza ante la puerta.

Perly echó atrás su morena cabeza y se rio.

—Tienes que reconocerme —dijo— que desde el punto de vista de quien sirve a la ley y el orden no es mala idea.

—Pues resulta que necesito mi escopeta —replicó John.

—¿Para qué? —dijo Perly—. Según los registros del pueblo, no te has sacado una licencia de caza en diez años.

—Un granjero tiene que tener siempre un arma —insistió John.

—¿No guardarás una escopeta vieja de esas que se cargan por el cañón? —preguntó Perly, al tiempo que miraba por la puerta de la cocina—. Esas se venden por muy buenos precios hoy en día.

Gore pateaba el raspador de lodo para el calzado que había junto a la puerta.

—Las tiene guardadas en la despensa, Perly —murmuró sin levantar los ojos.

Perly enarcó las cejas.

—Si me permites... —le dijo a John.

John no se movió y Perly aguardó, sin tratar de entrar. Gore miraba, con una mano cercana a la pistola. En el interior, Hildie soltaba grititos de alegría, feliz de ver al subastador.

Perly enarcó las cejas.

—¿Tú te has planteado si estás en condiciones de cerrarnos la puerta, John? —preguntó. Arrojó una mirada fulgurante a Mim, a la Yaya, a Hildie, y luego pareció que estuviera a punto de darse la vuelta.

Por fin, John se ruborizó visiblemente, aunque su tez ya estuviera curtida por el sol. Hundió ambas manos en los bolsillos del overol y se apartó poco a poco del escalón de la puerta. Por un instante se detuvo, y luego caminó hacia el establo.

Perly asintió con gesto cortés al ver que John los dejaba pasar. A continuación, abrió la puerta y aguardó a que Gore le indicara el camino.

Pero Gore se quedó quieto, con el ceño fruncido, y no se movió hasta que Perly le dijo con voz amable:

—¿Y bien, Bob?

Entonces el policía se dirigió a la cocina con pasos pesados y, sin detenerse a saludar a Mim ni a la Yaya, fue directo a la despensa.

Perly entró y le sonrió a Mim, y se puso en cuclillas frente a Hildie, que estaba en pie junto a su madre, frente a la tarja.

—Hola, bonita —le dijo, al tiempo que le tendía los brazos—. Ven a saludar a tu amiguito.

Hildie sonreía, pero no acababa de decidirse. En cuanto dio un paso hacia Perly, Mim la agarró por el elástico de la parte de atrás de los *jeans* y le dio un brusco jalón, y la niña gritó, indignada.

Perly se incorporó. Miró a la cara a Mim con una sonrisa distinta. Dixie gimoteaba en la puerta, pidiendo que la dejaran entrar, pero el hombre no le hizo caso.

—Lo siento —murmuró este, pero Mim no lo miraba a él, sino a Gore, que volvía con la escopeta y la .30-'06, una en cada mano, mirando fijamente al suelo con ojos huraños.

Perly se volvió hacia él.

—¿Traes la munición? —preguntó.

—Por Dios bendito, Perly —murmuró Gore, sin mirarle siquiera.

Perly se volvió hacia Mim.

—¿Dónde está? —preguntó.

Mim se quedó inmóvil, abrazando los hombros de Hildie contra sus muslos, con la cara blanca como la cal.

Perly hizo que no con la cabeza y sonrió.

—Ya me imagino que no se puede tener siempre contento a todo el mundo —dijo, y rozó la fría mejilla de Mim con las yemas de los dedos.

Entonces, con un solo paso, entró en la despensa y, sin necesidad de buscar, alargó la mano y sacó la caja roja de acero de las municiones del estante superior.

Mientras Mim observaba desde la cocina, la Yaya desde la sala y John desde el establo, Perly siguió a Gore por el sendero, y luego ambos subieron a la cabina de la camioneta y se marcharon.

El jueves siguiente, bajo un cielo encapotado y cargado de lluvia, Perly y Gore se presentaron de nuevo.

John salió del establo y se plantó en la puerta, con las piernas separadas y los brazos cruzados.

—No hay nada —dijo.

Perly miraba alegremente por el patio, con el rostro más moreno que nunca después de un verano al sol.

Gore se quedó con la espalda apoyada contra la camioneta, observando.

—Nos llevaremos vacas —explicó.

—¡Vacas!

—Tan solo dos —añadió Perly, y le guiñó un ojo a Mim, que estaba de pie tras el cristal de la puerta, mirando—. Así tendrán dos menos por ordeñar. O si tienen un par que ahora mismo no estén dando leche, nos conformaremos con esas.

John echó un vistazo al prado, donde las siete vacas de raza Jersey y color rojizo se apiñaban bajo el fresno blanco de la entrada, con las ubres repletas, a la espera de que el hombre fuera a buscarlas.

Perly estaba de pie con los brazos cruzados, en una graciosa parodia de John. El cielo lluvioso se reflejaba en sus ojos.

—Vamos a llevarnos dos —repitió.

—Y una mierda —murmuró John. Entonces dijo, forzando lentamente las palabras a salir—: Largo de mi propiedad.

John se dio la vuelta y subió por el sendero hacia la puerta trasera, hacia su familia. Parecía que tuviera el cuerpo entumecido y cada uno de sus pasos le costaba esfuerzo. Sentía que no solo lo frenaba el temor que le inspiraba la pistola de Gore, sino también los muros de una rabia que lo llenaba de confusión.

No oyó los pasos a sus espaldas, ni el roce de la ropa. Sin un sonido que lo delatara, ni la más mínima apariencia de moverse con rapidez, Perly se deslizó entre John y la puerta a la que este se acercaba.

—¿Quisieras consultar a tu mujer? —preguntó Perly. Abrió la puerta de la cocina y agarró con fuerza por el hombro a Mim antes de que pudiera alejarse. Le sonrió a la mujer. Mim levantó los ojos hasta encontrar la mirada del subastador y ambos se vieron de pronto en la postura de jóvenes enamorados.

John se detuvo.

Entonces Perly sujetó a Mim por el brazo, esta vez con suavidad, y la acercó a su marido.

John vio a Mim, pálida y rara, que caminaba obedientemente hacia él, guiada por el brazo de aquel extraño, rozando su cuerpo. El miedo había borrado toda expresión del rostro de la mujer.

Tras recobrar el aliento, John se volvió de pronto hacia el prado y las vacas. Su cólera y la pesadez de la húmeda tarde unían fuerzas para sofocarlo. Se dirigió al sendero que pasaba entre el establo y la leñera en dirección al prado. Dixie corría delante de él y Lassie seguía más atrás entre ladridos.

John subió más y más por su terreno. Oía a sus espaldas los resoplidos de Gore, pero tan solo sentía las silenciosas pisadas de Perly. Al pie del cedro se había desprendido una piedra del muro, plana y afilada, grande como una cubeta lechera. Mientras se acercaba, creció y se transformó ante sus mismos ojos. Se transformó en un arma.

Cuando llegó a la sección de alambre de espino que se abría para liberar a las vacas, se detuvo, hasta que llegaron Gore y Perly y sintió que el aliento de ambos le rozaba las sienes. La piedra se hallaba unos dos metros más adelante. Esperaría a que cruzaran el alambre de espino. Primero pasó Perly, con movimientos silenciosos y ligeros como los de un gato. Gore observó a John al pasar por su lado, con ojillos recelosos.

Primero, John se dio cuenta de que la pistolera estaba vacía. Entonces vio la pistola. Gore no apuntaba, tan solo la sostenía contra el costado, medio oculta detrás de su ancho muslo.

—¡Bueno! —dijo el subastador—. Dime cuáles son las chicas bonitas de las que te vas a separar.

John tenía los ojos clavados en la piedra. Si se agachaba para agarrarla, la noticia de la semana siguiente sería que John Moore había tenido un accidente al limpiar sus armas para la temporada de caza, y poco importaría que en aquel momento ya no tuviera armas.

Y entonces las tres mujeres se quedarían solas.

John se agarró al poste de la valla y ya no miró a los hombres, sino más allá, a la casa de paredes desgastadas de abajo, para serenarse. Se veía pequeña en la lejanía de aquel día gris. Y en el patio, empequeñecida también por la distancia, estaba Mim, en el mismo lugar donde la habían dejado.

—¿Cuáles habías dicho? —le preguntó Perly.

John, sin decir nada, señaló a Luna. Se quedó apoyado en el poste, para sostenerse en pie, mientras el subastador se acercaba a Luna, le daba una palmada en el flanco y la hacía caminar poco a poco por el campo.

Gore vigilaba con las piernas plantadas en el suelo, muy separadas, la pistola bien sujeta en la mano y la boca a medio abrir, respirando trabajosamente.

Después de aquello, Mudgett y Cogswell reanudaron durante un tiempo las visitas. Mudgett iba a la cabeza y Cogswell caminaba detrás de él, con pasos lentos, cual enorme y torpe mascota. Bebía mucho y a veces había que repetirle las cosas dos o tres veces antes de que respondiera. Hicieron dos viajes en una sola semana para llevarse toda la cosecha de calabazas, y luego la mantequera y la desnatadora, y finalmente las vacas que les quedaban, siempre dos por vez. John y Mim se preocuparon por lo que podía pasar con Hildie si le faltaba la leche, pero la niña seguía creciendo bien. Aún tenían buena verdura, y empezaron a comerse los pollos tan rápido como les fue posible, hasta uno o dos por día.

—Al menos no podrán llevarse lo que ya nos hemos comido —explicaba la Yaya.

Cosecharon los últimos jitomates verdes y los escondieron bajo las tablas del suelo de su dormitorio, y luego arrancaron las estacas de frijoles y jitomates. Cosecharon las calabazas que se habían retrasado en madurar. Cosecharon fanegas de manzanas agusanadas. Ya no tenían prensa de sidra, así que Mim las cortó y preparó puré de manzanas con algunas de ellas, y colgó las demás de las vigas del desván, para que se secaran. Cubrieron con plástico las ventanas de la sala y de la cocina. Y además, todos los días iban al bosque y cortaban un montón de leña. John se subió al tejado con un saco de arpillera repleto de ladrillos atado al extremo de una cuerda y limpió las chimeneas, y luego vaciaron los depósitos de ceniza de las estufas.

Hacía ya demasiado frío para bañarse en el estanque. Lo que hacían, en cambio, era calentar tres grandes ollas repletas de agua los sábados por la tarde y vaciarlas en la tina galvanizada. La Yaya era la primera en bañarse, luego Hildie y, por último, Mim y John. Mim calentaba un cuenco de agua y, entre regaños y mimos, lavaba los cabellos finos y relucientes de Hildie.

Las hojas empezaban a desprenderse de los árboles y parecía que todo estuviera cada vez más cerca de la casa: el estanque, el pinar donde se ensanchaba el camino y los confines del prado. Mim llevó a la cocina la vieja silla de madera del jardín, para que la Yaya pudiera sentarse con comodidad allí.

John fue y le contó a la esposa del médico que ya no tenía las vacas.

—¿Cómo es que todo el mundo se desprende de sus vacas? —preguntó la señora Hastings—. Según he visto, Lovelace y Rouse ya tampoco tienen las suyas. Todos me cuentan que las están vendiendo en las subastas. Deben de estar sacando un buen precio por ellas.

John, inmóvil frente a ella, pensaba en el cheque de cinco dólares que había recibido la semana anterior por dos buenas vacas lecheras.

—En fin, me imagino que nosotros tampoco pagábamos tanto —añadió la mujer con un toque de irritación—-A mí la mantequilla me parecía buena, pero supongo que ya no era rentable.

—El doctor —empezó a decir John— tiene que saber lo que está ocurriendo. Todo esto es por...

—¿Qué? —le interrumpió la señora Hastings—. ¿La inflación? Si se refiere a Harlowe y a toda esa historia de las subastas, tengo que decirles que no entendemos cómo razonan ustedes. ¿Cómo vamos a entender a unas personas que son incapaces de levantar un dedo para mejorar su situación? Es como lo de la mantequilla. Es que no hay nadie que quiera dedicarse a un trabajo honrado.

Aquella mujer alta abrió la puerta de atrás y se quedó mirando a John con expresión pensativa, a la espera de que se marchara.

John se detuvo en el umbral y vio el desprecio en su mirada.

—Señora —le dijo—, a pesar de toda la educación que ha recibido, no entiende usted muchas cosas.

En cuanto Hildie se acostó, John vació el dinero del tarro de loza que tenían sobre el lavabo y lo contó, como solía hacer por lo menos una vez por semana.

—Ciento setenta y tres —dijo—. Y cien en el banco.

Jamás habían empezado el invierno con tan poco dinero.

—Seis dólares al mes por un teléfono que nunca suena —comentó—. Y no cuentes con que vayan a pedirme que maneje la máquina quitanieves.

—¿Y si tuviéramos un accidente? —objetó Mim.

—Los teléfonos apenas si resuelven nada —replicó la Yaya—. Nos las arreglábamos muy bien sin teléfono cuando Johnny era un niño. Hay cosas de las que se puede prescindir.

Reinaba en la casa una desacostumbrada placidez. La Yaya había dejado de quejarse. Vivía en el sofá, como en una isla. Dormía en él todas las noches, cerca de la estufa bien caliente, y por las mañanas hacía lugar para Hildie y las dos jugaban a «Vamos a hacer como si», o contaban historias de cuando la Yaya era una niñita, historias que Hildie no tardaba en poder contar como lo hacía la propia abuela. Recortaban las páginas de revistas de diez años antes que guardaban en el establo y las pegaban en un orden distinto con harina y pasta de agua. A veces veían juntas *Plaza Sésamo* y la Yaya se pasaba una semana trabajando con sus manos rígidas para coser dos marionetas con retazos de acolchado que el subastador había pasado por alto.

—Ojalá volviera a meterse en todo como antes —decía Mim.

—Esto hace que se vea vieja, ¿verdad? —respondió John—. Que se lo tome todo con tanta calma, como si no le importara nada. Pero siempre ha sido así. Se quedó afectada después de que ese tío me apuntara con el arma. Ya veremos con el tiempo si en el fondo está tan calmada.

Hildie no estaba siempre tan cooperativa. No le gustaba nada tener que dejar la calidez de su rincón para ir al bosque con John y Mim a buscar leña. Se quejaba y gemía hasta que Mim le pegaba un grito, y entonces se tiraba al suelo a llorar. Todas las mañanas iban al bosque en silencio y John llevaba sobre los hombros a Hildie, que todavía hacía pucheros y se esforzaba todo lo posible por temblar.

John hacía muescas en un árbol con la motosierra. Mim agarraba con fuerza a Hildie para que no se acercara. Luego, mientras John aserraba el pesado tronco, Mim hacía fuerza con la cuña, para estar seguros de que el árbol cayera donde ellos querían. Los árboles se veían extraordinariamente largos cuando quedaban tendidos en el suelo. Mim los despojaba de sus ramas con el hacha, y John, tras tomar las medidas con una vara larga, los aserraba en secciones de unos tres metros. Los subían entre los dos al trineo de madera. Y cuando la carga estaba completa, enganchaban el trineo al tractor y lo arrastraban de vuelta a la leñera. Cuando llegara el invierno y poco más pudieran hacer, dividirían a lo largo los troncos gruesos, cortarían la madera verde en secciones de cuarenta y cinco centímetros y la apilarían en la leñera, en un montón separado de la leña seca del año anterior.

—Nos convendría serrarla esta misma semana —dijo Mim un martes—. Ya lo verás. Esta vez irán por las sierras.

—Las sierras no —respondió John—. Pongo el límite en las sierras.

—¿Cuando no lo pusiste en las vacas? —preguntó Mim.

Al día siguiente, sin empezar por dividir los troncos a lo largo como solían, y sin hablar sobre la labor que tenían entre manos, emplearon un largo día en cortar la madera en secciones, cada uno de ellos con una motosierra. Y el jueves, John dejó las sierras sin echarles apenas un vistazo. Después de aquello ya no tendría sentido volver al bosque, por lo que emplearon la semana en cortar la leña a lo largo y apilarla.

John trepó al tejado de zinc y colocó un parche en un lugar que se había oxidado hasta el punto de abrirse un orificio, y Mim llenó un barril con papas que desenterraba del suelo helado, las cubrió de paja y redistribuyó los cachivaches del sótano para poder esconderlas detrás de unos estantes vacíos. Siguieron cocinando y envasando las calabazas tardías que aún les quedaban, y también algunas acelgas. Acercaron el sofá de la Yaya a la chimenea de la sala y mantuvieron encendido el fuego de la cocina durante todo el día. Tras llegar la primera escarcha, Hildie trazaba figuras en las ventanas con el dedo y todos estaban a la espera de la primera nevada.

La temporada de caza empezó un martes. Los coches se alineaban en la carretera, algunos de ellos con matrículas de otros estados. Hildie se había subido a una caja y miraba desde la ventana las silenciosas figuras rojas que entraban y salían de los bosques. La niña tenía prohibido ir más allá del patio de la entrada y los adultos se quedaban dentro, y respondían de vez en cuando a la llamada de un extraño que les preguntaba si podía estacionarse en el patio. De tiempo en tiempo oían el seco chasquido de un disparo en el bosque.

El miércoles por la noche se despertaron con una docena de disparos de rifle en la cercanía, tan seguidos que debían de proceder de varias armas distintas. Hildie entró en la habitación de sus padres arrastrando la cobija por el suelo.

—Mama —susurró—, ¿los cazadores vienen por la noche?

—A veces sí, Hildie. Porque los ciervos estarán demasiado temerosos como para echarse a correr cuando les disparen —respondió Mim, escuchando con atención lo que ocurría en el oscuro bosque—. Ya está, cariñito, no te asustes —añadió, pero no estaba segura de si era ella misma o la niña quien temblaba. Los disparos la habían despertado de un sueño en el que la cazaban a ella. Metió a Hildie bajo las cobijas.

Pero fue John quien abrazó a la niña y hundió la cara en sus cabellos. Al calor de sus brazos, Hildie volvió a hundirse en un sueño profundo, pero el hombre pensaba en los movimientos que habría hecho él mismo si aún tuviera sus armas. Muy especialmente, habría querido tener la escopeta. No la había tocado de un año al otro. Y, sin embargo, se sentía capaz de evocar su peso y equilibrio específicos en la mano, la frialdad del negro cañón y la superficie lisa de la culata, como si la hubiera llevado siempre consigo.

En cuanto estuvo claro que John no iba a levantarse, Mim apartó las cobijas con gran cuidado y salió sigilosamente de la cama. Tocando las frías paredes de yeso y el barandal con las yemas de los dedos, y tanteando los bordes quebrados de la escalera con los pies, bajó por los escalones en la penumbra. Junto a la puerta de la sala se oía la respiración de la Yaya, pesada, incesante y fatigosa.

Mim se quedó al pie de la escalera y miró por el cristal de la puerta de entrada. El cielo estaba tachonado de estrellas y el perfil del estanque semejaba un opaco plato de peltre. Pero la propia tierra estaba envuelta en oscuridad hasta el punto de que no divisaba el camino rural. Tal vez se hallaran en el propio patio, y jugaran con sus linternas y sus armas, y se movieran de esa manera lenta y silenciosa propia de los cazadores, para que no se asustara ni se alejara de la puerta antes de que pudieran paralizarla con sus luces y con una docena de mirillas de fusiles.

Regresó a la cama sin hacer ruido y se acostó con los dientes apretados para que no le castañetearan, y en el absoluto silencio sintió los ojos abiertos como platos de John. Agarró los dedos que el hombre tenía puestos sobre la espalda de Hildie, pero este no respondió.

—¿John? —susurró Mim, pero él no contestó—. ¿John? —le dijo—. ¿Te parece si mañana vamos por el colchón de Hildie y lo colocamos al lado del nuestro?

Al día siguiente, Mudgett se presentó acompañado de Gore.

—¿Dónde está Cogswell? —preguntó John al salir a su encuentro en el patio.

—Le entra demasiado a la sidra —respondió Mudgett—. Se pone sentimental.

—No podemos tener borrachos en la policía —añadió Gore—. Yo no tengo nada contra Mickey, de verdad. Pero Perly piensa que si ahora lo frenamos un poco quizás...

—Dime —preguntó entonces John—, si eres tan listo, ¿cómo es que no puedes mantener a raya a los cazadores?

—¿Tienes alguna queja? —preguntó Gore. Cerró con fuerza sus gruesos labios, como para que no se le escaparan más palabras, y mantuvo sus ojillos clavados en John. Su mano se movía, inquieta, cerca de la culata del arma que colgaba en la pistolera.

—Anoche estuvieron cazando ciervos por aquí arriba —respondió John.

Las arrugas que enmarcaban los delgados labios de Mudgett se volvieron aún más profundas y este dijo:

—¿Es que ahora los ciervos te conmueven, Johnny?

Moore se encogió de hombros.

—La noticia más reciente que tengo es que había una ley al respecto —replicó.

—Veré lo que puedo hacer —respondió Gore, enderezándose con interés—. ¿No tienes idea de quién ha sido?

—Tienes buenas razones para ponerte nervioso —añadió Mudgett. Dobló una barrita de chicle y se la metió en la boca, y tiró el envoltorio al suelo—. Sam Parry recibió una bala perdida en el hombro mientras iba a su granero. Por poco no le da en el corazón.

John se volvió hacia Mudgett. Su rostro estaba tan moreno y curtido por la vida al aire libre como el del propio John. Cuando estaban cara a cara, John aún sentía la autoridad de Mudgett, que le llevaba cinco años de ventaja, y su astucia con las sumas.

—¡Todo un francotirador! —murmuró entre dientes.

Mudgett se quedó pensativo, mientras masticaba el chicle, como si esto último hubiera sido una forma de contemplación. Por fin afloró en su rostro una sonrisa acompañada por unos ojos inexpresivos.

—Tendrás que reconocerme —dijo— que Harlowe ya no es ni la mitad de aburrido de lo que era.

Mudgett estaba muy animado. Recorrió toda la casa y el cobertizo, tomándose su tiempo, e hizo que Gore cargara con todos los destornilladores y alicates que logró encontrar, así como con el hacha, el mazo y las cuñas, la piedra de afilar, las guadañas, los rastrillos y las azadas. De vez en cuando paraba y se reía a carcajadas.

—Todo un francotirador, ¿eh?

Gore, que con toda la carga que llevaba en los brazos no podía hacer nada, tenía los ojos puestos en John y no le daba la espalda en ningún momento.

Mientras Gore acomodaba las herramientas en la camioneta, Mudgett agarró la caja grande de madera repleta de utensilios que John guardaba en la cocina y prácticamente salió bailando a la sala.

—¡Un reloj de cuco! —exclamó, y lo separó de la pared, mientras la Yaya miraba desde el sofá. Gore apareció de nuevo en la puerta con las manos vacías.

—Quiero que sepas, Red Mudgett —exclamó la Yaya, que pugnaba por mantenerse de pie con un bastón en cada mano—, que cuando llegue mi hora me levantaré del sepulcro y te perseguiré durante un día entero que será el más largo de tu vida.

Mudgett se rio entre dientes.

—Ya la ves —le dijo a Gore—. ¡Qué pasa con la catequista! Nada de lo que yo hiciera le parecía bien. Deberías haberla visto. —Hinchó el pecho, encogió la barbilla y entonó con una voz de falsete no muy distinta de la de la Yaya—: De estos niños no va a salir nada bueno. —Dicho esto, asintió con satisfacción.

—Lo recuerdo —replicó Gore sin manifestar apenas interés.

—Y muchos sábados por la noche —dijo la Yaya— compartiste la cama de Johnny y comiste en mi mesa porque tu padre estaba demasiado borracho como para aguantarte. Y ten en cuenta, jovencito, que morder la mano que te ha dado de comer es algo que trae desgracia.

—No es que pensara hacerlo —murmuró Gore, pero Mudgett ya se marchaba a toda prisa por el césped delantero para cargar el reloj y la caja de herramientas en la camioneta. Gore se giró para seguirlo, pero antes de que pudiera escapar, chocó con Mudgett, que había regresado.

—Todo lo que nos llevamos es un montón de chatarra —explicó Mudgett—. Ni una sola pieza decente.

—Las herramientas se venden bien, Red —respondió Gore.

Mudgett se quedó de pie en el lindar de la puerta de entrada haciendo chasquidos con el chicle. Aún se oía el programa de la Yaya, sin que nadie le prestara atención. De pronto, los ojos oscuros de Mudgett se clavaron en algo. Atravesó la sala y desconectó la televisión. La imagen del Dr. Rebus y de Susan se redujo hasta transformarse en un puntito y luego desapareció.

—Agárralo por el otro lado, Bob —dijo.

Gore recorrió la sala con pasos lentos, sin perder de vista a John, y agarró el otro extremo del aparato.

—Eh, esperen un momento —gritó la Yaya, y pugnó por atravesar la sala y ponerse en la puerta.

Gore dejó en el suelo su lado de la televisión, con lo que Mudgett también tuvo que bajar el suyo.

—No pensarán que se van a llevar mi televisión así como así —exclamó la Yaya.

—¿Le parece si apostamos? —preguntó Mudgett.

—Yo apuesto —rugió John. Trató de abalanzarse sobre Mudgett, pero Mim lo agarró y por unos instantes logró retenerlo.

Gore retrocedió hasta un rincón y, a tientas, abrió la funda y sacó la pistola. John se zafó de Mim, pero se quedó en el lugar donde estaba, observando a Gore.

Mudgett hizo una mueca de desprecio, se agachó y agarró él solo la televisión. Era un hombre pequeño, y el aparato era tan grande que le daba el aspecto de una hormiga esforzándose por levantar una miga gigantesca. Caminó tambaleándose hasta la puerta donde se había plantado la Yaya.

—¡Ah, no, ni se te ocurra! —gritó la Yaya, pero antes de que terminara la frase, una de las esquinas la televisión la golpeó en el hombro. La anciana se agarró al bastón para tratar de mantener el equilibrio, pero este resbaló y se metió entre las piernas de Mudgett. Como todo su peso estaba apoyado sobre el bastón, la Yaya se cayó al suelo cuan larga era. Mudgett no lograba avanzar, porque los pies se le habían quedado enredados entre el bastón y la bata de la Yaya. A duras penas lograba sostener el aparato. Por fin, el hombre liberó un pie y trató de apoyarlo en el suelo. Al pisar, halló un montoncito de canicas de Hildie. El pie resbaló, la televisión escapó de sus brazos y se estrelló contra la escalera, y Mudgett se cayó sobre el destrozo, gritando palabrotas.

—¡Por Dios bendito, Red! —exclamó Gore, que seguía de pie en el rincón y miraba cómo John levantaba a su madre y la llevaba hasta el sofá.

Mudgett se incorporó y dio de patadas a los restos del televisor. La pantalla estaba hecha añicos y la caja se había roto, y una maraña de transistores y diminutos cables de colores había quedado al descubierto. Mudgett se había hecho una herida en la frente y un hilito de sangre empezaba descender poco a poco cerca del ojo.

—Esta me la vas a pagar —le dijo a John.

De pronto, Mim corrió hacia él.

—¡Fuera! —gritó—. ¡Fuera de aquí! —Mudgett retrocedió para evitar los puños de la mujer y salió por la puerta principal—. ¡Tú también! —le gritó a Gore—. ¡Fuera! ¡No puedo soportarlo más!

Gore retrocedió por la habitación, pasó junto a John y a su madre, y se marchó a toda prisa por el camino en pos de Mudgett.

Mim se quedó con la espalda apoyada contra la pared y se puso a sollozar.

—¡No lo soporto! —gimoteaba—. ¡Ya no lo soporto más!

Hildie se le agarraba a las piernas y lloraba ruidosamente.

John apartó los ojos de su madre. Su rostro estaba lleno de furia.

—Pues entonces, ¿por qué me detuviste cuando iba por él?

Lassie entró y empezó a gimotear.

La Yaya se acariciaba el cabello para ponerlos en su sitio, mientras John volvía a sentarla en el sofá.

—Acaben ya con esto —dijo la anciana con frialdad, sentándose con la espalda erguida en el sofá—. Dejen de lamentarse ahora mismo. Las dos. Si hay algo que no pienso consentir en mi casa es que haya mujeres histéricas.

Mim y Hildie levantaron los ojos, silenciosas de puro asombro.

—Yo estoy bien y ustedes también —afirmó la Yaya, mientras se alisaba la bata sobre las rodillas—. Estamos muy bien.

Pero la cosa no terminó ahí. Durante tres días, Mim se hizo cargo de lo que quedaba de su hogar y trató que Hildie viviera cierta normalidad, en medio de un silencio tan antinatural como el que precede a un cazador por los bosques. John se quedaba sentado frente a los fogones de la cocina y la Yaya en su sofá, cerca de la chimenea de la sala, y ninguno de los dos decía ni una palabra.

El domingo, John trajo un montón de leña y lo echó en el cajón que había detrás de los fogones. Eligió dos trozos, levantó la tapa de la cocina con el asa y los echó al fuego. Luego se sentó y volvió a inclinarse en silencio hacia el calor.

Hildie estaba construyendo un pueblo en el rincón a base de astillas de leña y no levantaba la vista, pero John y Mim oyeron que la Yaya se acercaba. Caminaba poco a poco, dando golpes en el suelo con sus dos bastones y arrastrando los pies calzados con chanclas de suela de fieltro. Se detuvo en la puerta y apoyó todo el peso de su cuerpo en los bastones. Sus cabellos grises se erizaban en torno a su cabeza en ásperos rizos y llevaba el cordón de su bata de franela anudado a la cintura.

Mim pasó a su lado y regresó con sus almohadas y sus cobijas. Las colocó en la silla de jardín. Pero la Yaya no agarró el brazo que le ofrecía. Se obstinó en quedarse donde estaba.

—Si tú puedes estar sin el hacha, hijo mío —decía—, creo que yo también podré estar sin el televisor.

Mim le dirigió una mirada a John, pero este tan solo tenía ojos para Hildie, como si la mujer no hubiera hablado siquiera.

—¿Qué plan tienes ahora? —siguió diciendo la Yaya—. ¿Vas a talar el bosque con los dientes?

Hildie se acercó y recostó el cuerpo contra el de su padre. Este la tomó en su regazo y se quedó mirando la parte frontal de la cocina.

—Nosotros teníamos que lidiar con los osos, y los indios, y con inviernos que duraban todo el verano. También tuvimos que hacer frente a sequías, e inundaciones, y personas malvadas. Pero no recuerdo que nuestra gente hubiera huido nunca.

—¿Acaso me has visto huir, mamá? —preguntó John. Se incorporó de pronto y Hildie tuvo que deslizarse al suelo.

—Como un conejo, muchacho —respondió la Yaya. Las manos se le habían quedado blancas en torno a los nudos de los bastones—. ¿A dónde crees que vas a llegar con esto?

—La próxima vez me enfrentaré a ellos y me pegarán un tiro —gritó John—. Y entonces, ¿cómo te veras tú?

Abrió la puerta de un tirón.

La Yaya dio un paso hacia él.

—Y lo que haces ahora también es huir —gritó a su vez.

John cerró de golpe la puerta trasera que daba a la cocina y Hildie, a la que había apartado a un lado al salir, rompió en llanto. La Yaya se giró, adolorida, e inició el viaje de regreso hacia el sofá.

—Quédate con nosotros, Yaya —rogó Mim—. Todavía cuentas con nosotros.

—Todavía tenemos mucha leña también —le respondió la Yaya, rechazando su ayuda—. Y prefiero sentarme yo sola. Así tengo claro dónde estoy.

Mim regresó a la cocina y tomó en brazos a Hildie para acunarla. A través de la ventana que se hallaba sobre la tarja, vio que John subía con rapidez por el prado de hierba seca y café a la luz del crepúsculo. La mujer le temía a los cazadores.

7

Los relojes habían desaparecido y la vieja casa de los Moore estaba en silencio, pero cada uno de los movimientos que hacían sus habitantes humanos parecía marcar un intervalo en su inexorable camino hacia el jueves. La habitual lista de tareas del otoño había perdido toda su vigencia. No había vacas de las que cuidar, ni dólares de sobra para comprar pintura, ni herramientas para ir por leña, ni para reparar muebles. Hasta los inacabables objetos a los que había que quitar el polvo y sacar brillo habían desaparecido. Como ya no tenían la televisión, los Moore desconectaron la electricidad para ahorrar dinero. Sus rutinas se ajustaron a un ritmo primitivo, que no habría tardado en volverse familiar, si no se hubiera alterado de nuevo con cada una de las visitas de los jueves.

Los mejores momentos eran los de modorra a primera hora de la mañana, cuando se quedaban echados sobre el colchón, con Hildie acurrucada entre ambos, y dejaban pasar algún tiempo hasta que se levantaban y bajaban descalzos con prisa por los gélidos escalones para atizar las chimeneas y vestirse, comer avena sin leche y aguardar a que ocurriera algo. Siempre habían pasado épocas, al llegar las nevadas, en las que disponían de unas pocas horas al día para sentarse junto a la cocina y dejar que se apaciguara la agitación del verano. En las tardes de tormenta de otros años, Mim, John y la Yaya habían jugado a los corazones entre viajes al establo. Pero aquel año era distinto. John se quedaba sentado en el banco, con el overol y una sudadera que se había desteñido hasta quedar de color rosa, y tan encogida que se le subía hasta media espalda cuando apoyaba los codos en la mesa que tenía detrás y los pies en la salpicadera de la cocina, y estudiaba un día tras otro el polvo que se había depositado sobre las hojas y flores de hierro fundido. Dedicaba horas enteras a raspar y escarbar con un cuchillo de caza en un palo de arce que había sacado de la leñera. Las mujeres, inquietas ante sus furibundos silencios, evitaban toda conversación, y las horas pasaban, sin más interrupción que la fantasiosa cháchara de Hildie, el chisporroteo del fuego en la cocina y el áspero roce del cuchillo de John sobre la madera.

Fue Mim quien desconectó la bomba de agua, porque ya no disponían de electricidad para hacerla funcionar. Y también era Mim quien iba a la bomba de mano que se hallaba detrás del establo y regresaba con cubetas de leche repletas de agua, dos al día para la cocina y otros dos para echar en el inodoro. Y era Mim quien limpiaba la lámpara de queroseno todas las mañanas. Pero, de todos modos, la mayoría de los días ya no tenía nada que hacer al llegar las diez. Vestía a Hildie de color rojo y la sacaba, a pesar de sus protestas, bajo la fría luz del sol. Buscaba dientes de león y las arrancaba para secar sus raíces y hojas. Recolectaba los tubérculos de los lirios de día y cavaba por el jardín en busca de unas últimas zanahorias y betabeles de poco tamaño. Arrancaba achicoria y juntaba ramillas de abedul negro para hacer infusiones. Todavía les quedaban crisantemos en el huerto, pero no se molestaba en cortarlos.

—Ni con todos los crisantemos de Harlowe se podría hacer una sopa decente —decía.

El domingo, Hildie se subió al regazo de su padre y no quería volver a bajar.

—Quiero estar en un sitio donde esté caliente —decía—. Como encima de papá.

—Dile que venga conmigo —le dijo Mim a John cuando estuvo vestida y a punto para salir—. No es sano para una niña el pasarse todo el día sentada y verte cavilando. —Pero John la miró como si no la hubiera oído y siguió rodeando el cuerpo de su hija con el brazo—. ¿No puedes hacer nada más aparte de pasarte el día sentado? —gritó Mim—. ¡Estás todo el día así, como si hubieras perdido toda la energía!

Se hizo el silencio. John acunaba a Hildie y la Yaya observaba a Mim desde la silla donde estaba sentada, junto a la mesa.

Por fin, la Yaya dijo:

—No hace falta que te comportes como si no hubieras sido tú la primera en rogarle que lo diera todo. Si no recuerdo mal, fuiste tú quien les diste el tocador de tu madre cuando John estaba por decir que no.

—¿Y qué habría pasado si les hubiera dicho que no, Yaya? —gritó Mim—. ¿Qué habría pasado si les hubiera dicho que no? ¿Tú crees que ahora estaríamos mejor?

Mim subió sola al prado, en un intento por evitar las lágrimas, y la mirada de los tres pares de ojos Moore que la acusaban. Los de la Yaya y de John tenían el color de las nubes de tormenta, solo que en los de John había más dolor.

La hiedra venenosa del cementerio era de un rojo intenso y brillante. Se había extendido cual riada hasta la mitad de las lápidas y extendía sus tentáculos desde debajo del muro de piedra hasta el prado. Daba vueltas y más vueltas alrededor del tronco del viejo cerezo y se enroscaba en torno a sus ramas, como serpientes que buscaran los nidos de los petirrojos. Siete años antes, cuando enterraron al abuelo, aún no había hiedra. John cavó una fosa de hasta dos metros de profundidad, para que la tierra no pudiera volver a sacar el ataúd. Después tomaron por costumbre subir a la Yaya en el tractor una vez por semana, y la mujer había tratado de hacer crecer berros de prado y laurel de oveja en la tierra recién revuelta. La Yaya sabía tan bien como ellos que los berros no iban a florecer en un lugar tan elevado y seco, pero no lograron disuadirla, como si aquella mujer hubiera albergado la esperanza de que el abuelo, dondequiera que estuviese, pudiera insuflar vida en las flores que más le habían gustado.

Cuando en primavera llevaron a la Yaya a ver si los berros habían florecido, descubrieron que lo que había echado raíces era la hiedra venenosa. La Yaya no volvió a pedirles ir allí.

A John le daba igual la hiedra venenosa y no había querido subir con la guadaña, como siempre había hecho el abuelo, para impedir que creciera. Y así, la hiedra y todo lo demás proliferó con libertad. Empezaron a crecer negras matas de enebro por las que trepaba la hiedra y álamos jóvenes echaron raíces la primavera siguiente y mezclaron sus hojas pegajosas de color verdigrís con el chartreuse de la hiedra primaveral.

De pronto, se le apareció a Mim la imagen de una tumba recién cavada, y la hiedra la colmaba, como el agua llena una huella en el lodo. La llenaba a rebosar, hasta que no quedaba espacio para el ataúd.

—La Yaya es muy mayor —murmuró, pero lo que veía era una de esas lápidas pequeñas en las que se escribe: «La niña».

Se volvió y observó los negros linderos del bosque que la rodeaba por tres lados. Los bosques que circundan un prado son como una ventana, es más fácil ver de dentro afuera que de fuera adentro, y Mim tan solo sentía la presencia de los cazadores que acechaban en silencio, invisibles en la penumbra. En lo alto del bosque, cerca de los campos de Cogswell, había un lugar resguardado entre una enorme cicuta y la pared lisa de un barranco, y todos los años los cazadores dejaban una canasta repleta de botellas de cerveza al pie de esta última. A veces, cuando trabajaban en los bosques en el otoño siguiente, la propia Mim y John hallaban una botella en posición vertical sobre una roca, medio llena de agua de lluvia, como si uno de los cazadores la hubiera dejado de improviso para empuñar la escopeta que hasta entonces había tenido sobre las rodillas y abatir a su ciervo. Mim dejó que sus ojos bajaran hacia el prado desierto que terminaba en la casa y escuchó el soplo del viento en el cielo gris.

Entonces se volvió y hundió sus manos enguantadas en el ardiente mar de hiedra, agarró toda la que pudo y la arrancó. Se oyó un súbito chasquido y la hiedra se desparramó sobre su cuerpo. Se alejó, dejó aquella inútil masa apilada al otro lado del muro y volvió por más. Tiraba con fuerza de la hiedra y arrancaba tallos que a veces llegaban a medir casi cuatro metros. Arrancaba los enebros y daba de patadas a los álamos jóvenes hasta que se doblaban y se quedaban sin hojas. Trabajó hasta que el suelo que rodeaba las lápidas estuvo todo pisoteado y café. Luego cargó con toda la hiedra arrancada en tres viajes y la dejó en el bosque. Se detuvo sobre las ramitas quebradas y cafés que asomaban en la tierra. En primavera volverían a crecer sin límites. La labor de poda que había realizado sería como un tónico para la piedra. Se detuvo en el cementerio, demasiado fatigada para llorar. Sabía muy bien que todos sus esfuerzos servirían de momento para apaciguar su ira, sin embargo, todo volvería a crecer con brotes rojizos y lozanos cuando llegara la nueva vida en primavera.

Otra vez en casa, fue por cuatro cubetas de agua extra. Calentó agua con los hervidores y se lavó los guantes, la camisa de lana, los pantalones, los calcetines, el suéter y, por último, a sí misma, con un áspero jabón amarillento.

El jueves, cuando se presentaron Mudgett y Gore, se apreciaban en sus brazos y en su cara los estragos provocados por la hiedra venenosa. Se llevaron la bomba de agua y se pasearon por la casa por si encontraban algo más. Gore encontró el viejo barril de madera lleno de papas que Mim había escondido en el sótano, se lo echó al hombro y lo llevó a la camioneta.

En cuanto se fueron, Mim se quedó frente a la tarja, de espaldas al resto de los que se hallaban en la cocina, y se entregó al doloroso placer de rascarse la cara con las uñas. Luego volvió a frotarse las manos con el jabón amarillento y un cepillo de plástico. Le daba miedo tocar a Hildie, porque temía transmitirle aquella plaga, y John no quería tocarla a ella, ni siquiera cuando estaban juntos en la cama.

Por fin, la Yaya dijo:

—Bueno, ¿qué es lo que piensa hacer usted para la cena de Nochebuena, señorita?

Mim se volvió.

—Aún quedan papas bajo tierra —le espetó.

John estaba sentado, con los pies apoyados en la salpicadera de la cocina, como si las mujeres no estuvieran allí. Las virutas que cortaba del palo caían al suelo, bajo sus pies. Se hizo un largo silencio.

Mim estaba en la tarja y raspaba zanahorias.

—¿Podríamos ir a servicios sociales? ¿A ti qué te parece? —preguntó—. Hoy en día ya nadie se avergüenza de ello.

—¿Desde cuándo? —exclamó la Yaya—. Eso será así para la gente que no tiene el buen sentido de defender lo que es suyo.

—No nos van a pagar el subsidio de paro mientras tengamos un bosque de pinos como el que está al este del prado —respondió John.

—¿Y para qué nos sirve? —replicó Mim—. En cuanto sea posible moverlo, ellos se lo llevarán.

—Eso si los dejan —afirmó la Yaya.

—Bueno, ¿y tú qué harías? Tú que siempre tienes respuestas para todo —preguntó Mim a la Yaya. Luego se volvió hacia John, mientras se frotaba de nuevo la cara—. ¿Y tú?

John no levantó la mirada. Le había sacado punta al palo que tenía entre manos hasta dejarlo como un enorme lápiz y seguía afilándolo cada vez más, de modo que, igual que un lápiz, se volvía cada vez más corto, al tiempo que el montón de virutas del suelo se hacía cada vez más grande.

Mim estaba de pie en medio de la cocina y su silencio se hinchaba a su alrededor cual nubes asfixiantes.

De pronto, Hildie se separó de Mim y se arrojó al regazo de su abuela.

Y Mim cerró la puerta batiente de la cocina con tanta fuerza que siguió temblando en sus goznes mientras la mujer subía con pasos ruidosos por las escaleras.

La habitación de ambos estaba fría y los colchones del suelo olían a humedad. Mim agarró suéter café de John de un gancho y se lo aplastó contra la cara, y frotó y frotó hasta que brotaron pequeñas gotas de sangre.

Al día siguiente, Mim anunció que iría a casa de los Cogswell para ver a Agnes antes de que el camino se volviera intransitable a causa de la nieve.

—Quiero pedirle que me preste un poco de calamina —dijo.

John fue al bote de galletas que tenían sobre el fregadero y volvió con un billete de un dólar que dejó sobre la mesa.

Mim se frotó las mejillas mientras contemplaba el dólar.

—En realidad lo que quiero es ver a Agnes —dijo.

El hombre se encogió de hombros y ella se guardó el dinero en la chamarra. Hildie seguía a Mim tan de cerca que esta casi tropezaba con la niña cada vez que se movía.

—Tú no vas a venir —le dijo—, ¡así que sal de mi camino!

John agarró a la niña y la sujetó como un par de tenazas, mientras la pequeña gritaba exigiendo que la soltara.

El camino rural que unía la casa de los Moore y la de los Cogswell por el cerro conocido como Constance Hill fue en otro tiempo la ruta principal de correos: dos carreteras cuidadosamente niveladas a altura desigual en la empinada ladera de la colina. Pero en los últimos tiempos la carretera más baja había quedado cubierta de árboles, con troncos que alcanzaban ya unos treinta centímetros de grosor, y la más alta, por donde circulaban ellos, estaba atravesada por los profundos surcos que abrían las tormentas de primavera. Así, en verano les bastaba con recorrer un trecho que no alcanzaba los dos kilómetros para llegar a la casa de los Cogswell, mientras que, en invierno, cuando la nieve cortaba el camino, tenían que hacer un rodeo de más de diez kilómetros. Mim conducía con cuidado, con una rueda sobre la mayor elevación en el centro de la carretera y la otra en la orilla, de modo que los arbustos que se apiñaban en los márgenes arañaban los costados de la camioneta con un rumor como de uñas sobre pizarrón. Al llegar a la cima de la colina, miró más allá del muro de piedra, a los arándanos de Cogswell. Estos crecían en matorrales dispersos en torno a peñascos y tocones quemados, rodeaban porciones de tierra desnuda y montones de frambuesos, y se detenían tan solo en el lugar donde la colina descendía y desaparecía en el bosque. A diferencia del prado de Moore, que daba al estanque y a la verde llanura de Freedom Ridge que se hallaba más al sur, el campo de Cogswell miraba al norte y, en un día claro, la vista se extendía más allá de las Heskett Hills hasta las montañas. Era la primera vez en catorce años que Mim no subía a recoger las bayas que quedaban después de que vinieran a rastrillar.

Le habría resultado más fácil ir cuando Cogswell se lo había pedido. Mim no paraba de dar vueltas a las excusas que iba a contarle. Fue con las manos vacías. Era la temporada del pan de calabaza, pero difícilmente habría podido permitirse la mantequilla y el azúcar. No tenía ningún sentido atravesar la colina para pedirles algo que tan solo costaba un dólar. Debería haberles llevado crisantemos. No valían nada desde que Mudgett dirigía la iglesia.

La casa de Cogswell habría sido el típico edificio colonial con entrada en el centro si las ventanas de un lado no estuvieran algo inclinadas. Tenía bastidores nuevos en todas las ventanas y una capa reciente de pintura gris. El césped estaba abandonado desde el final de la estación, por lo que había dientes de león y margaritas marchitos, mezclados con la hierba estropeada.

Dos dóberman se acercaron a brincos y se arrojaron contra las puertas de la camioneta. Sus zarpas arañaron las ventanas. «Ni que se se alimentaran de carne de vecino», pensó Mim, y comprobó que las puertas estuvieran bien cerradas. Esperó dentro de la camioneta a que acudiera alguien a rescatarla.

La puerta del edificio se abrió y el niño mayor de Cogswell, Jerry, de trece años, apareció detrás de la contrapuerta con una pesada escopeta en los brazos.

Mim le hizo señas con la mano y esperó. El muchacho seguía observándola con recelo mientras los perros ladraban.

Por fin, bajó un poco la ventanilla y los perros saltaron con avidez, como si albergaran la esperanza de llevarse un dedo, o dos.

—Soy yo, Miriam —gritó—. ¿Está tu madre?

El chico terminó de abrir la puerta de una patada y se acercó a ella, sin dejar de apuntarla con la escopeta.

—Pon las manos sobre la cabeza, donde yo las vea —gritó.

Mim llevó las manos a la cabeza, con la idea de que aquello no era más que un juego. Antes de que Hildie naciera, había tenido por costumbre ir allí de vez en cuando, sobre todo en verano, para ayudar a Agnes con sus tareas. Le pareció que no era la primera vez que obedecía a una orden tipo «Arriba las manos» del pequeño e imperioso Jerry.

—Papá me dijo una vez que te dejara pasar, pero de eso hace mucho tiempo —afirmó el niño—. ¿Buscas algo?

—He oído que tu madre no se encuentra bien —respondió Mim—. Y además vengo de visita todos los años.

—Mi madre está bien —replicó Jerry, que se había puesto junto a la puerta de la camioneta y apuntaba a Mim con su arma, como pensando qué hacer. Mim estaba muy quieta, consciente de que le picaba la cara, y no osaba moverse para rascársela—. Creo que puedes entrar —añadió—. Siéntate, Rex. Ven, Duke. Cállense ahora mismo.

Los perros se acurrucaron a los pies del niño, sin dejar de gruñir, y Mim, con movimientos muy cautos, bajó de la camioneta y se adelantó al chico por la poco utilizada puerta principal del edificio. Al otro lado de la puerta estaban los cinco niños restantes, apelotonados al pie de la escalera. Mim trató de sonreírles. Los conocía a todos. Se recordaba a sí misma sentada a la mesa de pícnic bajo la sombra de los arces, mientras ellos daban tumbos a su alrededor. Hablaban y hablaban, hasta los más pequeños —habían heredado la vena parlanchina de ambos progenitores— y gritaban, y corrían por el césped para enseñarle cómo hacían las marometas hacia atrás y las vueltas de carro. En aquel momento estaban callados y la mujer los miró alarmada. A la luz mortecina del vestíbulo, le pareció que estaban pálidos, y que el más pequeño, Jonathan, un año mayor que Hildie, se chupaba el pulgar. Se les veía recelosos, como Hildie cuando había derribado una cubeta de leche y aguardaba la cachetada. Cinco pares de ojos azules como el cielo que esperaban el golpe y otros dos a sus espaldas, aferrados a la pesada escopeta. No preguntó por qué no estaban en la escuela. Solo con verlos, tenía claro que no le iban a responder.

Pero Jerry, al menos, había dejado la escopeta en un rincón. Hizo un gesto con la cabeza en dirección a la sala, y Mim abrió la puerta y entró.

Agnes era una mujer alta, de huesos grandes, que había dejado de cuidar su aspecto después de que nacieran sus hijos. Jamás en su vida había estado al control ni de su propia corpulencia, ni de su enorme casa, ni del jardín que Mick plantó y confió a sus cuidados, ni de sus seis hijos, ni de sus afectos, ni de sus lágrimas. A Mim le recordaba los árboles de durazno que había plantado el abuelo y que caían bajo el peso de su propia fruta cuando no se podaban. Agnes era incapaz de mantener nada en su sitio, y aún menos su propia lengua.

Recostada sobre el brazo de una mecedora nueva de madera de arce, tapizada con un estampado de águilas doradas y planchas, miraba a la puerta, esperando a Mim. Mim se sobresaltó al ver su aspecto. Había engordado todavía más y se le notaba en el traje de chamarra y pantalón con suéter azul que llevaba. El frente de la chamarra estaba cubierto de manchas, como si Agnes derramara todo lo que tocaba. Y se había dejado muy corto el cabello castaño entrecano, y quizá se hubiera hecho un permanente, porque se le erizaba sobre la cabeza como una estera casi compacta de pelo enmarañado.

Mim le puso la mano en su cara.

—Te veo pálida, Agnes —dijo—. Los niños también. ¿Te encuentras mal? Y eso que aún no llega el invierno.

—No puedo hacer nada por los niños —respondió Agnes. Su voz, sorprendentemente aguda, recalcaba cada una de las palabras—. No sé por qué vienes a buscarme a mí. —Se incorporó y anduvo pesadamente por la sala. Los dedos de un pie se metieron bajo la esquina de una alfombra de nudo nueva y la mujer se agachó para alisarla. Luego se fue a la ventana del fondo y apoyó la espalda contra ella, y Mim se dio cuenta de que detrás de su cuerpo había un radiador.

—¡Tienen calefacción central! —exclamó—. Ya veo que han hecho muchas cosas con esta sala.

—Esto trae mala suerte —respondió Agnes—. Así que no te molestes en tenerme envidia. Tengo que contarlos cada hora a los seis. Me levanto por las noches y los cuento.

Agnes se envolvió en sus propios brazos como si buscara calidez, pero Mim sintió un ardor irritante que brotaba de su chamarra con forro de lana y le picaba en la cara.

Soltó una risita, avergonzada de que Agnes creyera que estaba celosa, incómoda ante el extraño aspecto de la propia Agnes.

—¿Sabes, Agnes —dijo— la tontería que hice? ¿Sabes que la hiedra venenosa había estado creciendo sobre la tumba del abuelo durante los siete años que han pasado desde que falleció?

Agnes retrocedió y se sentó sobre el radiador.

—Todavía se chupa el pulgar —dijo—. Por las noches hace como un clic-clic. Lo oyes por toda la casa, así que sabes que está por aquí. Pero, Benjamin, no tengo manera de estar segura, solo puedo ir con él y tocarle la cabeza para sentir el calor.

—Bueno, el caso es que subí hasta allí —siguió explicando Mim, incómoda—. Yo iba como una moto y la arranqué de cuajo, arranqué toda la hiedra. Se me pegaba a la piel como para decirme que no podía ser tan valiente. Ahora tengo toda la piel irritada, es peor que el sarampión. Mira cómo me quedó la cara.

—Tampoco es para tanto —respondió Agnes, examinando la cara de Mim—. Ellos pagan. Pagan. Más vale eso que lo que le pasó al muchacho de Molly Tucker.

Mim se frotó la cara. Agnes siempre había hablado a mil por hora y lo que decía siempre tenía sentido solo a medias. Sus palabras se enredaban unas con otras, igual que sus pies. Habría tenido la casa siempre llena de gente, si hubiera alguien interesado en ir. Por lo general le salía una risa exagerada que no lograba contener. Y le encantaba hacer favores que no le exigieran organizarse, ni desprenderse de demasiado dinero. Poco a poco, y con voz demasiado fuerte, como si si le hablara a una persona con problemas de oído, Mim le preguntó:

—Me preguntaba, ¿podrías prestarme un poco de calamina?

—Van a las casas buenas. Eso es lo que él dice. «Casas buenas». Todo el que quiera comprarlas tiene que quererlas de verdad. La mayoría no puede. —Agnes se rio—. ¡Piénsalo bien! Y aquí estoy. Medio sepultada con ellos. Pero una no se molestaría en pasar la noche contando los de otra. No se tomaría esos cuidados, si no fuera por su propia carne y su propia sangre. ¿Cuando los suelos se enfrían? No. Y no soportarías el clic-clic. No es regular como el de un reloj y siempre me atrapa cuando trato de dormir.

—¿Agnes? —pregunto Mim, mientras frotaba con la mano el respaldo del nuevo sofá de madera de arce de roca. Los colores eran muy vivos, aunque las persianas estuvieran cerradas, y la sala en penumbra. Entonces, como si ella misma no pudiera pensar bien, se dio cuenta de que no tenía palabras para la pregunta que le oprimía la garganta. Dijo, en cambio—: Esta sala te quedó muy bien. ¿La arreglaste tú misma?

—A mí no me parece que esto sea un lecho de rosas —respondió Agnes, con su voluminosa mandíbula caída—. Ahora lo de Jimmy Ward. Se marchó de pronto. Mick no sabe que lo sé, pero me enteré por mi Joanie. Joan es la única que me cuenta lo que ocurre. Dice que se marchó de pronto. Ni siquiera lo de ser auxiliar de policía, concejal y diácono, todo a la vez, bastó para retenerlo.

—¿No me dirás que ha dejado a Liza después de todo este tiempo?

—No, no. Se marcharon todos en la camioneta, con todo lo que se pudieron llevar. Ni un alma se enteró de su partida, hasta que uno de los Pulver se dio cuenta de que las vacas mugían como locas en el campo. Tenía diecisiete, contando los terneros, aunque nunca les hubiera interesado mucho la crianza de ganado.

—¿A dónde fueron? —preguntó Mim.

—No dejaron ninguna dirección. —Agnes cruzó la sala hasta la ventana de la fachada frontal, acercó un ojo a un pequeño orificio de la persiana y miró afuera—. Le hacía los transportes a Carroll, y Carroll está muy enojado. No se lo voy a reprochar. Entonces su muchacho, el muchacho de Ward, recibió un balazo en la pierna cuando estaba de caza y Ward no cree que fuera un accidente. Pienso que llegó a las mismas conclusiones que yo. Cuando el río suena, agua lleva.

—¿El chico de Jimmy Ward recibió un balazo en la pierna? —preguntó Mim. Seguía de pie junto al umbral de la puerta, con el abrigo puesto, apoyada en la pared.

De pronto Agnes se irguió de nuevo y se le acercó. Tenía los ojos muy abiertos y la cara enrojecida. Mim se enderezó, convencida de que todo el peso de la otra mujer iba a caer sobre ella.

—¿Dónde está Hildie? —gritó Agnes—. Ay, Dios mío, ¿dónde está la pequeña Hildie?

—En casa —respondió Mim.

Agnes retrocedió.

—Deberías tenerla siempre a la vista. Tenemos que emplear todas nuestras fuerzas para seguir con vida. Solo con que Mick se vaya un minuto ya me temo que regresará en un ataúd. ¿Y entonces qué? Yo no sé ni conducir. Tú eres capaz de arreglártelas sola, eres lista de verdad. Y yo que siempre había pensado que eras muy rara...

Mim se frotó la cara y el dorso de las manos contra la áspera lana de su chamarra. Se sentía como si todo se hubiera congelado a su alrededor y la pregunta tuvo que surgir de algún lugar lejano, muy lejano:

—¿Qué le pasó al muchacho de Tucker?

—Si por mí fuera —replicó Agnes—, meteríamos a los niños en la camioneta como hizo Ward y cargaríamos con todo lo que pudiéramos, nos llevaríamos el dinero que fuera... Jimmy Ward no es idiota. Pero Mick... nunca ha sido avaricioso, salvo cuando se trata de su tierra. Como si estas hectáreas tuvieran algún tipo de embrujo.

—¿Qué sucedió con el hijo de Molly Tucker? —preguntó Mim una vez más. Su voz había enronquecido.

—La tierra. Mi Mick no ha tenido nunca ni una pizca de buen sentido. Ahora el problema es la tierra. Yo dejé la tierra donde me crié. En ningún momento miré atrás. Él me dice: «Eso no se hace. Uno no puede dejar su tierra». Y yo le digo: «Vas a hacer que te maten, y todo por tu maravillosa tierra». Y él me dice: «Son seis niños, Agnes. Seis niños.» Y yo le digo: «¿Pero tú te crees que sienten algún amor por este trozo de roca y arena en el que solo crecen malas hierbas y bayas? ¿Tú te crees que esto vale más que tener un padre que viva y respire?» —De pronto Agnes empezó a atragantarse con fuertes sollozos, descontrolada—. La tierra, Mim, ¿por qué la tierra? —Entonces calló—. Chsst —dijo, y atravesó de nuevo la sala, para mirar por el agujero de la persiana—. Nos están escuchando.

—Por lo que veo, ya tienes bastantes problemas —murmuró Mim, y entonces quiso acercarse a Agnes para darle un beso de despedida, sin acordarse de la hiedra venenosa.

Pero Agnes se volvió y, al verla acercarse, gritó.

—¿Qué es lo que buscas? —Se alejó a trompicones por la sala para que Mim no la tocara—. Aparta tus manos de mí.

Mim se dio la vuelta, asustada, y chocó con Jerry, que

acababa de abrir la puerta, de nuevo con la escopeta en las manos.

—¡Dios mío, ten cuidado! —exclamó Mim, al tiempo que retrocedía y pasaba por el lado del niño, mientras este le hacía gestos.

Una vez en el pasillo, tendió la mano para tocar a Joan, que ya era tan alta como Jerry, pero Joan sacudió el hombro con enojo para rechazarla.

—Joanie —susurró Mim—. Dime qué le pasó al hijo de Molly Tucker.

—Se ahogó en el pozo —respondió la niña, con ojos llenos de miedo—. El pequeñito.

—¿Pero por qué? —preguntó Mim.

Los cuatro niños más pequeños se acurrucaron detrás de Joan, listos para echarse a correr como escarabajos en cuanto Mim hiciera un movimiento. Jonathan se chupaba el pulgar y Mim oyó los clics.

Anduvo tambaleante hacia la camioneta, seguida por el arma de Jerry, frotándose la cara. Los esbeltos perros se agazapaban a ambos lados de la puerta y gruñían, dispuestos a saltarle encima si se le ocurría volver.

Frente a la casa de los Linden había una camioneta nueva Crew Cab de color café. Resultó que pertenecía a Ezra Stone. Cuando Mim abrió la puerta, se oyó el tintineo de las campanas, y Ezra apartó los ojos de un equipo de pesca que había estado examinando al fondo de la tienda. La mujer se encontró de frente con sus ojos amarillentos, desde el otro extremo del estante de *cupcakes* y papas fritas que se hallaba a la altura de sus hombros. Sin molestarse en saludarla, Ezra volvió a revolver las cajas de anzuelos.

—¿Dónde está Hildie? —preguntó Fanny, y Mim se volvió y se encontró con que sus ojos azules y por lo general soñolientos se veían extrañamente despiertos.

—En casa, con la Yaya y con John —respondió Mim.

—Ah —dijo Fanny, y el sueño volvió a empañar sus ojos—. ¿Qué te pasó?

—Estuve arrancando la hiedra venenosa que cubría la parte superior del prado, hasta el cementerio —explicó.

—¿Lo hiciste tú sola?

—Yo sola —respondió Mim—. Hay personas como yo, que no conservamos el sentido común que se nos dio al nacer. Quisiera un poco de calamina.

Fanny abrió una vitrina que le quedaba sobre la cabeza y buscó en su interior.

—¿Tienes algún frasco que cueste menos de un dólar?

—No —respondió Fanny.

Mim vaciló, mientras manoseaba el billete de dólar que llevaba en el bolsillo.

—¿Has ido a alguna subasta estos últimos días? —preguntó con voz débil.

—Ah, todavía venden mucho —respondió Fanny—. Cuando hace mal tiempo las trasladan al granero de Perly, eso es todo. —Mim creyó notar que los ojos de la mujer echaban una mirada a Stone, que seguía en el fondo de la tienda—. Pero yo cuido de mis propios asuntos. Llevo la tienda como siempre la he llevado y me preocupo por mis cosas. —Dejó sobre el mostrador el frasco lleno de líquido de color blanco rosado, con un golpe seco—. Esto te va a costar un dólar.

Mim no se apartaba del mostrador. No quería irse.

—¿Alguna novedad? —preguntó—. Hace siglos que no bajaba al pueblo.

—Sí, llegué a pensar que tú también te habrías ido —respondió Fanny.

—¿También? ¿Por qué también?

—Mucha gente se va de aquí —le dijo Fanny—. Debe de ser cosa de los tiempos que vivimos.

Pero entonces tomó una bolsa grande y le puso un ejemplar del *Boston Globe* junto con la calamina.

Mim abrió los labios, pero Fanny le dijo en voz baja:

—Es el de ayer. Lo hemos leído todo. Eres tú quien me ha pedido noticias.

John tomó el periódico de inmediato y emprendió su lectura, empezando por la primera página. Leía laboriosamente. Formaba todas y cada una de las palabras con sus labios y releía todas las oraciones. En cuanto oscureció, extendió el periódico sobre la mesa, acercó la lámpara de queroseno y siguió leyendo. La Yaya quiso que le acercaran la silla a la mesa para que pudiera leer la parte de atrás del periódico. John le iba contando a Mim todo lo que le parecía interesante, mientras la mujer iba arriba y abajo, atendía al fuego, cortaba cebollas y papas para la sopa y admiraba los frágiles edificios que Hildie levantaba con las virutas de leña.

—¿Te habías enterado de todos esos incendios forestales en California? —preguntó—. Aquí dice: «Más de ochocientas personas se han quedado sin hogar. La Cruz Roja de Estados Unidos, con el auxilio de los ciudadanos de las poblaciones cercanas, les ofrece comida, vestido y alojamiento provisional. Se están transportando al lugar trescientas casas móviles totalmente equipadas». —Se detuvo, con el dedo sobre la última palabra—. ¿Se las van a regalar, así, sin más?

—Si a ti te regalaran una, hijo mío —le dijo la Yaya—, tú la regalarías el jueves siguiente. Claro que sí. Sírvanse ustedes mismos. Llévensela. ¿Yo? ¿Mi niña? ¿Mi esposa? ¿Mi anciana madre? ¡Pero si nosotros vivimos del aire del cielo!

John se volteó hacia su madre, sin apartar el dedo del renglón. La luz de la lámpara que brillaba bajo su barbilla ahondaba las arrugas de su rostro y parecía que estas se torcieran hacia abajo en una expresión de tristeza.

—¿Acaso tienes alguna queja, mamá? —preguntó—. ¿Tienes alguna queja por la manera como te he cuidado durante estos diez últimos años?

La anciana no dijo más. Se inclinó con la lupa sobre las páginas de anuncios clasificados. De vez en cuando comentaba el precio atroz que alguien pedía por un piano vertical usado o por una camioneta con arado. Al fin, fue ella quien encontró un anuncio con un número telefónico de Harlowe.

Bajo el epígrafe *Maquinaria nueva y usada*:

> Maquinaria agrícola de segunda mano, que se subastará el sábado en New Hampshire Central. Llamen al 603-579-3485.

Pero entonces Mim se asomó sobre el hombro de la Yaya para echarle una ojeada y lo que le llamó la atención de inmediato fue el anuncio grande.

—Escuchen esto —gritó, tomando el periódico de las manos de la Yaya—. Aquí dice «Harlowe, New Hampshire», es de aquí.

> Perly Acres. Colinas onduladas, altos miradores, panoramas, campos, prados, arroyos donde crecen las truchas, preservado todo ello en su rústica y natural belleza. Disfrute de las bellezas del campo, de las comodidades de su propio hogar y de los lujos del mejor complejo residencial para las vacaciones. Se construirá el próximo verano: un albergue para huéspedes, un salón de baile, un centro comunitario, una sala de cine, un estanque donde podrán navegar en velero y nadar, senderos para andar en motonieve y montar a caballo, teleférico, canchas de tenis, pistas de golf y hasta un gimnasio cubierto para cuando llegue uno de esos «días de lluvia en el campo». Servicios de limpieza y administración centralizados que se encargarán de proteger su propiedad y de alquilarla para usted en verano o en invierno, cuando le resulte imposible residir en ella. Asesoría con expertos y contratistas para la construcción. Financiación completa en términos excelentes. Sea de los primeros y disfrute de los mejores precios. Las primeras parcelas se subastarán el próximo sábado. Media hectárea.

Dos hectáreas. Diez hectáreas. O si así lo prefiere, únase a la aristocracia inmobiliaria y adquiera una de las dos primeras genuinas casas de campo antiguas que saldrán a la venta. Para información y visita a las propiedades disponibles, llame al 603-579-3485.

—Y luego, a lo largo del pie del texto, como si fuera el borde de un recuadro, va repitiendo: «Primer anuncio. Primer anuncio. Primer anuncio. Primer anuncio».

John le quitó el periódico de las manos y leyó de nuevo.

—¿A qué casas se refiere? ¿La de Ward, tal vez? ¿Y cuál será la otra? —preguntó.

—¿Y dice que tiene un estanque? —añadió Mim—. ¿Y una colina donde se podría esquiar?

Aquella noche, mientras la Yaya y Hildie dormían ya, John y Mim se acostaron en los extremos opuestos de su colchón. La luna llena que brillaba sobre el estanque arrojaba un halo de luz por la pared y el suelo. La tenue luz azulada perfilaba la ropa interior plegada y apilada sobre un estante nuevo, y los pantalones y camisas colgados en ganchos a lo largo de una de las paredes. El rostro, las manos, los brazos de Mim, que la calamina había teñido de un color rosáceo reluciente y uniforme, brillaban a la media luz.

—Nos tenemos a nosotros mismos, John —decía la mujer—. Y la camioneta, y el dinero que todavía nos queda en el tarro. Toda la gente lista se está yendo.

—¿Y a dónde pueden ir unas personas en nuestra situación? No tenemos parientes.

—¿Quizás a Maine? ¿O a Canadá?

—¿Durante cuánto tiempo crees que podríamos vivir sin esta tierra?

—Buscaríamos trabajo. Hay muchas personas que jamás han tenido tierra.

—En cualquier lugar que no sea este, seremos forasteros.

—Yo podría dedicarme a la floristería, o a cocinar. Tú eres buen granjero. Eres muy bueno con el ganado. Sabes manejar la máquina quitanieves y la niveladora.

John resopló.

—Lo mismo que sabe el hijo de granjero más idiota que pueda haber en Maine —respondió—. ¿No ves que todos los trabajos de Harlowe van a parar a unos pobres vagos que salen de la nada sin un centavo en el bolsillo? Sin la tierra, no somos nada. Vagabundos. Gitanos. Todo el mundo pensaría que nos hemos marchado porque tenemos miedo de algo. En tan solo un minuto llegarían a la conclusión de que huimos de la ley. —La misma idea le procuró cierto placer sardónico a John—. Y tampoco se equivocarían por mucho —añadió.

—Nos queda la ciudad —replicó Mim—. Apuesto a que en la ciudad no serán tan cerrados al ofrecer empleo. En un lugar donde todo el mundo es forastero no lo serán.

—¿Qué sabemos nosotros sobre la ciudad? —preguntó John—. Y, además, se darían cuenta en seguida de que no conocemos su forma de vida. Nos vaciarían los bolsillos, nos aporrearían en la cabeza, nos acuchillarían por la espalda. ¿Tú quieres criar a Hildie en la ciudad?

—Pero ¿cómo vamos a vivir aquí? —gritó Mim—. Ese hombre está decidido a transformar Harlowe en un gran negocio.

—La tierra, Mim —respondió John, y alargó la mano para tocar a su mujer, a pesar de la hiedra venenosa—. La tierra es todo lo que tenemos. ¿Y qué le pasaría a la Yaya si nos la llevamos de aquí?

—Todas las cosas que digas no van a cambiar la situación, John. ¿Qué podemos hacer, aparte de marcharnos? —Mim se sentó sobre la cama y su voz sonó sobre la cabeza del hombre—. Te dejan elegir, John. O tu tierra bendita, o... —Y entonces su voz se transformó en susurro—: Piensa en lo que le ocurrió al hijo de Tucker. Y ellos tenían mucho más que nosotros.

—Mim, Mim... —respondió John, mientras la agarraba y volvía a cubrirla con las cobijas—. Las cosas son como son.

Pero no podrán arrebatarnos nuestra carne y nuestra sangre. Y tampoco arrebatarnos la tierra, porque estamos en ella.

—Todo eso son palabras, John —respondió Mim—. No se van a detener por eso. ¿Qué es lo que han estado haciendo todo este verano y este otoño?

—Esto todavía es los Estados Unidos de América, Mim. No podrán. Existen límites.

—Piénsalo bien, John. Todas las tierras que ahora son ciudad habían sido granjas. Y de algún modo hicieron que los granjeros se marcharan.

—Pero, Mim —repuso John—, Jimmy Ward se fue sin más, y también Oakes. Fanny dice que otros han hecho lo mismo. Todos ellos estaban dispuestos a rendirse. Pero nadie podrá vender nuestra tierra mientras no nos vayamos. Tenemos una escritura de propiedad de Hampton que dice que no pueden.

—Agnes se pasa la noche contando a sus hijos —dijo Mim—. Y eso que ella está en el bando de los que se supone que están a salvo. Y hasta Fanny me pregunta por Hildie.

John abrazó a Mim. Por la casa se oían golpes, crujidos, traqueteos, como si hubiera estado invadida por secretas pisadas. Afuera, el viento de noviembre soplaba sobre el estanque, y los prados, y el bosquecillo de pesados pinos blancos. Sacudía las tejas del establo vacío y hacía retemblar el bastidor poco firme de la ventana, y buscaba a la pareja que yacía abrazada y escuchaba el cálido aliento de la niña que estaba acostada a su lado en el suelo.

8

Yo también voy —decía Mim.

—Ya te lo contaré todo yo —objetó John.

—No, no me lo contarás todo. Estás empeñado en quedarte en esta tierra. No me contarás lo peor.

—No es día para que la Yaya salga. Escucha qué viento. —La Yaya escuchaba en silencio. No estaba claro si escuchaba sus propios pensamientos, o tan solo el viento—. Tampoco es lugar para ir con una niña —siguió diciendo John—. Piensa en que habrá armas. Demasiadas armas y ánimos encendidos.

—Y eres tú el que me dice que no pasa nada —se burló Mim.

—No es lugar para mujeres —replicó John.

—Y tampoco para hombres, salvo los que están metidos en esta historia, y los forasteros —replicó Mim.

—Si no por la Yaya, al menos quédate por Hildie.

Mim negó con la cabeza.

—Iré yo —replicó la mujer—. Tú te quedas.

—Déjala que vaya —dijo entonces la Yaya—. Y ve tú también. De todos modos, si vinieran con malas intenciones, tampoco podríamos hacer nada.

Así, Mim tomó a Hildie de la mano y le enseñó el heno y las viejas colchas que guardaban en la caballeriza.

—Enséñame cómo te vas a esconder en cuanto oigas una

camioneta —le dijo—. Escóndete bien y no salgas, llame quien llame. Aunque sea la Yaya. Ni siquiera si te llama un amigo. Sobre todo, si te llama un amigo, escóndete bien. —No se sintió capaz de mencionar explícitamente al subastador—. Y procura escuchar con mucha atención durante todo el día. Tu Yaya no oye tan bien como tú.

El sábado antes de Acción de Gracias fue un día gris. Las últimas hojas se volvían de color café en los canales y la oficina de correos tenía un montón de mazorcas de maíz colgadas sobre la puerta. Desde luego que en la subasta no había tantas personas como en pleno verano. No había ningún niño. Ni globos, ni tenis adornados con estrellas, ni nada que se pareciera a un carrito rojo. Los que estaban allí esperando eran en su mayoría hombres curtidos, vestidos con overoles, que fumaban en solitario.

—Vienen de todo el Estado para comprar maquinaria —dijo Mim.

Cerca del kiosco de música había tres tractores, un pequeño remolque, tres camionetas, cuatro viejos vehículos familiares y un Volkswagen.

John tomó del brazo a Mim, justo por encima del codo, y la condujo hacia donde él quería, asiéndola con fuerza algo excesiva. Pasaron frente a dos ordeñadoras, tres chimeneas de leña, su propia bomba de agua, una cocina de petróleo, cuatro motosierras y, por último, colocada con gran cuidado en una hacina que se arqueaba hacia abajo, provisión de leña suficiente para todo el invierno.

—Leña —dijo Mim.

—Será que pusieron calefacción —respondió John.

Mim negó con la cabeza.

—No creo que queden chimeneas de leña —aventuró.

Había allá un grupo disperso pero reconocible de hombres de Harlowe que merodeaban por la zona de subasta cual perros pastores. Sus movimientos eran tensos y se sobresaltaban con facilidad. La mayoría de ellos iban con las manos metidas en los bolsillos, cerca de las armas que Mim sabía que ocultaban bajo las chamarras. John y Mim no miraban la cara de nadie, pero a menudo sorprendían unos ojos que se dirigían hacia ellos con disimulo.

—Están todos aprensivos —dijo Mim, mientras se rascaba la cara en carne viva—. Preferirían que nos hubiéramos quedado en casa.

—Esto es una subasta pública —respondió John.

—¿A ti no te parece —murmuró Mim— que cualquier persona que pasara por aquí notaría que ocurre algo muy extraño?

—Ellos lo ven muy bien. ¿Tú crees que vienen solos y se quedan tan callados porque se sienten cómodos? Pero el material que se vende aquí es barato. Saben que es barato, y que lo es porque aquí hay algo que no es limpio. —John miró a los forasteros, tan parecidos a él mismo—. Se imaginan que esto no puede ser un negocio muy sucio, porque si lo fuera, el Estado intervendría para ponerle fin. E intervendrá. Tiene que intervenir.

—Pues ojalá se diera más prisa —replicó Mim.

La puerta de la vieja casa de los Fawkes se abrió, tras la alta cerca de alambre que Perly había mandado construir. El subastador salió por la puerta y cruzó el césped acompañado por Dixie, y seguido a una distancia prudencial por Gore y por Mudgett. Subió los escalones del kiosco de música de dos en dos y luego se inclinó sobre la barandilla para evaluar a la multitud que se agolpaba a sus pies. Mim se estremeció al ver que sus ojos oscuros recorrían el lugar donde ellos mismos se encontraban y continuaban hasta hallar a los auxiliares de policía que deambulaban por los extremos de la multitud.

Habían sacado las sillas de madera, por supuesto, pero tan solo tomaron asiento unas pocas parejas. En algunos casos se trataba de turistas a los que Mim reconoció. La mayoría de los hombres se quedaron de pie en los extremos, como si estuvieran allí tan solo para echar una ojeada, o por casualidad.

Perly subió a su lugar y dio un golpe con el mazo. Dixie

trazó dos círculos a su lado y luego se dejó caer al suelo con un suspiro. Aquellas gentes no estaban para bromas ni alegrías. Perly leyó con voz grave la información sobre los objetos subastados y ofreció garantías a corto plazo para casi todos ellos. No se daba prisa. Y tampoco los granjeros. La subasta se desarrolló a un ritmo pausado y ordenado, casi cauteloso, sin emoción. Ezra Stone e Ian James se encargaban de formalizar cada una de las ventas y preparaban los papeles, las firmas y los cheques con cada uno de los nuevos propietarios. A las once y media se había vendido todo, salvo la cocina de petróleo.

—Hemos terminado —dijo entonces—. Pero me voy a tomar como un fracaso personal el no conseguir que ni una sola persona se interese por esta cocina de petróleo. Con el entusiasmo que suscitan por aquí las antigüedades, no entiendo cómo es posible que nadie quiera una antigüedad genuina como esta. —Se oyó un rumor de carcajadas entre la multitud. Perly los miró y sonrió—. Gracias a todos ustedes por haber venido —dijo, y bajó con rapidez por las escaleras y se adentró en la multitud, donde Gore y Mudgett fueron en el acto a flanquearlo.

Se dirigió a su casa con pasos pausados, permitiendo que varias personas que habían comprado artículos diversos lo entretuvieran. Al pasar frente a los Moore, que le miraban como si ellos mismos hubieran sido invisibles, se detuvo con tal brusquedad que tropezó con Gore.

—Me alegro de ver que han venido —les dijo—. Hacía siglos que no los veía. ¿Cómo está tu madre?

—Todo lo bien que puede estar —respondió John, mirando de reojo a Perly.

Mim dio un paso atrás y sus ojos pasaron por encima de Dixie y miraron más allá, al duro suelo. Su cara se llenó de rubor, sin que pudiera impedirlo.

—Quizá vaya la semana que viene a visitarla —añadió Perly, esperando a que Mim levantara los ojos. Cuando por fin los levantó, el hombre asintió con un aire de seriedad, como para confirmar un trato que hubiera sido objeto de cuidadosas negociaciones—. Sí —siguió diciendo—, extraño a mi amiga Hildie. Los viejos solterones como yo nos encariñamos mucho con las niñitas.

John y Mim aguardaron en la camioneta. Ya antes de que la gente que había participado en la subasta de la mañana recogiera su maquinaria y se marchara, una nueva comitiva de automóviles se acercó al césped: deportivos extranjeros, elegantes descapotables de techo rígido y vehículos familiares. Un enorme Travelall frenó ante la camioneta de los Moore. Las cuatro puertas se abrieron a la vez y cuatro muchachos salieron disparados hacia el kiosco de música. Un padre barrigón venía tras ellos, con un balón de futbol americano abrazado contra el pecho y mirando al cielo con el ceño fruncido.

A la una en punto, según el reloj del campanario a medio terminar, Perly reapareció en el pórtico de su casa, se detuvo a observar la situación y luego cruzó la desierta calle Mayor. Vestía un traje negro y una corbata de color plateado que el viento le levantaba sobre el hombro, mientras caminaba hacia el kiosco de música con pasos ligeros. Gore lo seguía con tranquilidad. Llevaba una chaqueta de caza sobre la ropa vaquera que vestía de ordinario, y traía un maletín cuadrado de color negro.

Los coches empezaron a vaciarse con golpeteo de puertas y las personas llenaron el césped. Sobre todo, familias enteras y parejas de mayor edad, y unos pocos grupos de jóvenes con *jeans* desteñidos y cabello largo. Los forasteros, muchos de los cuales llevaban cobijas para protegerse del frío de aquel día, se sentaron obedientemente en las sillas que se dispusieron para ellos. Perly se hallaba al pie del kiosco de música, y se limitó a mirar hasta que se reunió una buena multitud, y entonces subió al kiosco, abrió el maletín sobre la barra que tenía enfrente, y una vez más forzó los ojos para ver más allá de las cabezas del gentío, como si escudriñara la lejanía… tal vez buscara ballenas en el horizonte, o barcos enemigos, o ayuda.

Entonces, como si hubiera hallado lo que buscaba, esbozó

una amplia sonrisa que engulló sus desconcertantes ojos y lo transformó en un típico hombre de negocios estadounidense, bien vestido y de piel bronceada.

—Este es un grupo muy especial —dijo con voz profunda y contenida—. Un grupo de personas de aspecto distinguido. Miren alrededor, amigos míos. ¿Ven esa pareja que tienen al lado? ¿Esa pareja guapa, feliz, adinerada? Pues bien, si hoy compran tierras, su hijo podría casarse con su hija. Es como para detenerse a pensarlo, ¿verdad?

La voz de Perly empezó a subir y bajar en cadencias cantarinas, y las personas lo miraban, cautivadas, como si ante sus propios ojos el hombre extraño de piel morena adquiriera un lustre y un brillo ante los que no osaran apartar la vista.

—Lo veo muy bien —prosiguió—. La multitud aquí reunida está poniendo las bases de una comunidad de la que formarán parte con orgullo. Lo veo muy bien. —Calló unos instantes y todos los que lo contemplaban sintieron que su propia mirada se reflejaba en los ojos del orador—. Ustedes, ustedes serán los primeros —dijo entonces—. El principio de todo. Los pioneros. Los audaces. El grano de mostaza que fructificará hasta transformarse en reino. Y dentro de un año, ¡se lo prometo!, habrá surgido aquí un reino.

Perly echó atrás la cabeza sobre su robusto cuello y se empezó a reír. La multitud esparcida sobre el césped se agitó, como si sintiera mala conciencia.

—Perly Acres será conocida desde Maine hasta Florida como la porción de paraíso más deseable, la preservada con mayor exquisitez, la de mejores reglamentos, la más segura, la más codiciada en toda la Costa Este de este país, los Estados Unidos de América.

Perly tomó aliento y prosiguió con voz más suave y mayor naturalidad.

—Espero que todos y cada uno de ustedes hayan estado atentos al kilometraje y contado los minutos que tardaron en llegar hasta aquí. ¡Ah!, nos hallamos tan cerca de Boston que pueden venir aquí a nadar, y a gozar durante una hora, o dos, de esas agradables sensaciones del campo, si es que a lo largo de toda la semana no pueden permitirse más tiempo libre que el domingo por la tarde. Si gustan, pueden dejar aquí a su esposa e hijos durante una semana, o un mes, o todo el año. Son libres. Sabrán que están sanos y salvos, y que gozan de buenos cuidados en el campo. Y estamos tan cerca que podrán venir a verlos cada vez que lo consideren necesario. ¡Se los prometo! Dentro de un año brindarán con champán por haber sido los primeros en llegar. Por haber sido los primeros en la fila. Por haber sido los primeros en recibir los beneficios a la vieja usanza estadounidense: el que llega primero es el primero al que se sirve. Dentro de un año se reirán, cuando los peces gordos vengan a ofrecerles el doble de lo que pagarán hoy. Todo el mundo sabe que no hay una inversión comparable a la inversión en tierras. Las tierras que sean. Pero esto de aquí es una tierra especial, la tierra de Perly. Se los prometo. El mundo entero caerá a sus pies. Perly Acres aparecerá en los mapas con perfiles dorados. Ahora, muchos de ustedes ya están ansiosos por comprar. Todos los que fueron a ver las parcelas con mis agentes. Pero permítanme que les dé una advertencia. No compren todavía, a menos que se sientan locamente enamorados. Porque si no se enamoran esta semana, les prometemos que se enamorarán a la próxima, o a la siguiente. Porque eso es lo primero que ofrecemos, aunque tan solo sea el comienzo: una parcela de tierra tan dulce, tan seductora, que hará por ustedes lo que no habría hecho su primer amor.

Perly calló de nuevo y volvió la mirada hacia el suelo. Luego habló una vez más, en un registro más profundo y más grave.

—Si antes de abonar el dinero quieren ver el lugar donde se construirán las instalaciones recreativas, vuelvan dentro de un mes. Para entonces, sus propietarios actuales se habrán ido y la tierra se hallará en nuestras manos. Pero créanme, mi palabra vale lo que el oro. Y ese es el terreno más bello entre todos. Por eso lo reservamos, para que la comunidad entera pueda compartirlo. Es una maravilla. Está justo al lado de un estanque, con un establo que alojará el centro recreativo, un prado empinado en la parte de atrás que dejará sin aliento a los esquiadores, y hectáreas y más hectáreas de bosque para motonieves y esquí de fondo. ¡Si hasta tiene un bosque embrujado! Con pinos lo bastante grandes como para esconderse y presenciar el baile de las hadas. Además, en unas semanas habremos allanado los caminos que atraviesan todas las parcelas y podrán llegar en coche a todas ellas. Pero tengan siempre presente el siguiente dato. El mundo entero ya está despertando. Millones de personas se dan cuenta de que perdieron algo inestimable al irse del campo. Y ahora vuelven en masa. Durante los últimos diez años, las tierras de esta comarca han cuadruplicado su valor. Cuando las personas vean lo que estamos haciendo aquí, cuando huelan este aire, y sientan estos campos ondulados bajo las plantas de sus pies, su valor volverá a cuadruplicarse en otras tantas semanas. Si dejan pasar el tiempo, puede que se vean enzarzados en un duelo a muerte con alguien que se habrá enamorado igual que ustedes de aquella casita de ensueño. Quien compre ahora, pagará tan solo por el terreno. Todos sus aditamentos —las instalaciones recreativas, la genuina comunidad rural de toda la vida— serán como una bonificación, una bonificación que se llevarán ustedes, porque han tenido la perspicacia necesaria para venir aquí como pioneros. Y permítanme que les diga algo sobre la grandeza de nuestros antepasados. Quien no ha ocupado un trozo de tierra propio como pionero, no sabe lo que es la vida. No sabe lo que es tener un torrente de savia en las venas, que proviene de tener raíces. No sabe la sensación de poder que se tiene al dejar huella. Y cuando digo tierra, no me refiero a un décimo de hectárea sin edificar en las afueras. Me refiero a tierra salvaje, a tierra sin huella humana, tierra donde aún se oye la llamada de apareamiento del zorro, tierra donde se pierde el que no lleva brújula, tierra donde reina la oscuridad al mediodía. Una tierra donde podría ocurrir cualquier cosa, cualquiera. Quien no ha empuñado un hacha y doblado la espalda para marcar las tierras desiertas con su propio nombre y su labor, no sabe lo que significa ser hombre. Y tampoco ha empezado siquiera a comprender qué es lo que ha hecho grandes a los Estados Unidos. Aquí, en el campo, gozamos de una calidad de vida, de algo que el dinero no puede comprar, algo más importante que un coche nuevo, o una televisión nueva, o algo que queramos adquirir para nuestras casas. Algo que llamamos libertad. Que llamamos oportunidad. Y ese es un espíritu que ha sido nuestro desde el principio.

Perly terminó con el mentón en alto y media sonrisa en la cara. Se pasó la mano por su cabello oscuro y por un momento agachó la cabeza, como para recobrarse de la emoción. El silencio entre el público era casi absoluto.

—Y luego está la financiación —dijo con voz débil—. Prescindan de los bancos. Si alguna vez han tratado de adquirir tierras, ya saben que el banco no les va a prestar ni un solo centavo, no les prestará para comprar tierra, y como mucho una miseria para una segunda vivienda. Hay algo que se terminó para siempre, algo a lo que renunciamos a cambio de toda la velocidad y los lujos de los que disfrutamos, y es el derecho a poseer una granja por el mero hecho de trabajarla. Pero eso es lo que les estamos ofreciendo en el día de hoy: la oportunidad de adquirir tierras, e incluso una casa ya construida, si quieren, por tan solo un 30% de entrada.

Perly levantó la mano derecha y dio un manotazo sobre la barra del kiosco de música, con tanta energía que el golpe hizo retemblar aquella frágil construcción.

—Y ahora vamos a hablar de la Parcela Número Uno —gritó—. ¿Están preparados? ¿Para quién será? La Número Uno. La *Number One*, la primera de todas, para el Cristóbal Colón de Perly Acres. El inicio de una nueva forma de vida, totalmente nueva.

Bajó los ojos hacia el maletín.

—Esta casa, y sé muy bien que algunos de ustedes ya han ido a verla, es un genuino, pintoresco edificio del siglo XIX, con tejado a dos aguas, sito en la calle que conocemos como Gable Ridge. La propia calle lleva el nombre de la casa que podría ser vuestra.

—Es la casa de Ward —dijo John.

Perly levantó los ojos.

—Se vende con un terreno de diez hectáreas, campo y bosque en su mayoría, que se llena de flores silvestres y mariposas a lo largo de todo el verano, tan hermoso que les quitará el aliento. Esta casa es una maravilla. Esta es una casa que hará que les dé vueltas la cabeza como no les había dado vueltas desde que cumplieron los dieciocho años. Una casa ideal para quien quiera vivir al aire libre. A diferencia de la mayoría que ofrecemos, esta casa está totalmente amueblada. La sala y la cocina se remodelaron este mismo año. El propietario tuvo la corazonada de que terminaría por venderla y quiso sacar de ella el mejor precio posible. Así pues, amigos míos, ¿quién se la va a quedar?

Empezó la subasta. Avanzaba con lentitud. Las parejas se consultaban entre oferta y oferta, y varios hombres sacaron lápiz y papel. Al cabo de poco rato quedaron tan solo dos postores: un joven atezado con abrigo a cuadros y zapatos de charol enlodados, y un hombre y una mujer de cabello cano, ambos delgados y nerviosos.

El subastador hizo una pausa para examinar a los dos postores y luego recorrió con los ojos la multitud, en busca de otros.

—Quienes adquieran las casas antiguas de las grandes fincas con solera —dijo— serán los aristócratas de Perly Acres. Los dueños de las mansiones. Los hacendados. Los verdaderos gentilhombres. Una vez que esas casas formen parte de nuestro proyecto de desarrollo inmobiliario, se transformarán en símbolo… símbolo de los valores de antaño, por los que todos nosotros trabajamos.

Por fin, el joven se rindió y la pareja se compró la casa por 53 500 dólares. El hombre pegó un grito y abrazó a su mujer, y el viento le arrebató su blando sombrero de fieltro y lo arrastró sobre la hierba. Ezra Stone lo agarró y se lo llevó, junto con un montón de documentos.

Perly tendió un brazo al comprador, al tiempo que sacaba del bolsillo unos anteojos de armazón liso para examinar los papeles.

—Antes de firmar, tal vez quiera apostar también por esto. Tengo una parcela de cuatro hectáreas adyacente a la que usted acaba de comprar. Empieza en el primer muro de piedra que limita con sus prados y llega hasta el arroyo. Además, en ese arroyo hay buenas truchas. Si no le interesa, otros se lo quedarán. Cerca de la carretera hay un terreno llano, ideal para construir una casa, o si no, también se podría hacer un camino y vivir en un lugar apartado con vistas al arroyo. Y ahora que me escuchen todos los que no tengan claro cómo enfocar la construcción de una casa. Tenemos seis modelos diferentes que podrán contratar para que nosotros mismos los edifiquemos. Sus precios van de diez a cincuenta mil dólares. O también pueden diseñar y construir ustedes mismos. O talar los árboles de su propiedad y seguir los pasos de nuestros ancestros.

El joven del abrigo a cuadros empezó a apostar de nuevo y el que acababa de adquirir la casa de Ward estaba visiblemente incómodo. Otras personas habían entrado en la subasta. La multitud había crecido hasta cincuenta o sesenta personas. El terreno se vendió finalmente por 5 800 dólares a una joven pareja en pantalones azules que no manifestó grandes emociones cuando su puja resultó ganadora. El nuevo propietario de la casa de Ward dejó al instante a Ezra Stone y se dirigió a las sillas para hablar con ellos, mientras su mujer se quedaba en el lugar y observaba a su marido, nerviosa, mientras este conversaba.

—Cinco mil dólares por cuatro hectáreas —murmuró Mim.

—Cinco mil ochocientos —corrigió John.

El subastador vendió otra parcela de cuatro hectáreas y luego varias más pequeñas. Hasta las de media hectárea se vendieron por más de mil dólares cada una. Al llegar a la otra casa, dijo:

—Esta tiene unas características que no volverán a encontrar con facilidad. Posee una antigua chimenea central con cuatro,

¡repito!, cuatro hogares. El hogar del salón tiene una repisa tallada a mano y azulejos tallados también a mano, todo ello de un valor incalculable. Hubo una persona que dedicó mucho amor a ese hogar. Alguien que sabía que el hogar donde se enciende el fuego es la piedra angular de una familia robusta. Y luego se encuentran unos corrales de piedra para animales, una verdadera curiosidad. No todos los granjeros, ni siquiera en aquellos buenos viejos tiempos, se molestaban en tener a sus cerdos y ovejas en corrales de piedra. Pero vamos a ver lo mejor para una familia de hoy en día que busca recreo. Hay allí un estanque que sirvió como abrevadero del ganado, indudablemente pequeño, pero lo bastante grande como para ofrecer un excelente sitio para nadar.

—¡Prescott! —dijo John—. Ahora me entero de que se ha marchado. Siempre echaba pestes sobre esa chimenea. Decía que le ocupaba media casa.

La subasta continuó. Se vendieron veintiocho parcelas de lo que habían sido dos granjas.

—Algunas de esas parcelas deben de estar cubiertas por pantanos —observó John, cuando llegaron a las partes bajas de la propiedad de Prescott.

—¿Cómo van a darse cuenta en esta época del año? —preguntó Mim.

Entonces, Perly revisó sus papeles y dio por terminada la sesión.

—Bueno, amigos, ahora estamos todos juntos en esto —dijo, y recorrió lentamente la multitud con la mirada. Luego, de pronto, se empezó a reír, y abrió los brazos, como para abarcar a todas las personas que tenía enfrente—. Se encuentran en la compañía más exclusiva —exclamó—. Los quiero a todos y los felicito. Créanme, este pueblo se va a transformar en uno de los lugares más selectos que jamás hayan aparecido en los titulares.

John y Mim anduvieron sin prisas entre la multitud parlanchina, de regreso a la camioneta. El viento soplaba con mayor fuerza y se había vuelto más frío, más húmedo, hasta el punto de aparecer charcos que ennegrecían el asfalto de la calle. Una docena de personas, más o menos, rodeaba al subastador e iba charlando de camino hacia la casa de este. Dixie iba pegada al talón izquierdo de su dueño y hacía fuerza contra las rodillas de las personas para que no le quitaran su lugar, y meneaba levemente la cola en una insinuación de cordialidad. Gore iba detrás del grupo, mirando de soslayo, nervioso, con la mano derecha cerca del bolsillo lateral de los pantalones.

—Se van a llevar una horrible sorpresa —dijo John, que miraba desde la camioneta.

—Quizá sean ellos y quizá seamos nosotros quienes nos llevemos la sorpresa —respondió Mim—. Si te interesa mi opinión, te diré que Prescott y Jimmy Ward hicieron algo inteligente. Nosotros también deberíamos irnos.

—Tipos con dinero para comprar una granja, o un trozo de tierra tan solo para jugar, como si fuera un carrito rojo para niños... seguro que esa gente tendría que perder mucho dinero a la vez para darse cuenta.

—Compraron esa tierra y ahora es suya —repuso Mim—. Ese hombre no permitirá que Prescott regrese y presente ninguna reclamación.

—Yo solo sé que nadie, aparte de los Moore, va a hacer nada con esa genuina casa de campo antigua junto al estanque con los prados en la ladera empinada en la colina de atrás. Quizás él lo piense, pero se equivoca.

—Consiguió que los Ward se fueran —dijo Mim—, con lo importantes que eran en el pueblo.

—Ward es idiota —respondió John. Arrancó la camioneta y luego se quedó quieto al volante, observando cómo se vaciaba la calle Mayor—. Ese debe de creer que los Moore no somos nadie, pero va a descubrir que no es así.

El domingo por la mañana hacía un frío glacial y reinaba la quietud. Un día frágil. Las últimas hojas de roble que se aferraban a sus ramitas eran como vidrio soplado, y tintineaban y se quebraban al tacto.

—La nieve se hace esperar —comentaba Mim.

John estaba sentado en el banco, frente a la cocina. Había pelado una rama de arce del tamaño de una cebolla y luego la cortó en rodajas de unos cinco milímetros para echarla a la sopa. Por fin, apartó las últimas astillas de arce y el cuchillo, y se quedó sentado sin más, con los codos apoyados sobre las rodillas y la cara entre las manos, mirando entre los dedos a sus propias botas y a la salpicadera de la cocina. De vez en cuando se frotaba el cuero cabelludo, hasta que los cabellos castaños entrecanos se le alborotaban, y recordaban a Mim lo mucho que necesitaba un corte de pelo.

La Yaya estaba sentada en la sala, sola en su sofá. Al desaparecer los muebles, el tapiz de la pared se había vuelto visible. La sala había estado empapelada en otro tiempo con papel amarillo, estampado con unas enredaderas azuladas que jamás habían existido, por lo menos en New Hampshire. La Yaya lo había elegido porque le recordaba la primavera y John había estado de acuerdo porque era barato. Detrás de la gran estufa de la sala, donde dedos de humo lo acariciaban durante todo el invierno, había quedado casi negro. Conservaba un sorprendente color amarillo canario en los lugares donde estuvieron el piano y la máquina de coser, y también donde colgaban los cuadros, pero todo el resto había perdido intensidad hasta transformarse en un crema grisáceo. Mim había replantado geranios del jardín en macetas para colocarlos en los alféizares y había lavado las ventanas, temerosa de que la masilla estuviera tan deteriorada que hasta con las protecciones de plástico sufrirían sacudidas y tal vez se agrietarían con el viento invernal. Pero aquel día la luz del sol entraba a raudales por las pequeñas lunas de cristal acanalado y trazaba una cálida cuadrícula sobre el suelo de madera de pino sin barnizar. La luz capturaba las puntas de los cabellos canos de la Yaya y las hacía brillar como algodón. La anciana pasaba el tiempo sentada, en absoluta quietud, a años de distancia, y contemplaba el día tranquilo.

Pero Hildie tenía pocos recuerdos y no podía estar quieta. Corría de la sala a la cocina y de nuevo a la sala. La casa retumbaba bajo sus pisotones y sus gritos resonaban por doquier. Mim sacudía los cojines de la Yaya, barría, quitaba el polvo de la estufa y la cocina encendidas, y reñía a Hildie. Por fin, se detuvo tras las espaldas de John, mientras Hildie seguía dando vueltas a su alrededor.

—Esta semana se van a llevar el tractor, no me cabe ninguna duda —dijo.

John no se movió ni respondió, así que Mim repitió la frase con voz más fuerte. Esta vez John volvió la cabeza y la contempló. Mim vio que temblaba de ira.

La mujer se volvió sin decir palabra, y tomó el suéter de Hildie y su propia chamarra de los ganchos que estaban junto a la puerta de atrás. Agarró a la niña y se la llevó afuera. Hildie la seguía acurrucada contra su cuerpo y se aferraba a su mano, quejándose del frío.

—Esto es solo un ensayo de lo que vamos a aguantar hasta que se acabe esta historia —decía Mim, pero se consoló con la cercanía de la niña. Cruzaron el patio y se detuvieron detrás de la camioneta. Su parte de atrás se veía lastimosamente pequeña. Mim abrió la puerta corredera del establo y entró en su húmedo y oscuro interior. Oyó el correteo de las ratas que se escondían. Le dio una patada al montón de tablas viejas que se hallaba bajo la escalera. Muchas de ellas estaban podridas. El problema de construir una vivienda en la camioneta la sobrepasaba. Hildie tembló y le tiró de la mano para volver a salir.

En el patio, el sol casi daba calor, y Mim fue con la niña por el camino y llegó al jardín sin volver a mirar la camioneta. Los últimos crisantemos yacían en el suelo, pisoteados por el frío, pero conservaban sus colores rosados, cobrizos, amarillos. Las hojas de los rosales, de un verde polvoriento, se habían enroscado y secado en sus tallos espinosos. Mim se quedó en medio del jardín, sin hacer nada. Hildie le soltó la mano y caminó, siguiendo una hilera de flores tras otra, hasta que recorrió todo el jardín. Luego trepó a lo alto de la carretilla volcada y empezó a saltar arriba y abajo. El oscuro estanque, al otro lado de la maleza de laureles y arándanos, espejeaba las borlas de nubes suspendidas sobre él. Mim creyó distinguir un contorno irregular de hielo en su orilla. Llegaba el invierno. Bastaría con una sola tempestad.

—Vámonos —dijo Mim—. Te llevaré al establo.

Hildie saltó al suelo y Mim enderezó la carretilla. Avanzaron a tropezones por el campo, se quedaron encalladas con las piedras, y a menudo tuvieron que retroceder y volverlo a intentar.

Hildie se reía.

—¡Adiós, Solecito! —gritó, aferrándose a los bordes de la bamboleante carretilla.

En la oscuridad del establo, llenaron la carretilla con heno que utilizarían para proteger las raíces de los rosales. Mim se sorprendió de que tuvieran todo lo necesario para realizar aquella tarea. Mudgett no había descubierto la carretilla porque Mim, en su descuido, la había dejado volcada entre las flores.

—Para las rosas, nada ha cambiado —le dijo Mim a Hildie—. Cuando llegue la primavera, reverdecerán como si todo siguiera igual.

Oyeron que se acercaba la camioneta cuando aún estaban en el jardín. Mim vaciló, luego tomó de la mano a Hildie y se volvió para observar el claro entre los árboles. Era Cogswell. Venía solo.

John salió por la puerta de atrás. Mim se acercó con pasos lentos mientras los dos hombres se saludaban. Hildie jalaba a su madre para que se apresurara.

Cogswell miró a John y luego volteó con una tenue sonrisa hacia Hildie. Buscó en el bolsillo de su sudadera azul descolorida y sacó los cigarros. Ahuecó la mano en torno al cerillo para protegerlo del viento. Las manos le temblaban de tal modo que a duras penas logró llevar el fósforo al cigarro. Luego dio una calada y arrojó el cerillo al suelo. Era un hombre alto, delgado, de manos largas y cubiertas de pelos rojizos que parecían cables eléctricos.

—Aún tienes la camioneta vieja de siempre —dijo John.

—Me enterrarán con ella —respondió Cogswell.

John arqueó las cejas y aguardó las noticias que tuvieran que venir.

—Me alegro de que visitaras a Agnes —le dijo Cogswell a Mim.

Mim agarraba con fuerza a Hildie, que forcejeaba por liberarse.

—Agnes no está bien —respondió la mujer.

Cogswell negó con la cabeza y luego los miró con una sonrisa aviesa.

—¿Acaso alguien está bien? —preguntó.

John se hallaba frente a él, con las manos hundidas en los bolsillos del overol y los hombros encogidos para protegerse del frío.

—¿Tu madre está bien? —le preguntó Cogswell.

—No es la misma de antes —respondió John—. Pero aguantará bien el invierno, si no se muere de hambre.

Cogswell sacudió la ceniza del cigarro para que se cayera al suelo y la esparció cuidadosamente por tierra con la punta del zapato.

—He oído que has arreglado la casa —dijo John. Sacó las manos de los bolsillos y se cruzó de brazos. Los músculos entre mandíbula y oreja se movían sin cesar.

—Por un precio demasiado alto —repuso Mickey.

—Si no se metiera todo el mundo a auxiliar de policía, Dunsmore no habría llegado tan lejos.

—Ahora ya nadie se mete —respondió Cogswell—. Al menos, desde la noche pasada.

—¿Lo dices por la subasta? —preguntó Mim.

—Por la subasta y por el tiro que le pegaron a Sonny Pike.

—¿Pike? —preguntó John, y torció hacia arriba una de las comisuras de sus delgados labios.

Mickey movió la cabeza de un lado a otro.

—Todavía vive, eso espero. Pero de todos modos le perforaron bien el hombro.

—Esto te ha afectado un poquito, ¿no, Mick? —dijo John.

Cogswell metió en el bolsillo la mano que tenía libre y apoyó todo el cuerpo contra la cabina de la camioneta.

—Si lo dice no es por ti, Mickey —explicó Mim—. Es por la subasta y por lo que dijo Dunsmore.

Cogswell volteó hacia ella y habló con rapidez:

—Les manda esto —dijo, al tiempo que sacaba un fajo enrollado de billetes del bolsillo—. A cambio de que se vayan de esta tierra. Esto no vale trescientos, ya lo sé. Pero con esto les bastará para instalarse en la camioneta e irse.

John apartó los ojos de Cogswell y miró al estanque. Entonces escupió en el suelo.

—No te preocupes, Mickey —dijo, pero ya no estaba enojado—. Tienes que cuidar de tus propios hijos.

—John —dijo Mim, y John se volteó hacia ella con demasiada brusquedad—. Si nos marcháramos... —empezó a decir la mujer, como si no hubiera visto la ira que cobraba fuerza en los ojos verdes de su esposo.

—Mejor que te vayas, John —añadió Cogswell—. Tiene los ojos puestos en ustedes.

—Pues no me parece que tú vayas a irte —replicó John.

—Estoy llegando a ese punto —respondió Cogswell—. Dunsmore cuenta con ello. Cuando ustedes se hayan ido, nos tocará a nosotros.

—Quédate con tu dinero —le espetó John—. Yo no me voy a marchar.

Dio media vuelta y caminó en dirección a la casa.

Cogswell dio un paso detrás de él.

—Eres idiota, John —le dijo—. Siempre has sido tan orgulloso que te cortarías la nariz antes que ceder un solo centímetro.

John se detuvo y se dio la vuelta.

—Eres buena gente, Mickey —dijo—. No voy a olvidar un favor como este. —Su rostro se sonrojó y sus ojos se clavaron en los de su vecino—. Lo único que ocurre es que pienso quedarme.

Cogswell le tendió la mano con el dinero.

—Es lo que tendrían que pagarte por tan solo una de tus vacas —dijo.

John contempló los billetes. Mim contenía la respiración.

—Pienso que mi tierra aún es lo bastante firme como para sostenernos a todos nosotros —dijo, y caminó hacia la casa con pasos lentos. Mim se dio cuenta de que su cuerpo se había encorvado a causa de la edad, del trabajo, de las preocupaciones. Caminaba como si él mismo hubiera pesado mucho.

La mujer se volvió hacia Cogswell y echó un vistazo a los billetes que seguían enrollados en su mano. El deseo de la mujer era tangible.

Cogswell se dirigió a ella.

—Eres una mujer buena, Mim —dijo—. Tú sí tienes sentido de la realidad. Hazlo entrar en razón.

Le puso los billetes en la mano y le echó encima un espeso hedor a güisqui agrio.

Al sentirlos en la palma de la mano, todavía cálidos por haber estado en la de Cogswell, Mim se llenó de alivio y sintió un anhelo de arrojarse en los brazos de este. Dejó que sus ojos se posaran en los de él. Abrumada por su propia gratitud y por la gentileza de aquel hombre, le dijo:

—Lo siento mucho por ella, Mickey.

Cogswell vio que Mim empezaba a derramar lágrimas por él y se giró bruscamente. Fue hasta el otro lado de la camioneta, se subió a la cabina y arrancó el motor.

Luego salió y volvió a acercarse con pasos lentos.

—Mim —le dijo, mientras hacía que sí con la cabeza, en un gesto carente de firmeza—, si no logras hacerlo entrar en razón de otro modo, llévalo a la subasta del martes a las tres. —Mickey se pasó una mano por la cara—. ¡Ay, Dios mío! —dijo de pronto, como si se hubiera olvidado de dónde estaba. Entonces se enderezó y le lanzó una mirada feroz a la mujer—. Pero no se te ocurra decir cómo te enteraste.

Volvió a la camioneta y enfiló por el camino de Constance Hill. Mim le vio el pescuezo por la ventana de atrás de la cabina. Cogswell echó la cabeza hacia atrás y bebió de la cantimplora, mientras el vehículo se balanceaba, sosteniéndose precariamente sobre aquel camino tan malo, y se perdía luego de vista.

Hildie trató de agarrar el dinero que su madre tenía en la mano y empezó a saltar arriba y abajo para verlo bien. Mim lo sostuvo en alto y, sin moverse de donde estaba, lo contó dos veces. Quince billetes de veinte dólares. Luego se volvió hacia la casa, para encararse con John.

El hombre estaba de pie en el umbral de la puerta y la aguardaba.

—Dámelo —le dijo, con la cara pálida y surcada por profundas arrugas.

La mujer se lo dio y sintió que el miedo, que casi era deseo, le rozaba las yemas de los dedos al tocar la palma de la mano de John. El hombre se dio la vuelta y, con movimientos tan rápidos que Mim no llegó a entender lo que hacía, cruzó la sala, levantó la tapa de la estufa y arrojó dentro los billetes enrollados.

Mim se arrojó por puro instinto sobre la estufa. John la agarró. Una de las manos del hombre se enredó en sus cabellos. La otra le estrujó el brazo. Mim gritó y John le dio una sacudida.

La mujer sintió que el mundo entero daba vueltas a su alrededor: las familiares pilas de platos que reposaban en el estante sobre el fregadero, el banco y la mesa de tablas, el rostro asustado de Hildie en la puerta. Gritó y forcejeó en un intento por llegar a la estufa. Se dio cuenta, vagamente, de que la Yaya había ido cojeando hasta la puerta y de que estaba allí de pie, apoyándose en sus bastones, y que Hildie escondía la cara contra la bata de la anciana.

—El dinero, Yaya —dijo, sollozando—. Ve por el dinero.

Por fin, John la arrojó lejos de sí, pero la mujer, mientras caía, aún trataba de llegar a la estufa. Su cabeza se estrelló contra la salpicadera con un golpe que la propia Mim oyó, más que sentirlo. John cerró de golpe la puerta trasera con tal fuerza que la cocina retembló. La mujer logró ponerse de pie y abrió el horno de la cocina. Una nube de humo le llegó a la cara. Dentro de la cocina vio un revoltijo de brasas rojas, y una única y brillante lengua de fuego.

Mim se quedó arrebujada en el borde del banco, hundió la cabeza entre los brazos, sobre la mesa, y sollozó. No oyó los fuertes golpetazos con que se acercaban los bastones de la Yaya, pero sí sintió que su mano chueca se le enredaba en el cabello.

—Venga, Miriam —le dijo—. Déjalo de una vez. Estás asustando a la niña.

Mim levantó los ojos. Hildie estaba con medio cuerpo sobre el banco del otro lado de la mesa y gimoteaba. Le tendió los brazos, y entonces la niña se sentó en su regazo y lloró con ella.

—Esto no significa que John no te quiera, Miriam —dijo la Yaya, mientras acariciaba la cabeza de Mim.

—Yaya —respondió Mim—. Se ha vuelto loco, igual que Agnes. Acaba de quemar trescientos dólares.

La Yaya apartó la mano del hombro de Mim y se aferró al borde de la mesa.

—Trescientos dólares —dijo.

—Tú ya ves cómo está, Yaya —prosiguió Mim—. Se pasa el día sentado y no hace nada. No hace más que buscar bronca y rezongar. Ya no es el mismo de antes. La subasta de ayer fue la gota que colmó el vaso.

—Bueno… —dijo la Yaya. —Bueno…. —Y volvió a su silla con mucho esfuerzo y se sentó—. Lo de estar loco no es propio de nuestra familia. Pero tampoco es propio de nuestra familia ir regalando todo lo que se tiene a mano. —La anciana negaba con la cabeza. Mim y Hildie se tragaban sus propios sollozos mientras la contemplaban. Parecía que, con la sabiduría de su edad, estuviera a punto de pronunciar una respuesta que sacudiría la casa hasta los cimientos, y que con esas sacudidas volvería el orden. Pero lo único que dijo fue—: Con un poco de suerte, será lo uno y no lo otro. Con un poco de suerte, será que lo que le ocurre es que está furioso.

—John siempre ha estado furioso por algo —respondió Mim.

—En el hombre, una pizca de mal genio es una muestra de sentimiento —replicó la Yaya—. Y de respeto por sí mismo. Ya era hora de que se enfureciera e hiciera algo.

—¿Quieres decir que has visto que tendremos que marcharnos? —preguntó Mim con voz débil.

—¡No! —gritó la Yaya—. No, en absoluto, no es eso lo que quiero decir. Lo que quiero decir es que ya es hora, y más que hora, de que John haga algo para poner fin a toda esta situación.

Mim empezó a sollozar una vez más.

—Eres tú la que te has vuelto loca, Yaya —dijo.

—Nadie te retiene aquí, niña. Te veo saltar arriba y abajo de puro angustiada. Pues bien, si tienes que irte, vete.

—Ay, Yaya —respondió Mim, y volteó el rostro hacia la cocina, al tiempo que acunaba a Hildie.

—Tú dame la escopeta —dijo la Yaya. Miraba a Mim con ojos tormentosos bajo sus mechones de cabello claro—. Esta tierra ha pertenecido a los Moore desde antes de que naciéramos nosotros y seguirá siendo de los Moore cuando hayamos muerto. El abuelo de John, y su bisabuelo, y su tatarabuelo no pelearon por esta tierra tan solo para que...

Mim alzó el rostro y le gritó a la Yaya entre sollozos:

—Todo eso no es más que palabrería, Yaya. Ni siquiera tenemos la escopeta.

John no regresó hasta que Hildie se acostó. Cuando apareció en la puerta, Mim salió de la sala. Su cena estaba sobre la mesa, pero no quedaba nada más, como si la vida hubiera pasado y lo hubiera dejado fuera. La Yaya observaba sin decir nada. John se tomó la sopa fría de verduras y la papa al horno, inquieto ante la silenciosa atención que le prestaba su madre. En cuanto terminó, llevó los platos a la tarja, tomó un cucharón de agua del balde que había debajo y los enjuagó.

—¿Y bien? —preguntó.

—Mim teme por tu cordura —dijo la Yaya—. Y pienso que con razón.

John se acercó a la puerta de atrás y contempló su propio reflejo en el cristal oscuro.

—Lo del dinero ha sido un grave error —dijo la Yaya—. La sopa de verduras y las papas no bastan para dar de comer a una niña.

John apoyó la frente contra la puerta y contempló los prados en la negrura. Dentro de la cocina, el fuego se apaciguaba, y un bastoncito de leña verde emitió un largo y agudo silbido de queja al tocar las brasas y arder.

—Te ayudaré a llegar al sofá, mamá —dijo.

—Llévate tú la lámpara —respondió la Yaya—. Yo ya me las compondré. Ve a hacer las paces con ella.

Una vez en el dormitorio, John sintió la presencia de Mim sobre el colchón, aunque estaba tan quieta que ni siquiera oía su aliento. Pero cuando se metió entre las sábanas, notó que estaban tibias debido al calor de su cuerpo, a pesar del frío que reinaba en la habitación. Por un momento, se quedó tendido a su lado, con la esperanza de que la mujer hablara.

Luego dijo, con palabras que se amontonaban unas sobre otras por la misma dificultad de articularlas, por el horror de lo que había hecho:

—Quemar el dinero de Mickey ha sido un grave error.

Y su mujer se volvió hacia él, con sollozos totalmente inesperados, como si hubiera estado llorando desde el principio y John no hubiera sido capaz de oírla.

9

El martes a las dos y media no había nadie en la calle Mayor aparte de Cogswell y James, que se habían sentado sobre el borde del kiosco de música y fumaban con los pies colgando en el vacío. Cogswell no parecía haberse dado cuenta de que John y Mim estaban allí, dentro de la camioneta, pero James sí los observaba con discreción. James tenía un termo humeante. Se iban pasando el vaso de plástico y miraban en dirección a la oficina de correos a través del césped desierto. Cogswell bebió de su petaca y se la ofreció a James, que negó con la cabeza.

Había un Mustang rojo y un Oldsmobile estacionados frente a la camioneta de los Moore, cerca de la pequeña iglesia que se hallaba al borde del césped. Dentro de cada uno de los vehículos esperaba sentada una pareja a la que los Moore no habían visto jamás. Al cabo de unos minutos, un vehículo familiar con otra pareja se estacionó detrás de ellos.

—¿Recuerdas los planes que trazábamos? —decía John—. Un montón de hijos, un nuevo establo para el ganado, más prado despejado, tal vez un huerto de verdad. El abuelo se negaba a escucharnos.

—Todo eso no era necesario —respondió Mim—. Estamos bien como estamos.

—¿Recuerdas tu vestido de novia? —preguntó John—. ¿Ese en el que bordaste flores amarillas? ¿Has vuelto a bordar?

Mim negó con la cabeza.

—Creo que me gustan más las tareas al aire libre.

—Me gustaría vivir lo suficiente como para ver a Hildie casándose con ese vestido —dijo John—. Todo parecía tan sencillo antes de que empezaran las subastas...

—No creo que Hildie quisiera casarse con mi vestido —respondió Mim—. De todos modos, estaba en el baúl, el que había sido de mi madre. Se lo llevaron con todos los demás.

—¿Y permitiste que se lo llevaran?

—Yo misma les había dicho que se quedaran lo que había en el desván. No iba a ponerme a discutir entonces...

Tres coches y vehículos familiares se detuvieron a la vez en la calle Mayor. En cada uno de ellos, un hombre y una mujer movían los labios en sendas conversaciones, silenciadas por las ventanillas subidas. Miraban con curiosidad en dirección a la oficina de correos y las casas que circundaban la calle Mayor, e intercambiaban mudas opiniones.

—¿Quiénes son esos, John? —preguntaba Mim, que apenas podía contener las lágrimas. Sentía una necesidad, una necesidad física de tocar a su niña y sentir su propia tierra bajo las plantas de los pies, como si hubiera viajado a mil kilómetros de distancia y no pudiera regresar—. ¿Acaso esto podría ser peor que lo del sábado?

Cuando faltaba poco para las tres empezaron a llegar camionetas, y viejos y polvorientos sedanes estadounidenses, que se sumaron a los coches más modernos de los forasteros. Eran los mismos hombres de Harlowe que habían asistido a las subastas del sábado. La mayoría de ellos, sin duda, serían auxiliares de policía. James y Cogswell continuaban sentados en el kiosco de música, pero en aquel momento observaban en silencio. Llegó un vehículo familiar extranjero. La puerta se abrió y salió un hombre con gafas de *carey* y abrigo de *tweed*. Rodeó el coche hasta la otra puerta y la abrió para su mujer. Mientras estaba en ello, se dio cuenta de que docenas de ojos lo observaban, y levantó la vista, sobresaltado. Salió su esposa, una mujer menuda con un abrigo de paño beige y un pulcro sombrero de fieltro. El hombre le dijo algo y ella dirigió una breve mirada a los demás automóviles, y luego hizo un gesto en dirección a la iglesia. El marido le puso la mano en la espalda, cerca de la cintura, y la obligó a andar a paso rápido en dirección al templo. Él mismo iba con los hombros encorvados, como para protegerse de la mirada de los que estaban en los coches. Trató de abrir la puerta de la iglesia, y al no conseguirlo apuntaló el cuerpo y tiró de la manija con mayor brío. Estaba cerrada. Por un largo instante, él y su mujer se quedaron contemplando la puerta impasible. Luego, poco a poco, el hombre se volteó de nuevo hacia la insólita colección de personas que los miraban.

Pero, mientras aún vacilaba, la puerta se abrió hacia dentro, y Pulver y Stone salieron y acompañaron a la pareja al interior de la iglesia.

Entonces, como en respuesta a una señal, los auxiliares de policía y las extrañas parejas salieron de los coches y camiones con gran estrépito de puertas y se dirigieron a la entrada de la iglesia. Los auxiliares con aire rudo, mirando al frente, y las parejas con timidez y sin soltarse de la mano.

De improviso, la gran camioneta amarilla de Perly salió de la casa de este de reversa, giró, avanzó unos cien metros por la calle y volvió a retroceder, esta vez por el acceso de la iglesia, hasta llegar a la puerta lateral. Gore salió por la puerta del conductor y entró en la zona de carga de la camioneta.

—Me da una mala espina impresionante —dijo Mim— tener que meterme entre las mismas paredes que gente como esa.

—Con tantos forasteros presentes —respondió John—, ¿qué nos puede ocurrir?

Entonces John y Mim bajaron poco a poco de la camioneta y siguieron a las parejas por el camino que llevaba a la iglesia. Una mujer que iba delante de ellos estaba tan gorda que al caminar se balanceaba de un lado a otro como un juguete mecánico. Dejó caer un cigarro sin apagarlo y John, por costumbre, lo pisó para extinguir la llama, aunque no hubiera nada donde pudiese prender. La mujer sacó otro del bolso, y su marido, que estaba tan solo un poco menos gordo, se detuvo y se volvió para proteger el cerillo contra el viento con las manos ahuecadas. John y Mim los dejaron atrás, mientras ellos pugnaban por encender el cigarro.

—No deberíamos haber venido, Billy. No me parece buena idea.

—¿Y qué vas a hacer? —le respondió el hombre—. En las agencias nos dijeron que no, ¿verdad?

—No le va a gustar que estemos aquí —susurró Mim.

—Yo ya no tengo ni idea de nada —le contestó John—. Si hasta puede ser que cuente con que vengamos.

Tras cruzar las anchas puertas de la iglesia, hallaron a Pulver y Stone sentados a la mesa, en el mismo lugar que los que se encargaban de cortar los boletos de las cenas parroquiales. Preguntaban los nombres de todos los que llegaban, buscaban a cada una de las parejas en una lista y luego les indicaban que podían entrar. John y Mim pasaron de largo sin más. Tom Pulver los siguió con la mirada a lo largo del vestíbulo, hasta las puertas batientes por las que se accedía al santuario, pero no dijo nada.

No hubo saludos, ni música de órgano, tan solo el nervioso movimiento de las personas calladas sobre los cojines de pelo de caballo de los bancos. Las parejas se dispersaron por la iglesia y los auxiliares de policía se sentaron entre ellas a intervalos regulares. John y Mim ocuparon un banco cerca del final, e Ian James se colocó de inmediato detrás de ellos, con un sigilo que le dio escalofríos a Mim.

Se quedaron sentados durante un rato que les pareció de varias horas. Temerosos de volverse y mirar, escuchaban el murmullo de los desconocidos que se hallaban a sus espaldas y observaban con especial atención los pausados movimientos de quienes estaban más adelante.

Por fin se abrió la puerta lateral que se hallaba junto al altar y Perly anduvo con pasos lentos hacia el elevado púlpito central. Se había peinado hacia atrás su cabello castaño y crespo, hasta el punto de que apenas se le apreciaban los rizos, y los gemelos de plata de sus muñecas relucían mientras hacía gestos a la multitud. Salvo por la apacible perdiguera dorada pegada a sus talones, parecía el presidente de una importante junta de dirección, o tal vez un predicador mediocre. Subió al elevado púlpito y Dixie desapareció tras la balaustrada.

Perly recorrió con la mirada a los presentes hasta reducirlos a una perfecta quietud. Mim pensó que la mirada del hombre se había clavado unos instantes en la suya y tuvo que forzarse a apartar el rostro, como si Perly la hubiera apresado. Sin moverse, dejó que el calor de la vergüenza y la ira la inundara y luego se desvaneciera.

Cuando Perly habló por fin, lo hizo en el registro más grave del que disponía su voz, un débil fragor, como un trueno, que se difundía por el santuario y unía a las gentes como ante una tempestad lejana.

—Empezaremos con un momento de plegaria silenciosa —dijo—, en el que rogaremos a Dios que nos guíe y buscaremos Su amor, para que luego podamos ofrecerlo a estos niños inocentes. Recemos.

La mano de Mim estrujó la rodilla de John. Los desconocidos, a su alrededor, bajaron el rostro. Perly alzó los ojos hacia el rosetón del fondo de la iglesia y sus franjas de luz roja y amarilla le salpicaron el rostro. Los auxiliares de policía no rezaban, sino que miraban en derredor como niños perdidos. La carpintería de la vieja iglesia crujía y hacía chasquidos como para marcar los segundos que iban transcurriendo.

—Amén —dijo Perly, dando libertad a todos los que estaban frente a él para que salieran de su quietud y le devolvieran la mirada.

Perly se inclinó hacia adelante y apoyó el cuerpo sobre los codos para contemplar a los asistentes.

—Me llamo Perly Dunsmore —empezó a decir—. He hablado por teléfono con muchos de los presentes. Para el resto, me voy a explicar. Por profesión, soy subastador y diseñador de entornos. Pienso que, además, sería correcto decir que soy filántropo por afición. En definitiva, debo de ser uno de los hombres de negocios más destacados de Harlowe, y como tal este pueblo ha acudido a mí para que actúe como fideicomisario y tutor de estos niños. He estado reflexionando sobre el problema de estos pequeños. Está claro que, como solterón de cierta edad, no puedo tomarlos a mi cuidado. Pues bien, la manera tradicional de resolver los problemas en los pueblos de New England consiste en reunir a todas las partes interesadas y discutir una solución. El problema, en este caso, es que tenemos que ofrecer los mejores hogares posibles a estos niños. Por suerte para ellos, el mundo de hoy en día parece estar repleto de personas maravillosas como ustedes, dispuestas y deseosas de abrir su corazón a los huérfanos sin hogar. Así que ahora que están todos reunidos, nuestra tarea se reducirá al problema de decidir quién de ustedes acogerá a los niños.

Se hizo un largo silencio. Una rama desnuda, agitada por el viento, arañaba una y otra vez el cristal de uno de los ventanales.

—Esta semana tenemos dos niños —siguió diciendo Perly.

Se oyó un murmullo por la iglesia, como si una racha de viento se hubiera instalado por unos momentos en las cuerdas vocales de los asistentes.

—Como ya he comentado a la mayoría de los presentes, los papeles para la adopción están al corriente. Dentro de un año podrán ir al juzgado de Concord y formalizarla. Los niños están en perfecto estado de salud. Si acaso eso les preocupaba, pueden estar tranquilos. Son niños cien por cien estadounidenses, de pura raza, blancos, de piel sonrosada, sanos, alegres. Su único problema es que necesitan a alguien a quien amar. Si en el plazo de un mes hallaran algún inconveniente de carácter médico, podrán devolvérmelos, y yo, desde luego, les restituiré hasta el último penique de las tasas. Por supuesto que nuestro asistente social tendrá que visitar sus hogares y echar un vistazo antes de que finalice el proceso de adopción. Estoy seguro de que eso no va a suponer ningún problema. En circunstancias normales, quisiéramos tener la evaluación del hogar ya terminado antes de confiarles los niños. Pero si los lleváramos ahora a casas de acogida, deberíamos volver a trasladarlos luego a sus hogares definitivos. Y hacer pasar a un niño por ese doble reajuste parece un acto cruel, más que una gentileza. Así pues, dado que los niños ya están disponibles, y que prácticamente todos ustedes tienen porte de padres amorosos, porque si no no habrían venido, estamos dispuestos a permitir que los niños se trasladen a su nuevo hogar tan pronto como se hayan abonado las tasas.

Cogswell, que estaba sentado en diagonal delante de los Moore, y observaba a la pareja de gordos que a su vez se sentaba delante de él, apoyó ambos codos sobre las rodillas y se cubrió la cara con las manos.

—Hoy tenemos un niño de tres años y una niña recién nacida, de apenas diez días. Nació hará una semana, el jueves pasado.

Las personas se agitaron. Por primera vez, las esposas se volvieron hacia sus esposos y les hablaron en susurros.

—Empezaremos por ofrecer a la niña. Verán, yo no quisiera cometer ninguna indiscreción, pero sé muy bien que les interesa estar al corriente de qué clase de genes tiene y por qué la ofrecemos en adopción. Es la historia de siempre. Su madre es una adorable mujercita de tan solo quince años. Podríamos decir que la sangre le ardía en exceso.

Se hizo en la iglesia un silencio pudoroso.

—En principio nadie sabe quién es el padre, pero de acuerdo con especulaciones bastante probables, esta niña podría ser la hija de un médico —siguió diciendo Perly—. Un muchacho que se quedó el tiempo suficiente para pronunciar el discurso de despedida tras la graduación en el internado y luego se marchó a Europa para ver mundo. Todo este asunto podría haber sido una tragedia para los jóvenes padres y también para la niña. Si la adoptan, darán a los padres, y también a la propia niña, una oportunidad para seguir adelante en la vida. No duden de mi palabra, esta niña tiene unos genes inmejorables. Y por lo que respecta a sus padres, estoy seguro de que habrán aprendido la lección. Sé que quisieran verla, pero es terriblemente pequeñita, así que solo mirarla en silencio y durante un tiempo muy breve...

Mudgett entró por la puerta lateral con una camita como las que se sujetan en los coches. Perly se inclinó y agarró el bulto rosado, con la misma destreza que un padre experimentado podría demostrar.

Los bancos de madera crujieron bajo las personas que pugnaban por verla y unas pocas parejas juntaron las cabezas para intercambiar susurros.

Perly avanzaba por el pasillo central y sostenía a la pequeña ora a un lado, ora al otro, como si hubiera pasado el cepillo para la colecta. Las parejas se iban inclinando hacia él y examinaban a la niñita. Al llegar a donde estaban los Moore, también se detuvo a mostrársela. La niña estaba bien despierta y miraba con solemnidad desde los pliegues de un saquito de dormir rosado, con un chupete metido en la boca. Tenía los ojos de color azul profundo y la cara arrugada de los recién nacidos, y podría haber sido la niña de casi cualquiera.

Perly no se movió hasta que Mim levantó el rostro hacia él. Los ojos del hombre eran brillantes e impersonales como diamantes.

Volvió a meter a la niña en la camita para coche y la pequeña empezó a lloriquear. El hombre se inclinó sobre ella y entonces se calmó. Mudgett agarró la camita y se la llevó.

Perly regresó al elevado púlpito.

—Los caminos del Señor pueden parecernos misteriosos —dijo con voz suave—. Ha privado a esta niña perfecta de un hogar y de una familia natural. —Perly miró a los asistentes, con ojos que se habían vuelto opacos y acusadores, como si hubieran sido los presentes quienes habían abandonado a la pequeña. Por fin, se enderezó sobre los talones y sonrió—. Yo mismo me quedaría con esta niña bonita, si pudiera encontrar esposa —dijo. Barajó un fajo de papeles sobre el púlpito.

Perly siguió hablando en un tono que era de monotonía casi absoluta:

—La adopción es un procedimiento muy caro. En este caso, tuvimos que pagar una buena suma a los abuelos, que guardarán el dinero para la madre. Dada dicha situación, no podemos desprendernos de esta niñita por menos de diez mil dólares.

Se oyó un grito ahogado entre la multitud.

—Tomen en cuenta —prosiguió Perly, alzando la voz— que se trata de una niña blanca, con los mejores antecedentes raciales. Su madre es en parte alemana y en parte sueca, y su padre es inglés. Tiene todo lo necesario para ser su niña perfecta de ojos azules. Si alguna vez han intentado adoptar un bebé blanco a través de otro proveedor, sabrán que hay que esperar unos cuatro años, y que aun así es prácticamente imposible si ya tienen otros hijos. Las adopciones independientes, como esta, son legales por completo, pero difíciles de encontrar, muy difíciles de encontrar, sobre todo si lo que se quiere es un perfecto bebé blanco, recién nacido.

Perly calló. Miró al fondo del santuario y recorrió con la mirada a todos los que se encontraban allí, como si hubiera estado realizando en aquel mismo instante su propia elección.

Cuando por fin quebró el incómodo silencio, lo hizo con voz dura y entrecortada.

—Esta niñita está disponible para ahora mismo. Para el día de hoy —dijo—. Así pues, si no quieren nietos de ojos rasgados, ni de cabello afro, esta es su oportunidad. La realidad de este mundo es que cada uno tiene lo que paga.

Una pareja que se sentaba dos bancos más adelante que los Moore intercambió una mirada. La mujer asintió. Era delgada y guapa, pero no joven. El hombre, con el pelo entrecano en corte militar, se encogió ligeramente de hombros y se volvió para mirar a Dunsmore.

—Ahora, la manera más económica de resolver el espinoso

problema de quién se queda con la niña es ofrecerla de acuerdo con los añejos métodos de subasta de New England. —Perly dio un puñetazo sobre el púlpito, como un predicador que llega al punto fundamental—. Vamos a ver —dijo entonces—, ¿escuché que alguien decía diez mil?

La multitud se agitó y no hizo ninguna oferta.

—Me doy cuenta de que son presa de la timidez y la incomodidad —añadió Perly en tono tranquilizador—. Se trata de un asunto incómodo. Pero sé muy bien que buscan un hijo, una hija, porque si no, no estarían aquí. Ojalá esto se pudiera hacer de manera más fácil, tanto por los niños como por ustedes. Pero no lo olviden: el procedimiento tradicional también cuesta dinero, porque los hospitales funcionan como funcionan. Les ofrezco la posibilidad de volver a casa con una bebé recién nacida sin tener que sufrir las incomodidades correspondientes. Sin papeleo. Sin dolores de parto. Sin problemas raciales. Así que, por favor, presenten sus ofertas. Diez mil. ¿Escuché una primera oferta de diez mil?

Entonces la mujer que estaba delante de ellos miró a su marido, y este levantó la mano.

—¿Diez mil? —preguntó Perly, casi como si él mismo estuviera sorprendido.

El hombre asintió.

—Bien. ¿Me parece que alguien ofrecía doce mil?

—Once mil —dijo una mujer en la primera fila. Era alta y morena, con pómulos altos de gitana, y un costoso abrigo café oscuro con turbante a juego.

—Doce mil —exclamó el hombre que estaba delante de ellos.

Entonces se oyó una voz a un lado.

—Doce mil quinientos.

Hubo un largo instante de silencio. Todo el mundo se volteó hacia el hombre que había ofrecido los doce mil quinientos dólares. Este se había encaramado al banco para ver bien. Tenía unas piernas pequeñas como las de un niño de cinco años, aunque su cabeza fuera tal vez más grande de lo normal, y se agrandara todavía más debido a una generosa mata de rizos oscuros.

—Vamos —los espoleaba Perly—, vamos a ver hasta dónde llega el deseo de ser padres.

El hombre que estaba delante de los Moore elevó la oferta a trece mil dólares.

Al fin, la niña se vendió por quince mil dólares a la gitana de la primera fila, que se quedó sentada, con la cabeza gacha, cuando estuvo claro que había ganado. Su esposo, un hombre de piel pálida, con cabellos color crema y camisa blanca, continuó fumando en pipa como si nada hubiera ocurrido.

Perly se asomó sobre el borde del púlpito.

—Felicitaciones —decía, radiante—. Soy muy feliz por ustedes. —La mujer miró hacia arriba distraídamente, pero no sonrió, y el hombre siguió contemplando al subastador como si fuera un insecto bajo un microscopio.

Perly sonrió a la multitud, como para pedir disculpas en nombre de la pareja.

—Esto bastaría para dejar aturdido a un elefante —explicó—. Encontrarte con que de repente eres padre. Pero sé muy bien que todos ustedes están deseosos de saber cómo será el siguiente niño —prosiguió Perly—. Se trata de un muchachito llamado Michael. Tiene algunas pecas y una risa maravillosa, aunque esté viviendo unos días muy duros. Su madre sufrió un trágico accidente y perdió el uso de ambas piernas. Seguramente pasará la mayor parte del año en un hospital, y el resto de su vida en silla de ruedas. Como tiene cuatro niños mayores que este, piensa que lo mejor para Michael sería hallarle un hogar, con padres amorosos, capaces de ofrecerle los cuidados y la atención que necesita. Siente una especial preocupación por Michael, debido a su inteligencia, que es extraordinaria de verdad. Tan solo tiene tres años y ya sabe el alfabeto, y contar hasta veinte, y luego repetir los números al revés. Tendría que ir a una buena guardería, o tal vez podría empezar ya el primer curso. Con un poco de ayuda, podría leer en un mes. Como saben que no podrán darle a su hijo todo lo que quieren para él, sus padres lo dieron en adopción, y esa adopción podría volverse definitiva en un año. Si alguien duda de que este niño ha recibido el más elevado amor, que se imagine lo que significa desprenderse de un hijo tan solo por el bien de este. Además, no se trata de un niño ilegítimo. Este es un niño engendrado en un lecho matrimonial y criado hasta ahora por una familia como tiene que ser, llena de amor. Haré que venga para que todos lo vean. Pero si lo encuentran algo abatido, recuerden que esto es muy duro para el pequeño Michael. Llévenlo a sus hogares y mímenlo, ofrézcanle una hamburguesa y una Coca-Cola, y pónganle un bate de beisbol en las manos. No tardará en reír... y, además, bateará jonrones en la Liga Infantil de Beisbol.

El propio Perly salió por la puerta lateral. Tardó tanto en volver que a Mim le pareció que la puerta se desdibujaba repetidamente bajo la misma intensidad de su mirada, para luego recobrar su nitidez. Por fin se abrió y Perly apareció llevando en brazos a un niño rubio que chupaba una piruleta. Al ver a todas las personas que estaban en la iglesia, rodeó con sus brazos el cuello del subastador y escondió el rostro contra su garganta.

—Ustedes mismos ven cuán grande es su deseo de amar a alguien —dijo Perly, sonriente—. Vamos, Michael. Mira a toda esta gente tan simpática. ¿Ves cómo sonríen? Y sonríen tan solo por ti.

Perly aguardó y entonces Michael echó un vistazo. No cabía ninguna duda de que pertenecía a la familia Carroll. Sus ojos cafés, de párpados algo caídos, eran inconfundibles.

—Emily tenía un hermano mayor, llamado Michael —murmuró John—. Murió en la guerra.

Michael apoyó la cabeza contra el pecho de Perly, pero se dejó llevar con pasos lentos por el pasillo, para que todo el mundo lo viera bien.

Esta vez la apuesta empezó por cinco mil dólares. Las parejas conferenciaban a menudo entre sí y se oía un murmullo por debajo de todo el procedimiento. A excepción del enano, el grupo que apostó en esta ocasión era distinto. Al final quedó reducido al enano y a una pareja de mediana edad que se sentaba detrás de los Moore. Las ofertas se sucedían con irritación, con rapidez, hasta que la cosa terminó, y por fin la pareja de mediana edad se retiró. El enano y su esposa rubia, algo avejentada, pero perfectamente normal, habían ganado por nueve mil ochocientos dólares. El hombrecillo se puso de pie sobre el banco e hizo el signo de la victoria ante los demás, mientras su esposa estallaba en ruidosos sollozos.

El subastador se rio y exclamó:

—¡Los felicito!

Los auxiliares de policía empezaron a moverse, pero los demás se quedaron donde estaban.

—Que no se desanimen los que hoy no se hayan hallado entre los afortunados padres —dijo Perly—. Durante las próximas semanas celebraremos una nueva sesión de adopción. Enviaremos una notificación por correo. Estoy al tanto de por lo menos otros dos niños que van a estar disponibles. Uno de ellos aún no ha nacido y el otro es una exquisita niña de cuatro años, de cabello rubio y ojos de color azul oscuro, la cosita más linda que se haya visto jamás. —Guardó unos instantes de silencio, como si hubiera estado esperando a que la gente se marchara, pero nadie se movió—. Y ahora —añadió—, pienso que sería oportuno que todos nosotros inclináramos de nuevo la cabeza en oración, por las familias que acaban de formarse entre nosotros. —Los asistentes inclinaron la cabeza de nuevo. Por fin, Perly dijo—: Amén. Ahora, si los felices padres quisieran acudir a mi hogar en calidad de invitados, haré que traigan a los niños para que puedan conocerlos en la comodidad de mi sala. Y también podremos encargarnos de las formalidades.

Perly bajó del púlpito. Dixie se incorporó y estiró las patas, y luego comenzó a trotar a su lado, mientras el hombre tendía ambas manos a la pareja que acababa de comprar a la niña. El matrimonio se quedó de pie y aguardó obedientemente el momento de seguirle, asintiendo con gesto distraído a sus preguntas. El enano, por su parte, estrujaba una y otra vez la mano de Perly, y alargaba el otro brazo para rodear la cintura de su esposa, mientras ella se reía y se sonrojaba.

Todos se pusieron en pie y empezaron a salir de los bancos poco a poco, como ausentes, completamente absortos en el grupo de personas que se apiñaba en torno al subastador. Todos tenían los ojos puestos en la puerta lateral, por si alcanzaban a vislumbrar una vez más a Michael y a la niñita.

Mim y John apenas si se dijeron nada mientras regresaban en la camioneta. El camino de grava café se desdibujaba bajo la última luz de la tarde y los árboles se cerraban sobre ellos en lo alto, envueltos en negrura. Mim iba agarrada a los bordes del asiento y planeaba con todo detalle cómo arreglarían la zona de carga de la camioneta para que toda la familia pudiera dormir en ella. Dormirían con Hildie abrazada entre ambos. John se imaginaba el pasto tal como había sido aquella misma mañana, teñido del gris pálido de la escarcha, la exuberante hierba de la bruja al borde del arroyo que crujía al pisarla, Hildie con el gran suéter naranja que había heredado y el gorro de lana de color verde corriendo y resbalando, corriendo y resbalando por la pendiente de la colina.

Mim bajó a tierra antes de que la camioneta hubiera parado del todo.

—¿Dónde está Hildie? —gritó a la Yaya, en el mismo instante de irrumpir en la cocina.

La Yaya estaba sentada en perfecta quietud sobre la vieja silla de madera, sin cobija ni chal, con sus manos nudosas entrelazadas.

—No lo sé —respondió.

—¿Cómo que no lo sabes?

—Un coche se detuvo en el patio a las cuatro menos veinte...

John entró por la puerta trasera.

—¡Dios mío, Dios mío! —gritaba Mim—. ¡Hildie no está! ¡Se la llevaron!

—No han sido los del coche —le dijo la Yaya, mientras se levantaba de la silla—. Eran unos desconocidos, un hombre y dos mujeres. Ni siquiera abrieron la puerta. No hicieron más que estirar el pescuezo y luego se dieron la vuelta, y eso fue todo.

—¿Pues entonces dónde está? —susurró Mim.

—Estábamos jugando a las cartas cuando de pronto levantó la cabeza con ojos como platos y exclamó: «¡Un coche, Yaya!». Y entonces se levantó y corrió a esconderse, como ustedes le dijeron. El coche se fue y llamé a la puerta, pero Hildie no ha salido. Ya me entienden, le dijeron a la niña que se escondiera, pero no le dijeron nada de volver a salir.

—¿Tuviste el coche a la vista en todo momento? —insistió John.

—Ese coche no era nada —replicó la Yaya—. Pero un montón de peligros rondan por aquí.

Mim corrió al establo. Al llegar a la caballeriza encontró el heno revuelto y la vieja manta del ejército tirada de cualquier manera, pero ni rastro del suéter naranja de Hildie.

—¡Hildie! —llamó. Y volvió a llamar más fuerte, y más fuerte todavía. Su voz llegaba al pajar repleto de heno que se hallaba en lo alto y moría allí. Los montantes estaban ya cubiertos de telarañas, como si aquello llevara varios años abandonado.

Mim subió corriendo por las escaleras hasta el piso de arriba, pero Hildie no estaba en su columpio.

—¡Hildie! —llamó. Oyó crujir los escalones y bajó a tropezones por las escaleras, mientras iba repitiendo como si tarareara—: Hildie, Hildie... —Pero tan solo era John—. ¡Hildie! —chilló.

—Basta —le dijo John, y la agarró por los hombros cuando empezaba a correr hacia la puerta—. Vamos a pensar. ¿A dónde se le ocurriría ir?

—Se la llevaron —gritó Mim, mientras pugnaba por zafarse de sus brazos—. Ya lo escuchaste, quieren quitárnosla.

John la soltó, y Mim se echó a correr en torno al establo hasta llegar al montón de arena.

John entró en la casa y llamó a Lassie. La vieja perra se incorporó y meneó el rabo.

—Ve por Hilde —le ordenó John, y señaló a la puerta—. ¿Dónde tenemos a Hildie, viejecita?

Lassie meneó la cola, entristecida, y se dejó caer sobre la alfombra. John cerró la puerta y se quedó con el cuerpo apoyado contra ella, mientras sus ojos escudriñaban el patio.

—¿Hildie? —llamó, y nada pudo su voz frente a la noche que avanzaba. Agarró la barra de hierro que se hallaba al extremo de la cuerda y golpeó una y otra vez el enorme gong herrumbroso.

Mim vino corriendo y se quedó sin aliento a su lado.

Ya casi estaba oscuro. El gong dejó de sonar y ya solo se oyó el viento.

—Ve al estanque. Yo iré a mirar en el prado —dijo John.

Mim, obediente, bajó por el sendero hacia el estanque, con la mirada perdida en la maleza, en busca de la mancha reluciente de color anaranjado que sería su niña. Pero al llegar a la grava de la orilla del estanque, descubrió el carrito de Hildie, lleno de grava hasta la mitad y coronado con un balde de plástico reventado por debajo y una vieja cuchara con la plata desgastada.

—¿Hildie? —llamó, pero ya le faltaban fuerzas a su voz. Trató de recordar si durante los últimos tiempos había visto el carrito. El estanque era de un color grisáceo reluciente y granuloso, como el del granito pulido que se usa en las lápidas mortuorias. La mujer no alcanzaba a ver bajo la superficie—. ¿Hildie? —repitió en voz baja. El agua se acercaba a la orilla en silenciosas y rítmicas ondas. Y eso fue todo. Mim se cubrió los labios con ambas manos y escuchó. Por momentos, el estanque que se encontraba frente a ella se oscureció, a medida que anochecía.

Y entonces oyó la risa rápida y ligera a sus espaldas, y al darse la vuelta vio que Hildie corría hacia ella por el sendero, con el suéter naranja erizado de virutas de heno.

La agarró con sus brazos y sacudió la cabeza, sollozando sin lágrimas contra el suave cuerpo de la niña.

Hildie trató de zafarse de ella, confundida.

—Me había escondido, mamá —explicó—. Como tú me dijiste. Hice lo que tú me dijiste. Me escondí aún mejor de lo que tú me dijiste. Oí un coche y me escondí. He estado escondida mucho, mucho rato. Y entonces oí nuestra camioneta. Oí que me llamaban y que tocaban el gong.

—¿Por qué no viniste? —lloriqueaba Mim.

—Quería que vieran lo bien escondida que estaba. Me dijeron que me escondiera todavía más si los que venían eran amigos. —La niña sonreía, y se habría reído, si no se hubiera dado cuenta de que se había equivocado en algo—. Estaba tan bien escondida que no me encontraban.

—¿John? —llamó Mim, pero su voz era débil.

—Estoy muy cansada, mamá —dijo Hildie, y se abrazó con fuerza a Mim. Entonces, al darse cuenta de que no la iba a castigar, se soltó y le dijo—: ¿Quieres ver dónde me había escondido?

Mim asintió. A duras penas veía el rostro de Hildie en la oscuridad.

—Bajo el heno de arriba —explicó con una risita—. En la caballeriza casi no hay heno. Soy demasiado grande para tan poco heno.

Pero Mim la jalaba ya de la mano para llevarla a casa.

—¡Vaya susto nos has dado! —exclamó.

Mim hizo pasar a Hildie por la puerta de la cocina y la Yaya suspiró con alivio. Luego la mujer se echó a correr hacia el prado en lo que ya casi era la oscuridad de la noche, sin aliento, llamando a John.

10

El miércoles, John no tomó el desayuno, ni siquiera la taza de achicoria. Se sentó en el banco, con la parte de arriba de la pijama bajo la camisa, y se quedó mirando pensativo el negro metal de la cocina.

—¿Cuándo nos iremos? —preguntó Mim. Y repitió con voz más fuerte—: ¿Cuándo nos iremos?

Pero John no respondía. El peso de su silencio llenaba toda la cocina.

Por fin, Mim dio un manotazo sobre la mesa que estaba al lado.

—¿Me vas a decir lo que vamos a hacer? —gritó.

John volvió hacia ella sus ojos airados.

—Vete al diablo —le dijo.

La Yaya salió de la cocina como enfadada y cerró de un portazo, y se quedó en la sala.

—¡Como si todo esto fuera por mi culpa! —gritó Mim. Entonces sus ojos encontraron a Hildie, que se mecía de un lado para otro en el rincón, chupándose el dedo—. Hildie —le dijo con voz suave—. Mi pobrecita Hildie. Ven.

Y la persuadió para que se pusiera la chamarra.

Agarradas de la mano, Mim y Hildie salieron en dirección al establo y echaron una mirada por allí. Mim pateó las tablas que estaban al pie de la escalera, luego sacó dos al azar y midió su longitud contra la de la camioneta. Mucha gente acondicionaba las camionetas para transformarlas en caravanas.

Levantó la vista y vio que la Yaya la observaba desde la ventana de la fachada principal, y movía los labios, como si informara a John de todos los movimientos de Mim. Entró en el establo, seguida todavía por Hildie, y buscó algo que pudiera utilizar como sierra. Cuando volvió a salir, la Yaya aún la observaba. Mim se colocó al otro lado de la camioneta, donde la Yaya no la pudiera ver. Recostó el cuerpo contra la puerta y contempló el estanque inmóvil. Hildie saltó a sus brazos y poco a poco la mujer se dio cuenta de que ambas podrían arreglárselas muy bien en la cabina. Podrían compartir asiento. Al darse cuenta de que se irían tan solo ella misma y Hildie, todo se volvió más sencillo. Al menos, hacía que fuera más sencillo el problema del acondicionamiento. Volvió a llevar las tablas de madera al establo y subió con pasos lentos por el camino que llevaba hasta la puerta de la cocina.

Pero llegó el jueves y Mim aún no se había atrevido a hacer nada. Era un día frío. Mim y John se tomaron la avena y se quedaron en la mesa bebiendo té de abedul, casi como si hubiera sido un día normal.

—¿Es jueves? —preguntó Hildie—. ¿Qué se van a llevar?

—El tractor —respondió Mim—. Eso es lo que toca.

Perly abría la marcha sendero arriba. Su corpulencia avanzaba hacia la casa de los Moore con la callada ligereza que caracterizaba todos sus movimientos. Estaba reflexionando, sin pestañear siquiera ante la pequeña familia que se apiñaba al otro lado del vidrio de la contrapuerta y lo estaba observando mientras se acercaba. Se detuvo en los escalones de granito de la entrada para limpiarse las botas de trabajo y luego abrió él mismo hacia afuera la contrapuerta e hizo lo que venía a ser una media inclinación ante los Moore.

La Yaya se encontraba algo más atrás que John y Mim, pero fue a ella a quien tendió ambas manos.

—¿Cómo se encuentra usted, señora Moore? —preguntó.

Detrás de él, también sobre los escalones de la entrada, se hallaba Gore, aún más rubicundo que de costumbre, con la mano derecha pegada a la pistola.

La Yaya levantó la cabeza y sus menudos rasgos se dibujaron con nitidez en su rostro. Miró a los ojos a Perly y le dijo:

—Me encuentro mal, ya que me lo pregunta. Y todo por su culpa. Usted aquí con sus buenos modales. Y ese un poco más atrás con la pistola. Si tuviera unos años menos los habría enfrentado desde el primer día, en vez de dar tantas vueltas.

Mientras hablaba, la Yaya se había ido acercando con dificultad a Perly, hasta tenerlo enfrente.

Perly bajó los ojos hacia ella, con el rostro lleno de preocupación. Alargó la mano poco a poco y con el dedo índice apartó los cabellos de la frente de la Yaya.

La anciana contuvo el aliento y retrocedió, y estuvo a punto de tropezar con John. Luego se giró y se alejó por la cocina. Sus bastones golpeaban el suelo con irritación.

—Veo que la edad empieza a notarse. ¡Cuánto lo lamento! —le dijo Perly a John.

John aguardó largo rato sosteniéndole la mirada a Perly, y luego se volteó con un movimiento brusco y arrojó las llaves del tractor a Gore. Estas le golpearon el torso y el policía saltó hacia atrás e hizo un torpe intento de desenfundar la pistola. Las llaves rebotaron y fueron a parar a la hierba que estaba junto a los escalones de la entrada. Gore se había quedado inmóvil, pálido, y tenía la vista fija en John, y por fin su mano descansó sobre la culata de su arma, con la funda desabrochada.

—¡Qué pasa con este bravucón! —le dijo John a Gore, pero Gore se quedó donde estaba. Aferraba el arma con tanta fuerza que se le habían quedado blancos los nudillos.

—¿Las llaves del tractor? —dijo Perly, y enarcó una ceja—.

Me imagino que sí. Espero que funcione bien. —No se había separado del grupo de personas apiñadas junto a la puerta, ni siquiera para esquivar las llaves, que habían pasado volando frente a su nariz—. Y ahora no te pongas nervioso —dijo—. Solo quiero darle un poquito de cariño a mi amiga que está aquí.

Sin esfuerzo alguno, dobló el cuerpo entre Gore y John, y acercó la cara a Hildie, que estaba sentada en brazos de Mim.

Mim apartó la mirada y trató de voltear la cabeza de Hildie hacia su propio hombro, pero la niña se giró hacia el subastador con una sonrisa radiante.

—Bueno, Hildie —preguntó Perly—. ¿Te gustaría ser rica? Así tendrías ropa bonita y muchos juguetes. ¿Y bajar al pueblo por Navidad para ver a Santa Claus? Serías casi como una princesa. Si hasta podrías tener un perro como Dixie.

La sonrisa de Hildie era deslumbrante.

—¿Sabes que soy mago? —preguntó el subastador, sonriendo a su vez—. Veré qué puedo hacer. —Ya había entrado en la sala y se volvió hacia la puerta para dirigirse a John—. ¡Qué lugar tan bonito! —le dijo—. ¿Cuántas hectáreas decías que tenía? Ese prado… deben de ser unas quince, ¿y qué más? ¿Qué superficie de pinar?

—Si tantas ganas tienes de informarte sobre mis propiedades —le replicó John—, ve a la capital del condado y consulta el catastro.

Perly sonrió. Sus perfectos dientes relucían en su rostro moreno.

—Si no me falla la memoria, llegaban hasta las noventa y cuatro y media.

Apoyó el cuerpo contra la mesa y miró por la cocina.

—Bonita cocina —dijo—. Una verdadera antigüedad. Seguro que también sirve para mantener cálido este espacio. Hoy en día se compran para decorar salas de juego.

Perly calló unos instantes. Estaba valorando aquella sala con una media sonrisa que era casi de nostalgia.

Por fin, sus ojos hallaron la mirada curiosa de Hildie, y entonces le tendió la mano y la pasó por su cabello reluciente.

—Se me ocurrió que me sentiría muy a gusto aquí —comentó, con un deje de nostalgia que suavizaba su voz—. Aquí y en Harlowe.

Miró largamente a la Yaya y luego a Mim, y después se volteó y se dirigió a la puerta.

Cuando ya tenía la mano en la manija, se giró de repente hacia John.

—Yo no te había pedido tu lindo tractor —dijo con aspereza—. Tenlo en cuenta. No estoy seguro de que vaya a agradecerte ese regalo.

Y entonces, bajo la mirada de todos ellos, Perly salió por la puerta y descendió por el sendero.

Pero Gore, con la mano en la culata del arma, y los Moore, apiñados en la puerta, se quedaron como estaban, inmóviles como animales bajo un foco.

Perly subió a la camioneta y cerró la puerta de golpe. Gore no se había movido y el sudor le bajaba en grandes gotas por las sienes.

Perly tocó la bocina.

—Dios mío —dijo Gore, y bajó de espaldas por los escalones de la entrada.

John soltó una risita.

—Se marcha sin darnos la espalda —dijo—. Sí, vamos. Como si fuéramos reyes.

Gore se dio la vuelta y se marchó a toda prisa por el sendero.

—¡Eh! —llamó John—. Te olvidas de lo que venías a buscar.

Gore se volvió hacia la familia y dio como un paso hacia el establo, y entonces recordó que no tenía las llaves.

—Para ser uno de los peces gordos, eres bastante torpe —le dijo John.

—John, por el amor de Dios —susurró Mim a sus espaldas.

Gore desenfundó la pistola y avanzó poco a poco hacia John

por el sendero, apuntándole con el arma. Cuando estuvo en la entrada, se agachó para recoger las llaves, las buscó a ciegas por la hierba. Entretanto, sus pequeños ojos azules no perdían de vista a los Moore.

Una vez tuvo las llaves en la mano, retrocedió hacia el establo.

—¿Qué ha sido de toda tu jactancia, Bobby Gore? —preguntó John, siguiéndolo poco a poco hacia el establo, siempre a una distancia de unos tres metros—. ¿Se te traba la lengua ahora que estás viejo? ¿Ya no te apetece chismorrear?

—Quédate donde estás —dijo Gore, y John se detuvo. Se quedó allí como si nada, con las manos bien adentro de los bolsillos del overol de trabajo.

Gore estaba indeciso cerca de la barra del remolque. Vacilaba en enfundar el arma para llevar a cabo su tarea.

Perly hizo retroceder la camioneta hasta el tractor y se asomó por la ventana para mirar a Gore.

—Guarda esa pistola, Bob —gritó—. Estás ante personas respetuosas de la ley. Si sigues jugando con esa pistola, terminarás por pegarle un tiro a alguien.

Gore, cauteloso, dejó el arma sobre el guardafango del tractor y empezó con su trabajo. Perly cerró la ventanilla y se apoyó en el volante mientras esperaba.

—¿El cristal de Dunsmore es a prueba de balas? —preguntó John—. No parece que se fíe mucho de ti.

Gore agarró bruscamente el arma que había dejado sobre el guardafango. La empuñó con ambas manos, casi como si le pesara demasiado, y apuntó hacia John. Mim gritó.

—¡Cállate! —le gritó Gore, y luego levantó ambos brazos y tiró del gatillo.

La bala perforó una ventana del piso superior y dejó un limpio orificio en el centro de una telaraña de grietas.

John se quedó quieto del todo, con los brazos cruzados, y miró mientras Gore subía a la camioneta y los dos hombres se alejaban en el vehículo. Perly no conducía a gran velocidad, con potencia, como habría deseado Gore, sino de manera cuidadosa, calculada, debido al pesado tractor que se balanceaba tras ellos en precario equilibrio sobre el camino de tierra por el que se alejaban de los Moore.

—¡Ahora sí lo echaste a perder, tendremos que irnos! —le gritó Mim a John en cuanto el hombre entró de nuevo en la casa. Iba a arrojarse sobre él y se detuvo—. ¡No tienes ningún derecho a hacerte matar! —le gritó—. ¡Ningún derecho!

—Él no tiene derecho a ponerte la mano encima a ti, ni a la Yaya, ni a Hildie.

—Pues entonces llévanos bien lejos de aquí —gritó Mim.

—No vamos a huir —bramó John.

—Sí vamos a huir —gritó Mim—. Vamos a huir. Vamos a huir.

John la miró y se empezó a reír.

—¡Para ya! —gritó Mim. Alargó la mano para hacerlo callar, pero John se zafó de ella y se rio más fuerte que antes, plegó el cuerpo de lo fuerte que se reía.

Mim agitó el puño con el brazo en alto y le dio un golpe en el hombro, un golpe duro.

—¡Ayy, ayy! —se quejaba John, ahogándose con su propia risa—. ¡Ya basta!

Mim retrocedió y sus ojos se llenaron de lágrimas. Se quedó llorando, sin cubrirse la cara, mirando a John con incredulidad.

—Déjalo ya —dijo el hombre, sobándose el brazo—. Iré a comprar la cena de Acción de Gracias para toda la familia.

John arrancó la camioneta y la hizo rugir por el camino, con tal resolución que iba dando palmadas sobre el volante a un ritmo lleno de vitalidad. Pero la imagen de las tres caras pálidas que había dejado en su hogar no se desvaneció a medida que se alejaba, sino que cobró mayor vivacidad, hasta el punto de que casi le pareció sentir la pesadez del aliento de todas ellas sobre su propio rostro.

Hizo los recados a toda prisa. Llenó el depósito de la camioneta en Linden y compró un pollo, un puñado de plátanos y cuatro litros de leche. Fanny le entregó el cambio y metió en bolsas todo lo que había comprado. Al mismo tiempo le iba informando con su habitual voz monótona y llena de aburrimiento.

John no respondía, pero sí escuchaba, y él mismo se quedó sin respiración al pensar en su familia, que se hallaban a tanta distancia, sin ningún amparo.

En cuanto estuvo en un lugar donde no podían verlo desde la calle Mayor, pisó a fondo el acelerador de la vieja camioneta, hasta el punto de resbalar sobre la grava en cada una de las curvas. Frenó cuando ya estaba casi en la puerta, salió de la cabina e irrumpió en la sala. Se detuvo en el umbral. La Yaya pelaba papas en la mesa y Mim estaba sentada en el banco al lado de la cocina. Acunaba a Hildie y le cantaba la canción del abecedario. Se dio cuenta de que la mujer, por el momento, no insistiría en marcharse. La lámpara arrojaba un alegre resplandor en aquella tarde gris y volvía más profundos los colores de la sala.

—¡Todo está bien! —exclamó, con una extraña sensación de placidez.

—Si te parece que es así… —respondió la Yaya.

John dejó las compras encima de la mesa.

—Por una vez vamos a comer de manera decente —afirmó—. Después de todo, el Día de Acción de Gracias todavía es fiesta. Tendrían que haber sentido los olores que escapaban de la cocina de Linden.

Pero Mim ya estaba contando lo que les quedaba en el bote al añadir el cambio que traía John.

—Ciento treinta y dos —dijo—. Quince dólares menos en tan solo una semana. Ciento treinta y dos dólares no es mucho.

—¡Qué diablos —exclamó John—, ya es algo! —Estaba fuera de sí. El hogar no le había parecido nunca tan precioso ni tan confortable—. Ese pobre imbécil de Jim Carroll. Primero perdió al muchacho y luego se marcha y pierde también sus tierras. Él y los chicos que le quedaban, se fueron de pronto. Llevaron a Emmie a esa residencia que está donde el Circle y se largaron. Ni siquiera ella sabe a dónde han ido.

—Eso es lo que cuenta ella —respondió Mim—. Sabe que tanto a él como a los niños les convenía marcharse.

—La finca de Carroll debía de contar con cuarenta hectáreas desbrozadas —replicó John—. Seguro que el próximo verano Dunsmore hará su agosto con ellas.

—¿Cómo puedes bromear con esto? —respondió Mim, harta.

Pero John habló sin parar durante toda la cena y después se arrastró por el suelo con Hildie a cuestas, dando golpes y aullando para que se riera todavía más. Mim fruncía el ceño, incómoda, y la Yaya agarró los bastones y abandonó la sala.

En cuanto Hildie se durmió y la Yaya se instaló en la sala, Mim se cepilló los dientes, envolvió en toallas los dos últimos ladrillos que había calentado sobre la cocina para que caldearan la cama que compartía con John y luego hizo la ronda por toda la casa, para asegurarse de que todos los cerrojos que había instalado estuvieran bien corridos. En ese momento entró John, con el traje y una camisa blanca en las manos.

—Necesito un baño —dijo.

Mim se detuvo frente a él con los ladrillos abrazados contra el cuerpo.

John colgó la percha del traje en uno de los ganchos que estaban junto a la puerta, vertió en la olla grande de la cocina el agua que quedaba en las cubetas que estaban bajo la tarja, agarró las cubetas vacías, abrió la puerta trasera y salió para ir al pozo.

Al sentir la fría ráfaga de aire que provenía de la puerta, Mim revivió. Retornó los ladrillos a la cocina, abrió el regulador de tiro para que su fragorosa llama calentara toda la estancia y descolgó la tina grande de metal galvanizado que colgaba de un gancho al pie de las escaleras del sótano. Colocó una toalla limpia en una cuerda que colgaba sobre la cocina, para que se calentara.

Cuando John regresó con el agua, la mujer le preguntó:

—¿A dónde vas?

—A denunciar a ese tal Perly —le respondió John—. Ya es hora de que alguien lo haga.

John salió a las cinco de la mañana, pero sus planes habían cambiado un poco. Se había puesto los pantalones de trabajo de color verde oscuro y la chamarra a cuadros rojos y negros que solía ponerse para ir al pueblo.

—Perly tiene amigos en Concord, eso seguro —le había dicho Mim—. Si tropezaras con uno, las tres estaríamos aquí, Hildie, la Yaya y yo, sin manera de enterarnos ni camioneta para escapar. Lo que tengas que decir puedes decirlo igual por teléfono que si vas en persona.

No estaba nada claro a dónde iría. Aun así, al pasar frente a las oscuras casas de la Ruta 37, se sintió como si detrás de cada una de las persianas cerradas hubiera unos ojos que siguieran sus movimientos. Conducía con cautela. Se sobresaltaba cada vez que le parecía vislumbrar algo en el bosque, más allá de las zanjas de drenaje. Se decía a sí mismo que había sido absurdo no querer ir hasta Concord a plena luz del día. Solía ir por lo menos una vez al mes a comprar piezas para esto, o aquello. Y, sin embargo, lo que planeaba era ir antes de que amaneciera y regresar cuando ya hubiera anochecido.

Al entrar en la autopista, aprovechó para cambiar un billete de cinco dólares por monedas de diez centavos en el peaje. El alba lo sorprendió en la amplia calle principal de Concord, que estaba casi desierta. La recorrió en línea recta hasta salir por el otro extremo. Ya en las afueras, halló un centro comercial que se ajustaba a sus propósitos. Estacionó la camioneta y se dio cuenta de que a aquella hora temprana no había casi nadie en el solar de seis hectáreas, y que llamaba mucho más la atención que si se hubiera hallado en Harlowe. Con todo, se obligó a sí mismo a comer una papa fría y aguardó sin hacer nada en el asiento polvoriento. Al pasar las horas, vio como los comerciantes llegaban, las tiendas abrían y el estacionamiento empezaba a llenarse de coches, camionetas y pequeños camiones.

A las diez y media, con el estacionamiento medio lleno, la acera bullía de compradores. John tomó su montón de monedas y se metió en una de las cuatro cabinas telefónicas que había frente a la heladería *Friendly Ice Cream*. Por unos instantes se quedó dentro de la cabina sin hacer nada, dejó que su aliento empañara el cristal, observó a las madres que llevaban a sus rollizos niños a la heladería de dos en dos, les limpiaban la barbilla con servilletas de papel y les subían la cremallera del abrigo.

—Lo pondré en contacto con la sede gubernamental de New Hampshire, señor —dijo la operadora y, sin aguardar a que John respondiera, pasó la llamada, y un teléfono sonó al otro extremo de la línea.

—Estado de New Hampshire —dijo la voz de una segunda mujer, y John pidió de nuevo hablar con el gobernador.

—No cuelgue, por favor —respondió la voz.

La espera fue larga. Al fin se oyó la voz de la operadora de la compañía telefónica, que le pidió que introdujera otra moneda de diez centavos.

En cuanto John la introdujo, otra voz de mujer le dijo:

—Oficina del Gobernador. ¿En qué puedo servirle?

—Quiero hablar con el gobernador —dijo John con voz contenida.

—El gobernador no está disponible, señor —respondió la voz, que parecía surgir del otro extremo de una cuerda de regaliz—. Si pudiera decirme cómo se llama y en qué consiste el problema, tal vez pueda ayudarle.

John se mordió los nudillos. Frente a la cabina telefónica pasaban mujeres y más mujeres, con carritos de compra donde llevaban niños pequeños con paletas en la boca.

—¿Aún está usted ahí, señor? —preguntó la mujer.

—Sí, sí estoy —respondió John—. Hay un problema y quiero presentar una denuncia.

—En ese caso debería llamar usted a la policía, señor. Llame al número 225-2706.

—No —insistió John—. Esto es un caso que tiene que resolver el gobernador.

—Ya se lo he dicho, señor. En estos momentos el gobernador no está disponible. Pero si contacta usted con la policía, esta intervendrá a través de los canales apropiados.

John se cortó con los dientes un padrastro del dedo índice y trató de pensar qué detalle podía contarle para convencerla de que le dejara hablar con el gobernador.

—Le agradecemos su llamada, señor —dijo la voz, y se oyó un clic. El dinero de John cayó a la caja del teléfono y se volvió a oír el tono de llamada.

Se dio cuenta de que había olvidado el número. Llamó a la operadora.

—Necesito a la policía —dijo.

—¿Es una emergencia? —preguntó la mujer.

—No —respondió John. Luego, después de pensarlo, añadió—: Bueno, sí, sí lo es.

Pero la operadora ya no estaba en la línea.

En algún lugar, un teléfono sonó, y sonó, y sonó. Una familia pasó frente a la cabina telefónica. John se volteó para mirarlos mientras pasaban. Un hombre y una mujer, y dos muchachitos vestidos exactamente igual, con overoles de invierno color café.

Por fin, una voz cansada de hombre dijo:

—Policía.

Y la operadora dijo:

—Por favor, deposite diez céntimos por los tres primeros minutos de llamada.

John metió el dinero y el hombre dijo, esta vez con un toque de impaciencia:

—Le habla la policía.

—Quiero informar de un problema —dijo John.

—¿Qué clase de problema? —preguntó la voz cansada.

—Mire, es algo que ocurre en Harlowe.

—¿Harlowe? ¿Dónde está eso?

—Harlowe —repitió John, recalcando la voz.

—Si se refiere al pueblo de Harlowe, debería ponerse en contacto con la policía del Estado. Llame al 271-3181.

—Ah —dijo John.

—Siempre a su servicio —respondió el policía, y colgó. El dinero de John cayó a la caja y se volvió a oír el tono de llamada.

John llamó de nuevo a la operadora. Cada vez que marcaba le salía una operadora distinta.

En esta ocasión le respondieron casi antes de que se oyera el tono de llamada.

—Policía, estado de New Hampshire —dijo una voz—. ¿Qué desea?

—Quiero informar sobre un problema.

—¿Es una emergencia, señor?

—Podríamos decir que sí.

—¿Dónde se encuentra usted? Le mandaremos ahora mismo a alguien.

John miró alrededor.

—Es que no es eso. No es una emergencia de ese tipo. No necesito que venga alguien ahora mismo. Es que ocurre que...

—¿Es una emergencia, señor, o no lo es?

John vaciló.

—No es una emergencia que haya que resolver al minuto —respondió—. Digamos que es una emergencia que habría que resolver en una semana.

Hubo unos instantes de silencio, y luego:

—Por favor, explíqueme en qué consiste el problema.

—Mire, es que en realidad los problemas que hay son un montón —empezó a decir John, y luego se calló.

—¡Sí, eso ya lo ve todo el mundo! —replicó la mujer—. ¿Qué clase de problemas? ¿Cuándo? ¿Dónde?

—Pues verá, es que es un problema que ya lleva siete meses que han pasado todo tipo de cosas y parecía que no pasara nada. Esto fue en abril...

—¡En abril! ¿Y nos avisa ahora?

—Es que es lo que le decía, señora —respondió John—. Todo venía envuelto en palabras bonitas y yo no me imaginaba que esto sería tan malo.

—Ah, vale, ya entiendo. Es algo que todavía está ocurriendo, ¿no? —preguntó la mujer con voz enérgica—. ¿De qué se trata? ¿Es un caso de extorsión, o algo por el estilo?

—¿Disculpe, señora?

Hubo un momento de silencio y luego se oyó un suspiro, y la mujer dijo:

—Mire, empiece por decirme cuál es su distrito, así podré ponerle en contacto con el supervisor que le corresponda. Dígame, ¿dónde está usted?

—En Concord, señora.

—Concord tiene una fuerza de policía propia, señor —respondió la mujer—. Le aconsejo que los llame. En caso de que ellos consideraran oportuno llamarnos a nosotros, ya nos llamarían.

—Ya los he llamado, señora, y me dijeron que como el problema es en Harlowe…

—¿En Harlowe? —dijo la mujer—. Pero por el amor de Dios, ¿por qué no ha empezado usted por ahí? Le pondré en contacto con, hum, a ver... el capitán Sullivan.

El teléfono enmudeció durante un rato que se hizo muy, muy largo, y John tuvo que meter dinero de nuevo.

Por fin, se oyó una enérgica voz masculina:

—Le habla el capitán Sullivan. Según tengo entendido, considera usted que hay algún tipo de problema en Harlowe.

—Sí, eso es —respondió John, aliviado.

—¿De qué problema se trata?

—Es que llegó un subastador, señor. Un forastero. Primero recorrió medio pueblo y logró que la gente le entregara sus pertenencias de toda la vida para venderlas en sus subastas. Y luego hubo un montón de accidentes, de todos los que no veían las cosas a su manera. Y ahora quiere tierras y niños vivos.

—¿Las tierras y los niños de quién? —preguntó el hombre.

—De todo el mundo, señor. De todos los que no son auxiliares de policía. Ni del médico, ni del tendero, ni algunos otros.

—Pues no parece que esto afecte a todo el mundo. ¿Está pasando usted por una situación difícil? ¿Es eso lo que me quiere decir?

—No, señor. Bueno, sí, la verdad es que quizá sí...

—¿Ha hablado usted sobre todo esto con Bob Gore? —preguntó el otro—. Pienso que Gore entenderá su situación mejor que yo. El martes pasado hablé con él y me dijo que Harlowe está pasando por una época de prosperidad. La construcción, la gente nueva que está llegando, el dinero que entra a espuertas... Si pasa usted por dificultades, quizás el ayuntamiento le eche una mano. Tal vez le ayude a pasar el invierno. ¿Acaso está usted incapacitado para trabajar?

—¡No, de ninguna manera!

—Pues entonces...

—Es que no se trata de eso. Se trata de que ese subastador está exprimiendo a la gente del pueblo.

—Si se refiere usted a Perly Dunsmore —respondió la voz, entre risas—, le diré que ese hombre es lo mejor que le ha ocurrido jamás a Harlowe. Ese es un hombre que sabe hacer las cosas bien. Pero entiendo que algunas de las familias de antes prefieran el estilo de vida de antes y no quieran adaptarse a los tiempos que corren. Los grandes promotores del desarrollo siempre encuentran enemigos. Pero mire, le conviene a usted adaptarse a ello. Estamos en el siglo XX. El progreso no se va a parar por nada. Por lo que respecta a Dunsmore, es tres veces más inteligente que la mayoría. Un triunfador nato. Más le valdría a usted considerarse afortunado.

—Yo no tengo nada contra el siglo XX —replicó John—. Lo que está haciendo Perly no tiene nada que ver con ningún siglo.

—Mire, se equivoca usted, eso está claro, pero de todos modos escúcheme. ¿Cómo había dicho usted que se llamaba? Quizá podría venir aquí y hablaríamos de esto.

Moore sostenía el auricular a la altura del oído. Mim le

había dicho: «Hagas lo que hagas, no pronuncies el nombre de Moore». Y la Yaya había replicado: «Triste será el día en el que te avergüences de decir que te llamas Moore». John sacó un pañuelo y se secó la frente. La cabina de teléfonos estaba tan empañada que ya no veía nada de lo que había fuera.

—¿Hola? —dijo el capitán Sullivan.

John colgó.

Abrió la puerta y respiró el aire frío. Trazó garabatos con la uña en el cristal empañado del interior, pensando en que el capitán Sullivan se había dado cuenta en seguida de que le hablaba sobre Perly.

Al fin, cerró la puerta y llamó de nuevo a la operadora.

—Póngame con la sede gubernamental del estado de New Hampshire, por favor —dijo.

La mujer con voz de regaliz se puso al teléfono y John le dijo:

—Hablé con la policía, y también con la policía del estado, como usted me dijo, y no quieren ayudarme en nada. Tiene que ponerme usted en contacto con el gobernador.

—No tengo ninguna obligación de hacerlo, señor. Dígame, ¿no había hablado ya con usted?

—Sí, ya se lo he dicho, señora —respondió John, mientras sentía que empezaba a sudar bajo el cuello de la chamarra con forro de lana.

—¿Qué problema tenía usted?

—En el lugar donde vivo hay un hombre que les quita a los demás sus niños, la carne de su carne y sangre de su sangre. Dispara a algunas personas, les derriba el invernadero, y les sabotea la dirección del coche para...

—¿Quién me dice usted que está haciendo qué?

—El subastador.

—¿No me llamó también la semana pasada?

—No, señora. No. No fui yo.

—Pues yo diría que sí. Todo esto ya me suena.

—No, no —insistió John, al tiempo que cobraba ánimo—.

Pero somos muchos los que estamos sufriendo esto. Parece lógico. Seguro que también han llamado otros.

—Escúcheme. Recibimos llamadas de chiflados sin parar. No se creería usted las llamadas que recibimos. Llamadas obscenas. Uno que quiere que el gobernador vaya a la fiesta de cumpleaños de su abuela. Personas que cuentan las cosas más increíbles. Sabe usted, el otro día llamó un hombre que pensó que yo era la mujer del gobernador.

La voz soltó una carcajada.

—Por favor, señora —insistió John—. Nadie me había llamado chiflado en toda mi vida. En todo este tiempo me he ocupado de mis asuntos, he esperado, he confiado en que todo esto terminaría. En toda mi vida había presentado una queja. Dejo que lo hagan otros más preparados que yo. Pero ya no puedo esperar más. Iré muy rápido. Tres minutos. No puede usted decirme que no, cuando el motivo es tan importante.

—Lo siento, señor —respondió la mujer, al tiempo que volvía a su voz de regaliz—. El gobernador no puede atender a cualquiera que llame. Tiene usted que comprender que está muy atareado. Acaba de terminar la campaña electoral y se acercan las Navidades. Y además hubo ese incendio tan terrible en Manchester y está muy ocupado tratando de organizar los auxilios. Y en estos momentos todos sus ayudantes también tienen mucho por hacer: la presa que reventó en Artemis y que dejó a toda esa gente sin hogar, los problemas de asistencia social del Estado, no se imagina usted lo difícil que es eso.

—Pero es que yo también le estoy hablando de personas con problemas —dijo John, pero no estaba seguro, ni siquiera en el mismo momento de exponer sus súplicas, de que su problema fuera tan importante como aquellos otros. Al fin y al cabo, una presa reventada es algo muy evidente.

—A mí me parece que su problema es cosa de la policía —repitió la mujer.

—¡Pero por favor, ¿a quién tengo que llamar?! —exclamó John, sintiendo que el calor le subía a la cara con rapidez—.

Ya los llamé a todos. ¿Qué es lo que tengo que hacer ahora? ¿Reventar otra presa? ¿Pegar fuego a un pueblo entero?

—Con eso sí lograría que le hicieran caso —dijo la mujer entre risas. John no respondió, y entonces le dijo—: Mire, si está usted tan preocupado, podría venir aquí y hacer una declaración formal. Las muchachas de la oficina le explicarán cómo. Si quiere usted presentar cargos, le ayudaremos con los formularios y lo llevaremos a ver al juez. Pero todo eso no puede hacerse por teléfono. ¿Cómo voy a saber quién es usted?

—Eso no puedo hacerlo —gimoteó John—. Son muchas las personas dispuestas a arrebatarme a mi niña, a pegarle un tiro a mi mujer… solo Dios lo sabe bien.

—Señor, si cree usted que necesita protección policial, debería hablarlo con la policía —respondió la mujer, con voz más amable.

John se quedó agarrado al teléfono, hasta que la mujer le preguntó si seguía allí y si no quería ir a la oficina. Entonces se sintió incapaz de decir nada más y colgó.

11

Volvió a la camioneta con el cuerpo adolorido de puro cansancio. Cruzó los brazos sobre el ancho volante negro y apoyó la cabeza encima. Aún creía más o menos en la policía, a pesar de la advertencia de Cogswell sobre los agentes. Al menos siempre había creído. No le resultaba natural no creer en ellos. En la policía, en el ejército, en el país y en la bondad de su vecino. Había aceptado la inflación por la que su leche había valido cada vez menos, y había aceptado las normas de certificación que habían terminado por hacerle imposible la venta de leche. Había aceptado una vida idéntica a la de su abuelo, mientras las personas de pueblos y ciudades llenaban de aparatos caros su propia existencia. Veía todos los coches, y los lavavajillas, y las gentes que iban de un lado para otro en vistosos remolques, y había menospreciado todo aquello, como una torre llena de fragilidad que podía venirse abajo ante un viento frío. Se había desprendido de las mesas y las sillas, y de las herramientas y la maquinaria, y hasta de las vacas, por la tierra. Porque era una tierra libre y despejada. Porque creía que una buena parcela de tierra era lo único que ofrecía verdadera seguridad, la única seguridad que una familia necesitaba. Cuando Hildie aún era una niñita de meses, un hombre interesado en construir una estación de esquí le había ofrecido cuarenta y cinco mil dólares por sus tierras, y John se había reído.

—Con ese dinero podría usted dejar de trabajar —le había señalado el forastero.

—El dinero no es como la tierra —había respondido John—. El dinero te lo pueden robar. Pierde valor. Los bancos quiebran. Pero mi niña tendrá siempre esta tierra.

Tal vez debería ir a hablar con el capitán Sullivan. Tal vez Sullivan se hubiera encontrado con Perly tan solo al ir de caza, o de visita, y en realidad no lo conociera de nada. Al fin y al cabo, todos los que se encontraban con Perly quedaban impresionados con él. Pero en cuanto trataba de imaginarse al capitán Sullivan, le parecía ver a Perly agachado sobre Hildie, con el rostro iluminado por mágicas promesas. Promesas.

Al pensar en Hildie, levantó la cabeza y miró a su alrededor, nervioso. Podía ser que en aquel mismo instante Gore y sus auxiliares se desplegaran por todas las carreteras que salían de Concord y trataran de descubrir quién había realizado todas aquellas llamadas. Tal vez le observaran por las mirillas de los rifles. Si le habían leído los labios, podrían estar atacando a la Yaya, a Mim, a Hildie, mientras estas realizaban sus tareas en la granja, solas. Llevaba casi seis horas fuera de la casa.

Salió de Concord en dirección a la autopista, con el estómago revuelto por el hambre y la impaciencia que le provocaba el tráfico. Una vez en el acceso, su vieja camioneta aceleró a cien por hora, y la sensación de avanzar con rapidez y de saber a dónde iba, y de total aislamiento respecto al resto del mundo, llevaron a John a comprender de repente lo que tenía que hacer.

Se detuvo a llenar el tanque. Sin bajarse, observó en el espejo retrovisor al joven que se meneaba al ritmo de la música que salía de la radio, mientras aguardaba a que el tanque se llenara. Se preguntó si sería peligroso pedirle que le llenara también el repuesto de gasolina. Pero, cuando llegó el momento, le pagó sin decir nada y se marchó con el envase vacío.

Se horrorizaba al pensar en todo el tiempo que llevaba fuera y desistió de la idea de esperar a la noche para regresar. En lugar de eso, pasó de largo ante la salida de la Ruta 37 y dio un rodeo por carreteras secundarias, con la intención de acercarse a Harlowe por el norte, y no por el sur, como habrían esperado en caso de que lo vigilaran. Al atravesar el condado que se hallaba inmediatamente al norte del pueblo, circuló tan solo por cortafuegos, y pasó traqueteando con su vehículo entre granjas viejas y algunas casas de campo nuevas, con la esperanza de que nadie informara. Cuando llegó a la entrada del camino por el que se encontraba la casa de Cogswell, era la primera hora de la tarde, grisácea e invernal.

La camioneta subió con dificultad por el camino y pasó a unos cinco metros de la entrada de Cogswell. La cara y el cuello de John sufrían contracciones nerviosas bajo la presión de los ojos que sabía que lo observarían desde allí —los de Jerry, o los de Mickey—, que seguirían sus movimientos con la mira de sus escopetas de doble cañón. Pero, en cualquier caso, Cogswell habría reconocido la camioneta de John, aunque hubiera sido de noche.

Hacia la mitad de su propio lado de la colina, la carretera se ensanchaba frente al camino de entrada de lo que en otro tiempo había sido la casa de los Wilder. John frenó. Sacó el envase de gasolina que llevaba en la zona de carga y un tubo de plástico que le serviría como sifón. Introdujo uno de los extremos del tubo en el tanque de la camioneta y, sentado en el suelo, aspiró por el otro extremo, poco a poco, para que la gasolina no le llegara a los labios. Cuando el líquido empezó a salir, introdujo el tubo en el envase y escuchó como este se llenaba, con un sonido como el del canal de agua que salía de la fuente que se hallaba a medio camino bajando por el barranco, detrás del prado. En cuanto el envase estuvo llenó, se puso en pie y sostuvo en alto el extremo del tubo, para que la gasolina que quedaba dentro regresara al tanque de la camioneta.

Acarreó el envase de gasolina por el camino de entrada cubierto de maleza, se metió por la boca de ventilación del sótano, totalmente seco en otoño, pero oculto bajo matas de frambuesas. Se dirigió al frío nicho en los fundamentos de piedra del edificio, donde los Wilder habían guardado en otro tiempo la leche y la mantequilla. Sacó la hojarasca, colocó el envase de gasolina en el nicho y volvió a meter las mismas hojas para que el envase quedara oculto.

La casa de los Wilder debía de haber ardido. Eso era lo que solía ocurrir con las granjas. En cualquier caso, sus terrenos habían pertenecido a los Moore desde la Guerra de Secesión. Los arces nupciales que algún miembro de la familia Wilder debía de haber plantado en otro tiempo eran ya tan grandes que habrían rozado la casa, si esta siguiera en pie. Sus ramas se extendían sobre un claro natural. En los tiempos en que John era niño, no había más que matorrales en los terrenos circundantes, pero en aquel momento las hayas y los arces debían de medir unos veinte o veinticinco centímetros de diámetro, y los álamos eran aún más gruesos y se estaban secando. La Yaya recordaba tiempos en que el terreno de los Wilder aún estaba cubierto de prados, con vistas en casi todas las direcciones.

Cuando se quemaba una casa, la chimenea se mantenía en pie durante un tiempo, como una torre erigida con bloques de un juego de construcción infantil. Entonces llegaba un año en el que la argamasa había desaparecido por completo y la chimenea se desmoronaba con el deshielo de primavera, y al verano siguiente solo quedaba un montón de ladrillos rojos, limpios, en la hondonada delimitada por las paredes de piedra del sótano. John había visto cómo ocurría. Y después la enredadera de Virginia y la hiedra venenosa asomaban por entre los ladrillos, y luego, casi de la noche a la mañana, árboles gruesos como la muñeca de un ser humano. Algún día, alguien venía y se llevaba los ladrillos para construir un sendero, y entonces todo el mundo lo olvidaba todo, salvo el nombre.

—La vieja casa de los Moore. ¿Qué fue de ella? —se preguntarían.

Pero no, no era eso lo que Perly tenía en mente. Lo que tenía en mente era transformarla en una edificación moderna, cara, un sitio para divertirse, no para trabajar. Cuerdas con flotadores de colores para marcar por dónde había que nadar, el establo adornado con ventanales, papel estampado en hexágonos en las paredes y un letrero donde se leería «Perly Acres», teleféricos de esquí en el prado, el patio de entrada pavimentado para estacionar coches deportivos y vehículos familiares extranjeros... uno de esos lugares que ninguno de los Moore habría visitado jamás.

Entró en el patio de la casa a la hora de la última luz. El bosque ya estaba oscuro, pero el estanque se había transformado en una pálida mancha luminosa y el prado ascendía detrás de la casa, amplio y grisáceo. El suave resplandor amarillento de la lámpara de queroseno brillaba en las ventanas de la cocina, y de la chimenea de esta surgía un hilito de humo, que se veía casi negro contra el cielo. Mim lo vio venir desde la ventana y bajó corriendo en camisa por el camino para ir a su encuentro. El hombre la tomó en brazos y la estrechó contra su cuerpo de un modo que no era habitual en él. La mujer se zafó de sus manos, riéndose, y no le preguntó nada. Se volteó, casi con timidez, y empezó a subir por el camino que llevaba a la cocina.

Solo cuando John se hubo sentado a la mesa, con la cena, le preguntó:

—¿Se lo contaste?

John negó con la cabeza.

—Ya lo tienen arreglado para que sea imposible —explicó—. Y los polis quieren que vayas y metas la cabeza en la horca antes de escuchar. El primero que me deja pronunciar seis palabras seguidas ha empezado en seguida a decirme que Perly Dunsmore es lo mejor que nos ha ocurrido en la vida.

—¡John! —exclamó Mim—. ¿No les dijiste quién eras?

John negó con la cabeza.

—Debemos tener en cuenta que alguien que tardó una semana en controlar de cerca a un joven de Harlowe como Gore, un vecino de toda la vida, no lo tendría muy difícil para engatusar a un montón de forasteros.

Se quedaron en silencio en torno a la mesa. La Yaya no se molestaba en comer. Hildie se escapó y se fue a la sala, y nadie se molestó en llamarla.

Por fin, Mim suspiró.

—¿Lo ves claro ahora? No nos queda otro remedio que irnos.

—Tal vez no —le concedió John—. Tal vez no.

Trabajaron en la camioneta durante todo el fin de semana. John encontró una sierra oxidada, que había quedado olvidada en un gancho alto del establo, y también potes con clavos que estaban oxidados, pero les servían a la perfección. Mim trabajaba con entusiasmo, planeaba detalles, pedía repisas, pensaba en cómo iba a quedar, se preocupaba por cómo mantener el calor. Hildie estaba emocionada como una niña que se dispone a acampar en verano. Cubrieron la zona de carga con paredes y un tejado a dos aguas bajo el que Mim casi podía ponerse de pie. No tenía ventanas, salvo la que daba a la cabina del conductor. Pero en la parte trasera sí habría una puerta pequeña con bisagras.

La Yaya se quedaba sentada en su sofá junto a la ventana de la sala y trataba de mirar a través de las puertas del establo para ver lo que hacían. No quería preguntarles cómo andaba su labor, pero tampoco se negaba ya a marcharse.

El lunes por la mañana, John dijo:

—Esta misma noche, cuando ya sea muy tarde, a altas horas de la madrugada, nos iremos.

Tomaron medidas y vieron que los cojines del sofá en el que la Yaya estaba habituada a dormir encajarían contra la pared frontal de lo que iba a ser su nueva casita. Mim estaba satisfecha.

—Para la Yaya y Hildie, esto será como si nos lleváramos un pedazo de la antigua casa.

Cargaron los utensilios de cocina en la camioneta: los platos, los baldes, el platito de Lassie. Instalaron la caja de la leña y la llenaron de pequeños troncos, con la intención de quemarlos en la estufa de chapa metálica que pensaban comprar en cuanto estuvieran a salvo, lejos de allí. La ropa de cama. Todas las cobijas, pero tan solo el colchón de la pareja. Hildie dormiría con ellos. Habían hecho paquetes con toda la comida que tenían, pero aún la tenían en la cocina, por miedo a las heladas. Mim hizo fardos con la ropa y una caja con varias cosas para que Hildie pudiera jugar con ellas.

De repente, hacia las dos de la tarde, lo tuvieron todo a punto y aguardaron en la calidez de la cocina a que llegara la hora de marcharse. John estaba sentado en su lugar habitual en el banco, frente a la cocina, con Hildie en el regazo y Lassie a sus pies. La perra gimoteaba en sueños. Mim se hallaba en el umbral de la puerta trasera y contemplaba el prado. El viento soplaba con un frío aullido y trazaba surcos argénteos en la hierba café, y luego los borraba.

—Sopla un buen vendaval del nordeste —decía John, casi con satisfacción—. Mientras no se ponga a llover, podremos iniciar el viaje.

—Esto parece más bien el sonido de un viento que anuncia nieve —respondió Mim.

—¿Papá? —dijo Hildie. El hombre la acunó—. Quedémonos en casa.

—Ayer saltabas arriba y abajo entusiasmada con irte —respondió Mim, girándose hacia ambos.

John oía a su madre ahogando sus propios gimoteos en la sala, pasando el tiempo hasta que llegara la hora de irse, un tiempo tan desnudo y desolado como la propia casa vacía. Los gimoteos de las mujeres le recordaban a los quejidos de los refugiados que se apresuraban a cruzar la pantalla de la televisión: madres, abuelas, niñitas, frágiles y lejanas, como huesos blanqueados de aves en el suelo del bosque.

—¿Pero por qué tenemos que irnos? —preguntó Hildie.

John se levantó bruscamente y puso a Hildie de pie sobre el suelo.

—Pregúntale a mamá —dijo, y fue a buscar a su propia madre en la sala.

Estaba sentada en el sofá y miraba por las ventanas de la

fachada frontal, más allá del huerto, hacia el estanque. No levantó la vista al entrar John. Tenía el cabello gris, la luz era gris, sus propias mejillas se veían grises, desiguales y frágiles, como de ceniza. Se había cubierto hasta el mentón con una cobija del ejército.

—Yaya —dijo, y se sentó a su lado en el sofá. La anciana dejó caer la manta y tomó la cabeza de John contra el hombro. Prácticamente no quedaba nada de ella. Ni siquiera le quedaba hombro suficiente para sostener la cabeza de su propio hijo.

—¿Sabes? —dijo la Yaya, y John, más que oír, sintió que se le entrecortaba la respiración—. Cuando era joven tenía ganas de ver mundo. Pero entonces vino tu padre y me dijo: «Con esto que tienes al otro lado de la ventana, cariño, todo lo que vayas a encontrar en otros lugares será peor». Así que nos quedamos aquí y jamás nos marchamos. —John se enderezó y la contempló—. Qué curioso, ¿verdad que sí? —dijo entonces la mujer—, después de todo me iré de aquí para conocer este mundo de Dios.

—Yaya —respondió él—. Es que... —El rostro de John se había enrojecido, como quemado por el sol, y sus ojos eran profundos y turbios como el estanque en verano—. Dame tiempo, Yaya. Ahora puede parecer que me retiro, pero no es que lo vaya a dejar todo. Esto no es lo que parece.

—Da igual, hijo, da igual —respondió la anciana—. Hay cosas que no tienen remedio.

Y John la estrechó entre sus brazos como si su hija hubiera sido ella.

John, Mim y Hildie estaban fuera, en el patio, y contemplaban el estanque. El viento agitaba de tal modo sus aguas que la luz se filtraba entre las olas hasta llegar a lo más hondo y dejaba la superficie negra como tinta.

—Apuesto a que por la mañana —dijo John— el estanque estará helado.

—Si este viento continúa, quedará cubierto con una capa de hielo irregular, aunque no nieve.

—Malo para patinar —añadió John.

—¿Y cuántos años han pasado desde la última vez que patinaste, John Moore? —se burló Mim.

—Hildie ya tiene edad de aprender —respondió él.

John, Mim y Hildie anduvieron los tres juntos por el oscuro pinar y siguieron la vieja senda de leñadores que lo rodeaba e iba a terminar en lo más alto del prado. En lo alto, el inquieto dosel de ramaje quebraba la luz del sol en minúsculos círculos danzarines. Las plantas jóvenes y los matorrales hambrientos de luz habían muerto y se habían podrido, y habían cubierto el suelo con pinaza que cedía bajo sus botas y recobraba en silencio su lugar después de que pasaran. El viento se abalanzaba sobre las agujas verdes que aún se hallaban en lo alto y estas se frotaban unas contra otras y se oía un estridente silbido. De vez en cuando el viento llegaba a cantar entre las ramas bajas y muertas, y sacudía las borlas verdes del gorro de lana de Hildie.

—Cortará los pinos —observó Mim— antes de vender el terreno.

—¿Quién? ¿Perly? —respondió John—. No va a cortar los pinos, y tampoco venderá.

—¿Tú crees que los va a conservar para un terreno de juego? —preguntó Mim.

—No —repuso John.

Cruzaron el puente bajo el que pasaba el arroyo en primavera y salieron del pinar por una empinada cuesta. Hildie se echó a correr y los dejó atrás, y se metió casi hasta la cintura en la hojarasca de arce, abedul y álamo. Las hojas secas de roble que todavía se aferraban a las ramas altas parloteaban al viento. Las más pequeñas entre las hayas jóvenes también conservaban sus hojas, finas como papel y amarillas como narcisos. El viento y el sol se colaban por entre las ramas, moteaban el bosque de luz y transformaban las hojas en rehiletes que giraban y morían, y luego volvían a girar. Pasaron por unos matorrales a la sombra de un árbol de cicuta y llegaron a la arboleda navideña: docenas de piceas blancas silvestres, que se guarecían bajo el ramaje mucho más alto de los arces. A sus pies, los pinos princesa y las verdes enredaderas erizadas de púas se habían vuelto tan frondosos que no era posible caminar sin aplastarlos.

—Ya sería tiempo de cortar el árbol y todavía no ha nevado —señaló Mim.

—Ha sido un año seco —observó John.

—¿Volveremos por Navidad? —preguntó Hildie. Estaba arrancando hojas con los puños—. ¿Este año les ayudaré a hacer las guirnaldas?

Algo más allá, las piceas cedieron su lugar a los enebros, y las enredaderas al color herrumbroso de los helechos ya secos. Y entonces, de pronto, pasaron por la brecha en el muro de piedra y salieron a la deslumbrante luz del sol y a la gélida fuerza del viento. El cementerio estaba como lo había dejado Mim, salvo que el viento y el sol habían secado la tierra que la mujer había excavado, hasta dejarla de color gris. Unos pocos tallos retorcidos de hiedra muerta sobresalían aún del suelo.

—A veces me alivia saber que en invierno no crece nada —dijo Mim.

Hildie se quedó mirando las lápidas, que nunca había visto de manera tan clara.

—¿Mi abuelo está ahí debajo? —preguntó.

—No te acerques más —le dijo Mim—. Esas plantas todavía son venenosas.

Pero John, cuyos padre, abuelo y bisabuelo yacían allí, no miraba el cementerio. Estaba en lo alto de la colina y miraba abajo, más allá del prado y de la casa maltratada por los elementos, hacia el estanque. Mim se acercó a él y se quedó a su lado. Los hombros de ambos se rozaban.

El hombre se llenó de rabia y se apartó de ella.

—¿A dónde quieres que vayamos? —preguntó—. ¿Dónde puede haber un lugar para nosotros, si no es aquí?

—Pero si tú mismo dijiste… —empezó a responder Mim.

—Va, está bien, múdate a la camioneta y juega a las casitas, si te apetece —exclamó—. Pero no permitiré que nadie tale este pinar.

—Puede ser que no lo tale —repuso Mim.

—Lo que estoy diciendo es que me lo voy a quedar yo —le replicó John. Sus ojos eran del mismo color que la hierba muerta y la tierra arenosa.

Los ojos de Mim eran del color del cielo que se erguía cual bóveda sobre la tierra y llegaba todo lo lejos que unos ojos podían llegar a ver.

—¿Nos iremos? —insistió.

John asintió. Pasó la mano por los cortos rizos de Mim y tomó en brazos a Hildie. La niña escondió el rostro en su hombro para protegerse del frío. Luego, los tres iniciaron el descenso por la colina, contra un viento que soplaba con fuerza.

Cenaron, y Mim metió en cajas los últimos platos y la comida que les quedaba, incluso una botella con sopa que había sobrado. La Yaya estaba sentada en la silla de jardín, con las manos entrelazadas sobre el regazo, y miraba. John tallaba un palo con un cuchillo, y Hildie y la perra observaban con prevención, inquietas ante los preparativos.

Mim tomó la escoba y empezó a barrer la casa. La siguiente persona que iba a verla sería Dunsmore. El odio le ardía por dentro, pero quería que aquel hombre, al tomar lo que por derecho le pertenecía a ella, viera reflejado en todo el edificio que Mim era una mujer limpia y decente. Se sentía embargada por el poder de Dunsmore. La misma idea de que semejante poder, cualquiera que fuera la tortuosa ruta que seguía, pudiera dirigirse a fines que no fueran correctos ni buenos, le exigía voltear al revés todos sus deseos y creencias. Le parecía que, si hubiera tenido medios para hacer que aquel hombre se volviera decente, para lograr que tuviera una visión correcta de lo que estaba haciendo, él mismo habría devuelto la normalidad al mundo de Mim. Pero la mujer sabía muy bien que si tenía alguna manera de influir en Perly —y se consumía en sentimiento de culpa por ello— no sería por su propia decencia, ni por su competencia como ama de casa. No disponía de ningún medio para guiar el poder de aquel hombre, como no fuera para realizar nuevas maldades.

—No sé por qué hago esto —se dijo. Y, sin embargo, tuvo buen cuidado en terminar la tarea. Barrió los últimos grumos de polvo y migajas de comida en un trozo de periódico y los arrojó al fuego. Luego dejó la escoba al lado de la puerta, lista para irse.

Por última vez, acostó a Hildie en el colchón del suelo y se tendió a su lado para esperar a que se durmiera. La niña estaba nerviosa e incómoda ante la misma vaciedad.

—¿Cómo pudiste pensar que te dejaríamos, cariñito? —le canturreaba Mim—. Si nos vamos, es por ti.

Pero abrazó a la niña con demasiada fuerza y solo consiguió que se alterara todavía más.

—¿Por qué decías que nos marchamos? —preguntó Hildie.

—Chsst —le dijo Mim, y luego se quedó inmóvil.

Oyó que la puerta se abría y cerraba en la planta baja, y pensó que John habría empezado a cargar la camioneta. Pero siguió escuchando y no oyó que volviera a entrar. Entonces Hildie se quedó dormida en sus brazos y Mim siguió sin moverse. Se quedó acostada, con el dolor de saber que algún día tendría que dejar marchar aquel cuerpecito inerte que, entregado a ella de aquella manera, la llenaba con tanta paz.

12

La luna brillaba en forma de media naranja. El viento, que parecía sólido como un cuerpo vivo, no opacaba en absoluto su luz. Entonces, de tropiezo en tropiezo por un camino que conocía bien, con la linterna en el cinturón, más para protegerse que por su luz, John se fue acostumbrando a la penumbra y empezó a distinguir las rocas y las ramas caídas antes de que la punta de su bota las golpeara. Poco a poco, descendió a los cimientos de la vieja casa y hundió el brazo en la hojarasca que cubría el viejo estante de la leche. Cuando su mano desnuda encontró el metal insólitamente frío, se estremeció.

Sacó el envase de gasolina y se puso de nuevo los guantes. Tendría que recorrer siete kilómetros por la carretera y luego otro trecho por la vieja senda de leñadores y el arroyo, donde tan fácil resultaba patinar. Hacía décadas que no atravesaba el bosque, desde el año en el que estudió la secundaria. Por aquel entonces el autobús lo dejaba en la calle Mayor y a veces, para salirse de la rutina, había vuelto a casa caminando por allí. Pero jamás de noche. Y tampoco en invierno.

Agarró el pesado envase de gasolina y se dirigió al camino rural. Pasó frente a su propia casa y echó una mirada a la luz amarilla de la cocina. Se preguntó si habrían notado ya su ausencia y sintió la barrera que lo separaba de ellas.

El rítmico crujido que sus pies provocaban sobre la pista de tierra desaparecía bajo el gimoteo del viento. Atravesó el jardín con pasos que se habían vuelto silenciosos, porque las enredaderas muertas los enmudecían, y bajó por el viejo sendero que pasaba por el lugar donde en verano rastrillaban nenúfares y puntas de flecha para poder nadar. Se detuvo en la orilla del estanque.

Sobre el estanque brillaba siempre una luz tenue. A veces, en las noches oscuras y silenciosas de verano, cuando aún era todo nuevo para él, nadaba allí con una muchacha. Primero con la alocada de Hattie Shaw, que fue quien tuvo la idea, y luego, por insistencia del propio John, con Mim, cuando la muchacha tenía catorce años y él apenas quince, y la madre de John la rechazaba, y era tímida, y a pesar de todo quería estar con él. No alcanzaban a verse del todo, pero la tenue luz del estanque, aun en la noche más oscura, bastó para que John percibiera a su lado aquella presencia blanca como la leche, que se agachaba para dejar su ropa sobre el tronco de un pino caído, y luego se metía en las aguas poco profundas y se hundía provocando apenas una onda en la superficie, cual pálida sombra de carne. Después, con los dedos arrugados por el agua, tocó aquella piel nueva, húmeda, que el viento había vuelto áspera como la suya propia. La tocó y ella se había echado a correr. John se sentó sobre el tronco y tembló hasta que Mim regresó. Luego la tomó con fuerza por los hombros y Mim permitió que la obligara a acostarse sobre la cobija que había tendido en el suelo.

John cambió de mano el pesado envase de gasolina y empezó a caminar. La pérdida. No había manera de evitarla. Ni con leyes, ni aferrándose a las cosas, ni con pensamientos. No habían nadado por la noche desde mucho antes de que Hildie naciera. Pensó entonces en los insectos que picaban. No sentía ningún deseo comparable a los que había sentido en aquel tiempo por la cosa más nimia. La manera en que necesitaba la tierra era algo distinto, era un aferrarse contra una pérdida que ya no podía soportar. La necesidad que sentía por la tierra era más una retirada que una fuerza que lo impulsara.

El estanque estaba cubierto por una capa de hielo irregular hasta poco más de un metro de la orilla. Las aguas azotadas por los vientos gorgoteaban y succionaban en el borde del hielo, y acompañaron a John, cual familiar presencia, mientras caminaba por el tosco sendero de la orilla. Se detuvo en la desembocadura del arroyo. La noche lo había desquiciado. La noche y el peso de la gasolina que cargaba sobre el hombro. Habría sido capaz de estrechar el estanque entre sus brazos. Dejó el envase en el suelo y contempló una vez más el estanque, a la espera de que este volviera a detener el tiempo para él, como siempre había hecho.

Pero por fin, como abstraído, se dio la vuelta y se adentró en el bosque en penumbra, intranquilo, y siguió el lecho de rocas por donde transcurría el arroyo en primavera, e incluso en aquel mismo instante, bajo el fuerte viento, una lengua de agua repiqueteaba contra las piedras desgastadas, como el badajo de madera de una campana, para advertir de que estaban resbaladizas. En dos ocasiones puso el pie sobre lo que parecía un trecho de tierra que el viento había despejado y metió el pie en el agua hasta la pantorrilla. En las dos ocasiones fue el derecho. Al cabo de poco tenía un pie frío y un pie caliente, igual que un hombro libre y otro cautivo, de modo que sentía la falta de equilibrio al andar.

La distancia era mayor de lo que recordaba, pero el lecho del arroyo terminó por desdibujarse. Tenía miedo de no ver el muro de piedra, de girar en el muro que no era, porque sabía muy bien que los muros se entrecruzaban en el bosque como los adornos de papel de un árbol de Navidad. El muro de piedra correcto era el que remataba la colina y terminaba en el viejo camino de leñadores que iba a parar a la calle Mayor. Habían nivelado el camino el mismo año en que había estudiado secundaria, pero tal vez la vegetación habría crecido hasta el punto de que no podría seguirlo, aunque lo encontrara. El agua había desaparecido por completo del lecho del arroyo y el bosque estaba cada vez más oscuro. Si encendía la linterna, alumbraría un estrecho sendero en el que sus botas podrían pisar, pero oscurecería aún más todo lo que lo rodeaba, con lo que sería aún más probable que el muro pasara inadvertido.

De pronto una rama baja se enganchó en el asa del envase de gasolina y John perdió el equilibrio. Cayó en el suelo cuan largo era. El envase golpeó una roca con gran estruendo y la gasolina chapoteó ruidosamente en su interior. John se quedó tirado y escuchó hasta que volvió a hacerse el silencio, al tiempo que se palpaba la rodilla magullada. Se puso de rodillas y buscó el envase a tientas. Una garza graznó casi debajo de él, y batió las alas con tanta fuerza que casi parecía un motor. John gritó y la sobresaltó aún más, y plantó los talones en el suelo, tembloroso y atento a una posible respuesta. Un búho ululó no muy lejos de donde se hallaba y luego, de nuevo, no se oyó nada, salvo el gimoteo esporádico del viento.

Presentía que ya no estaba solo. Pero no podía ser un hombre. Allí, no. Quizá no fuera más que un ciervo, o hasta un oso, que temería a John más de lo que John pudiera temerlo a él. O aún peor, una marta pescadora o algún perro grande asilvestrado. John sacó el cuchillo de cocina y la linterna del cinturón. Pulsó el interruptor de la linterna y el bosque se iluminó en blanco y negro resplandecientes. Poco a poco hizo girar la luz en derredor y entrecerró los ojos para poder ver más allá del extremo de su haz. Descubrió el liquen en el costado de los árboles, las gruesas costras de hongos en una rama rota, como tumores que hubieran estirado una piel. Y entonces, casi donde ya no alcanzaba a ver, la luz tropezó con una cosa pálida y reluciente, y tan grande como una cabeza, y tras ahogar un grito John recordó el trozo grande de cuarzo que marcaba el muro que andaba buscando. Se hallaba a sus espaldas. Había pasado frente a él. La criatura que le pareció percibir era un indicador de piedra.

Tomó el envase de gasolina y, valiéndose de la luz, avanzó a lo largo del muro. Aceleró el paso. Cuando llegara al camino antiguo, lo reconocería gracias a la brecha en aquel mismo muro. Y si aquel camino aún se podía transitar, lo llevaría a donde él quería, o por lo menos bastante cerca.

El viento aún aullaba desde el noreste. Le daría en las espaldas una vez se adentrara por el camino antiguo. Había soplado de aquel modo hora tras hora, y de pronto asaltó a John el pensamiento de que no podría continuar siempre igual. Aceleró el paso, dando traspiés, y empezó a sentir miedo.

En aquel bosque gélido y oscuro, vio claro que prender fuego a unas pocas casas no serviría de nada. No era más que una manera de transformar la rabia en algo que John pudiera ver, tocar y medir, un recurso para apartarla de sí antes de que estallara en llamas en su interior y lo consumiera.

Al pensar en las tres casas que se alineaban en la calle Mayor, frente al seco pinar, no podía quitarse de la cabeza la de Fayette. No quería que la de Fayette se incendiara. Contaba con que los bomberos se esforzarían por salvar la de Fayette, porque también era la oficina de correos. Adeline Fayette tenía la misma edad que la madre de John, pero aun así, todos los días a las cinco y media de la mañana se subía a su alto taburete y clasificaba la correspondencia. Quien llegara temprano, se la encontraba quitándose los mechones de cabello blanco y lacio que le caían sobre la cara soplándolos desde la comisura de sus labios. Estaba sorda casi por completo. Tal vez no oyera el fuerte crepitar en los pinos, la alarma de incendios, la conmoción final. Tal vez los bomberos no pudieran salvar la oficina de correos. Quizá Perly los encaminaría a las casas de los auxiliares de policía. A la casa de James, con su pintura rosa desgastada y su cartel abollado en la fachada donde se leía: «SE AFILAN SIERRAS, SE REPARAN ELECTRODOMÉSTICOS». Se imaginó a James sentado en el borde del kiosco de música junto a Cogswell, meneando las piernas y compartiendo el café de su compañero, a la espera de que Perly viniera y vendiera a los niños robados. Recordó que el propio James había tenido una niña que había fallecido de polio.

Había pasado mucho tiempo desde entonces. Tal vez hubiera olvidado lo que era perder a un hijo. O tal vez le ocurriera igual que a Cogswell y simplemente tuviera miedo.

Los pensamientos de John siempre terminaban por dirigirse de nuevo al subastador. De no haber sido por Dixie, que estaría en la puerta, o en la ventana, tirando de su correa, habría ido hasta allí y habría prendido fuego a la antigua casa de los Fawkes. Pero, a pesar de todas las veces que le había dado palmaditas a Dixie, no estaba seguro de cómo podía reaccionar la perra. Sin embargo, era al subastador a quien había que destruir para que todos pudieran volver a la normalidad y reanudar su propia vida. Para que el propio John pudiera volver a plantar maíz, regatear por una novilla y una vaca lechera, y continuar con su vida. Pero el fuego... no cabía esperar que el fuego comprendiera, que tendiera una lengua larga e inteligente hasta el otro lado de la calle, hasta Perly Dunsmore.

Y aunque hubiera sido posible, Perly se habría presentado al primer indicio de humo, habría manifestado alegremente su interés, habría ofrecido consejos, se habría asegurado de que las cosas salieran como a él le conviniera.

John llegó al hueco en el muro, apagó la linterna y aguardó a que sus pupilas se ensancharan en la penumbra. El camino estaba cubierto de enebros, de pegajosas matas de zumaque, de frambuesas, pero la senda que atravesaba el bosque aún se distinguía lo bastante como para poder seguirla. John cargó la gasolina sobre el hombro y se abrió paso por una maleza demasiado frondosa como para caminar sin impedimentos. Aunque la antigua casa de los Fawkes se incendiara, Perly no estaría en ella. Encabezaría la partida de búsqueda y andaría por el bosque apartando la maleza tras la avispada Dixie, y sus ojos brillarían en la negrura, mientras seguía los pasos de John Moore.

Todo lo que Mim llegaría a saber era que John la había abandonado mientras acostaba a su hija. Todo lo que Hildie llegaría a saber. Al cabo de uno o dos años, cuando todo volviera a la normalidad, tal vez unos cazadores hallarían sus huesos, sus huesos roídos por los zorros, un reloj de pulsera oxidado y el envase de gasolina. Cosas semejantes habían ocurrido con menor motivo. Cosas semejantes habían ocurrido y nadie prestaba atención.

John se detuvo. Aquello era lo peor de todo. Nadie prestaba atención. Sintió en la misma base de su columna vertebral un frío que era como una enfermedad. No tenía que ser él quien actuara. Tenía que ser alguien con dinero, o con estudios. Alguien que viviera en el pueblo.

Entonces se acordó de Sonny Pike. Alguien le había dado un tiro a Sonny. John comenzó a andar de nuevo. La gasolina chapoteaba en el envase. Alguien había ido por Sonny Pike, y al menos Cogswell no parecía saber quién había sido.

Quizá John también podría llegar a casa antes de que Dixie encontrara su rastro y huir. Con Mim, Hildie y la Yaya. Para cuando llegaran, con los perros ladrando y las luces azules parpadeantes, los Moore se habrían ido ya. Entonces tan solo tendrían que esconderse de las radios, de los anuncios en televisión, de los carteles en las estafetas de correos, de los avisos a todas las unidades, de los cierres de carreteras, de un millar de imágenes en blanco y negro de policías y detectives, y de sheriffs con la estrella en el pecho. Sin embargo, los bosques, los trechos de bosque todavía vírgenes, que los senderistas aún no habían descubierto, podían ocultar a un hombre vivo, igual que ocultaban a un hombre muerto.

Aunque, por supuesto, resultara mucho más fácil ocultar a un muerto.

Pensó en Mudgett y siguió caminando. Mudgett, que se sentaba en la última fila de la clase y se reía de los niños con su boca torcida, Mudgett, que intercambiaba agudezas con los profesores y se llevaba todos los premios, Mudgett, que sonreía sobre su sabueso manchado que vomitaba sangre sobre la tierra batida del patio de la escuela. Mudgett en la subasta, sentado sobre una toalla de playa, al lado de su nueva mujer, moviendo con irritación las mandíbulas, y el bulto de la pistola a la vista.

Mudgett, que se había llevado el martillo y la sierra de mano, el cepillo y el recogedor, los rastrillos y las azadas, y la guadaña, las cosas sencillas sin las que se volvían casi imposibles las tareas rutinarias. Mudgett, que se había llevado las llaves inglesas que necesitaba para reparar la camioneta, el pote de alquitrán que necesitaba para el tejado de la cocina, y lo había arrojado todo con gran estrépito en la parte de atrás de la camioneta. Mudgett, que había derribado a la Yaya con la televisión.

Ninguno de ellos había tenido nunca ningún motivo para confiar en Perly. No era más que un forastero con mucha labia y habrían tenido que andarse con más precaución. Pero Mudgett estaba con ellos. Mudgett tenía que estar con ellos. Y la casa de Mudgett era la más cercana al pinar en el que John había pensado.

Y John empezó a avanzar con mayor empeño por la maleza del antiguo camino, su pie derecho entró en calor, y empezó a sudar bajo la camisa y la chamarra de caza con forro de lana. A pesar de la maleza, y de lo que pesaban la lata de gasolina y su propio plan, se sentía libre como no se había sentido en varios meses. No se trataba tanto de lograr algo como de que sentía la necesidad de hacer lo que fuera. De que no podían obligarlo a abandonarlo todo sin que él mismo hiciera nada.

John se dio cuenta de que había entrado en el pinar por el sonido del viento que peinaba las agujas, el silencio de sus propios pasos y, a pesar del frío, la fragancia de la brea. Bajo los pinos, soplaba contra sus espaldas un viento tan fuerte que no oía el tráfico en la Ruta 37, por lo que las luces de la casa de Mudgett lo sorprendieron antes de que estuviera preparado. Se detuvo.

Estaba allí, a treinta metros en el interior del bosque, y trataba de ver más allá de los pinos y del huerto de manzanos abandonado de la casa de Mudgett. Aunque debían de ser casi las once, todas las luces estaban encendidas y el foco que había bajo el alero arrojaba largos haces de luz hacia los árboles.

A la izquierda se hallaba la casa de los James, demasiado grande para Ian James, su mujer y el hijo que ya era mayor.

Había una luz encendida en un ala de la casa, probablemente en la cocina. El hijo debía de estar viendo la televisión. La casa se cernía en la penumbra, del color de la madera que las aguas devuelven tras un naufragio, e igualmente seca.

Y a la derecha, la casa de Fayette, totalmente a oscuras. Adeline debía de estar ya en la cama. John alcanzó a ver por encima de la chimenea el pálido contorno de la torre del antiguo granero de los Fawkes. Se quedó quieto y escuchó, y cada vez que el viento enmudecía, oía los sonidos del pueblo: un motor lejano, un portazo, el gimoteo de un gato.

John dejó en el suelo el envase de gasolina. Tendría que encender un fuego de unos treinta metros de largo. Apenas si había pensado en el trabajo en sí. Se puso manos a la obra, sintiendo la rigidez en su propio cuerpo, y la falta de convicción de que realmente pudiera llevar a cabo su plan. Recogió ramas muertas del suelo y las apiló en un alargado montón. En cuanto llegó al metro y medio de altura y más de dos metros de largo, se detuvo. El ritmo de trabajo le había devuelto una sensación de normalidad. Arrancó dos ramas verdes de uno de los pinos más pequeños y, usándolas como rastrillo, acercó la rama de pino que había por ahí y la colocó con las manos por encima de las ramas muertas. Luego dejó el improvisado rastrillo en un lugar donde pudiera volver a encontrarlo y regresó al bosque, y recogió más ramas muertas para aumentar el montón. Doblaba el cuerpo y volvía a enderezarlo, doblaba el cuerpo y volvía a enderezarlo, como para aventar heno, sacar agua, o partir leña. Trabajaba sin cansancio, firme en la fe de que la larga pira funeraria que había planeado estaría terminada a tiempo, igual que los montones de heno rastrillado terminaban todos los años en el desván del establo antes de que refrescara.

Las rachas de viento se sucedían con furia y luego se dispersaban colina abajo en dirección a la calle Mayor, y de vez en cuando se hacía el silencio. En tales instantes, las ramas caían sobre el montón con el estrépito de un trueno, y John se enderezaba y contenía el aliento, a la espera de que el viento volviera a soplar. Escuchó un perro que ladraba a lo lejos. Al morir el viento, el ladrido se oyó mucho más cerca. John se detuvo a escuchar. Luego se volvió hacia la casa de Mudgett. La puerta de atrás se había entreabierto y un husky blanco corrió hacia él, perfilado en plata por el foco. Entonces el foco y la luz de la cocina de Mudgett se apagaron, se oyó un chasquido en la puerta y John sintió, más que vio, que Mudgett estaba ahí con un rifle. El gran perro ladraba con furor, y recorrió por el claro la mitad del camino que lo separaba de John, como un espectro en la oscuridad, para luego retroceder y volver a la casa.

—¡Eh, King, vamos, muchacho! —oyó que decía Mudgett—. ¿Qué te pasa, perro? —Y luego añadió—: ¡Vamos, chico, ve por él!

El perro seguía ladrando. El viento llevaba el olor de John directo hacia el perro.

John sacó el cuchillo y la linterna. Si se echaba a correr, Mudgett lo oiría. El envase de gasolina estaba en lugar descubierto, su color rojo era plenamente visible a la luz de la media luna. El perro cobró osadía y corrió hasta la linde del bosque. Se acercó tanto que John alcanzó a verle el pelo más oscuro a los lados del hocico.

Mudgett avanzaba por el patio. Su oscura silueta se recortaba nítidamente contra la casa amarilla. John se agachó y observó a Mudgett a través de las ramas que él mismo había apilado. Tendría que haberse gastado el último dinero que le quedaba y comprarse una pistola. Habría hallado un blanco perfecto en Mudgett, que entretanto miraba en dirección al bosque, con los ojos a la altura del cañón del rifle, y avanzaba hacia John con paso cauto, pero firme.

De pronto, Mudgett bajó el cañón del arma y agarró al perro por el collar.

—Pero qué inútil eres, King —exclamó—. Eres un insoportable imbécil. Aún no has aprendido la diferencia entre una amenaza de verdad y un mapache.

Se volvió y regresó al edificio con pasos rápidos, y la luz de la cocina se volvió a encender.

El perro dejó de correr hacia el bosque, pero no paró de ladrar. Poco a poco, John se fue dando cuenta de que el otro ruido, el nuevo ruido que oía por debajo de los ladridos y el sordo impacto de los saltos del perro en el suelo, era el de una cadena que se tensaba y se aflojaba, se tensaba y se aflojaba, porque el perro pugnaba por ir hacia él.

John se incorporó, con el cuerpo entumecido, y se puso a trabajar de nuevo, con todo el sigilo que fue capaz. Barrió las hojas de pino que estaban al pie de un árbol y cubrió con ellas el envase de gasolina. Luego se quedó quieto hasta que el perro se cansó de ladrar. En cuanto cobró valor para agarrar de nuevo el rastrillo, el perro ladró de nuevo. Paró y el perro también paró. Volvió a empezar y el perro también volvió a empezar. Esta vez no dejó de trabajar. De pronto el bosque se iluminó y John dio un respingo. Habían vuelto a encender el foco. La mujer de Mudgett salió, envuelta en una bata roja, y comenzó a gritar:

—¡Cállate! ¡Cállate ya! Hijo de perra, me estás volviendo loca. Eres todavía peor que él.

El perro soltó un quejido. La mujer le golpeó el hocico con la palma de la mano. El perro se dio la vuelta y se quedó tendido sobre el lomo, gimoteando.

Entonces Mudgett salió al umbral de la puerta, sin preocuparse de que su silueta se recortara contra la luz de la cocina.

—¡Al diablo! —gritó—. Los encerraría a los dos en el sótano. Tráelo aquí.

Y la mujer de Mudgett, bajo el resplandor del foco, arrastró hasta la cocina al perro, que tenía el cuerpo encogido.

John se rio. Se había acostumbrado al trabajo y ya no le parecía tan duro. Y terminó por darse cuenta de que ya se hallaba detrás de la casa de James. Ya no había ninguna luz encendida en la casa. Y todas las de Mudgett, salvo el foco del patio trasero, también se habían apagado.

Serían las cuatro de la mañana y aún estaba oscuro cuando

John terminó su trabajo: un arco de ramas apiladas de unos treinta metros de largo que iba por detrás de las casas de Mudgett y James. Como para reconocer que Perly se hallaba fuera de su alcance, John abandonó el plan de alargar el montón por detrás de la casa de Fayette, la que estaba justo enfrente de la de Perly. Los bomberos no permitirían que el fuego pasara al otro lado de la calle. Tendría que conformarse con Mudgett y con James.

John recorrió en sentido opuesto su obra, le dio un puntapié aquí y allá, tembloroso ante la misma idea de prenderle fuego. Vertió un chorro de gasolina a lo largo de su cara posterior, con cuidado de que no quedara ningún trecho sin empapar. Luego volvió a recorrerla en sentido contrario y siguió regando con gasolina hasta que el líquido se terminó.

Cargó con el envase de gasolina calle arriba, a lo largo de un buen trecho, enroscó el tapón y la dejó allí. Arrojó a su lado los guantes empapados de gasolina y mientras volvía atrás se sacó del bolsillo la caja grande de cerillos de madera. Escuchó. Oyó tan solo el viento. A aquella hora el pueblo estaba tan silencioso como el bosque. El hilo de gasolina tenía un olor tan fuerte que se preguntó si el pueblo se estaría levantando ya para perseguirlo, alarmado por el hedor.

Dio seis pasos para atrás. Luego raspó el cerillo contra la caja y lo arrojó mientras brotaba la llama, y en el mismo movimiento se echó a correr. Ya casi había llegado a donde estaba el envase de gasolina cuando paró y giró la cabeza. Oscuridad y silencio. Se detuvo. El cerillo debía de haberse apagado.

Volvió atrás con movimientos cautelosos, hasta que estuvo a unos dos metros y medio de la gasolina. Si se quedaba demasiado cerca, ni siquiera quedarían unos huesos que dieran testimonio de lo sucedido. Encendió el cerillo y lo arrojó.

Esta vez, sin que hubiera tenido tiempo de dar cuatro pasos siquiera, la tierra se estremeció y el estrépito de la explosión lo empujó con violencia. El bosque que estaba frente a él se iluminó con un estallido de luz amarilla. John sintió que la trémula luz de las llamas alimentadas por la gasolina le quemaba en la espalda, lo envolvía en fulgor. Agarró la lata sin detenerse y siguió corriendo.

La madera de pino crujía y se partía estruendosamente al quemarse. El perro de Mudgett aullaba como enloquecido. John atravesó una pared casi compacta de enebros. Mudgett había empezado a pegar gritos. Debía de hallarse ya en la puerta. John no se detuvo. Cada vez le resultaba más difícil saber dónde pisar, porque las capas de maleza que se iban sumando entre el fuego y él mismo empezaban a dejarlo sin luz. Por fin, se arriesgó a echar un rápido vistazo hacia atrás.

Se detuvo en seco. A través de la maleza, alcanzó a ver la mellada pared de fuego que se elevaba más y más. Por un instante no se movió, hipnotizado, fascinado por la belleza de la hoguera que acababa de encender. Muy por encima de las agujas de fuego que ascendían a lo alto, la llama prendió en una rama verde de pino y el viento arrastró una lluvia de chispas hacia la casa de Mudgett.

Entonces John se echó a correr. Corrió como loco, saltando entre los frambuesos como si no hubieran existido, sin sentir apenas las espinas que le arañaban la cara. Corrió hasta que el pecho le ardió y dejó atrás los últimos vislumbres de la luz que nacía del fuego. Entonces se detuvo, confuso, y se dio cuenta de que había llegado ya al muro. Siguió adelante, con ahínco, pero demasiado fatigado como para correr, tropezando con las piedras, golpeándose con los árboles. Encendió la linterna y corrió unos cien metros a lo largo del muro, alumbrando el camino con su luz espasmódica. Luego se cayó al suelo cuan largo era y el cristal de la linterna se rompió contra una peña.

La luna había descendido y ya era más oscuro que durante la ida. Se valió de sus manos, tanteó el camino a lo largo del muro sin apenas verlo, buscó con atención el cuarzo que marcaba el lugar, se detuvo de vez en cuando para acariciar alguna pálida roca de granito que en la penumbra podía parecer cuarzo. El camino era interminable. Escuchaba en todo momento, a la espera de que llegaran los perros, de que dieran la alarma, de que se oyeran los saltos y gritos de las personas. Lo único que oía era el estrépito de su propio cuerpo, sus resoplidos, sus tropiezos con la densa maleza. Entonces, por fin, sus manos hallaron a tientas el cuarzo. Sus caras de cristal eran resbaladizas como el hielo.

Se echó a correr por el lecho del arroyo, entre resbalones y traspiés en el desorden de rocas. Cuando aún no había recorrido veinte metros, sus dos pies salieron volando hacia delante y se golpeó el espinazo y la base del cráneo contra el suelo. Se quedó de espaldas sobre el lecho rocoso del arroyo, con los ojos puestos en el trémulo y oscuro color gris del cielo, más allá del encaje aún más oscuro de las ramas.

En un primer instante, aquel rumor le pareció un nuevo aspecto del martilleo que sentía en los oídos, o del agua que discurría bajo las rocas. Pero cuando volvió en sí, inmóvil y a la escucha, reconoció el sonido que pugnaba por abrirse paso contra el viento desde el otro extremo del mundo. Era la alarma de la calle Mayor, que sonaba en lo más alto del parque de incendios, para despertar a los bomberos.

Mientras seguía tirado, casi sintiéndose en paz, dio por seguro que las personas del pueblo estarían despojándose de las cobijas y apoyarían sus pies descalzos sobre la frialdad del suelo. Los voluntarios de la brigada de bomberos, muchos de los cuales también eran auxiliares de policía, se estarían poniendo botas y chamarras de goma sobre la pijama. Sus esposas se cubrirían los tubos con pañuelos e irían detrás de ellos con pasos más lentos, y saldrían a la plaza para ver el fuego, el mismo fuego que John había encendido. En su calma, albergaba el deseo —igual que habría albergado el deseo de que una vaca pariera sin problemas— de que alguien pensara en despertar a Adeline Fayette. Pero la imagen a la que se agarraba era la del subastador, que saldría a la calle completamente vestido, con Dixie pegada a su talón izquierdo meneando la cola, y explicaría con una ceja enarcada qué le parecía que tenían que hacer los bomberos. Perly esperaría tan solo hasta que sus ojos, como un lente de ojo de pez, hubieran evaluado toda la escena.

Y entonces se pondría en marcha. Habría sido una temeridad contar con que las llamas, o la maleza, frenarían a Perly. El subastador no haría más que pasar a través y seguir en silencio al perro en pos de John. Era ya tan solo cuestión de minutos.

John se incorporó con dificultad y siguió adelante dando traspiés. En los alrededores del estanque, las oscuras placas de hielo cedieron una y otra vez bajo sus suelas, aprisionaron una de sus botas, lo obligaron a detenerse. Al llegar al sendero que rodeaba el propio estanque, se echó a correr de nuevo. Si ya habían llegado, vería la conmoción en el patio: la policía del estado con las radios a todo volumen, tal vez el capitán Sullivan en persona interrogando a Mim. Tal vez la separaría de la Yaya y de Hildie. Tal vez se las llevaría a todas como rehenes, para hacerlo salir del bosque. Se detuvo a escuchar. Ya no oía el tumulto en la calle Mayor, pero se dio cuenta de que el cielo azul marino se estaba tiñendo de un tono más claro. Siguió adelante, pegado a la orilla del estanque. De vez en cuando el pie izquierdo resbalaba en el terraplén. Por fin, dejó atrás los robles gemelos del sitio donde se bañaban y llegó a un lugar desde donde ya podía ver su propia casa y el patio.

A oscuras. En calma y a oscuras. No se veía luz, ni siquiera en la cocina. Siguió adelante y dejó que el envase de gasolina vacío se balanceara a su lado.

Pero en cuanto llegó al camino rural empezó a preguntarse por qué estaría a oscuras la casa. Mim estaría dormida, o se habría ido sin él, o andaría en la oscuridad en busca de Hildie. Corrió hacia arriba por el camino hasta llegar a la puerta y la empujó con todo el cuerpo. Estaba cerrada. Sus empujones resonaron contra la familiar madera. No tenía llave y le daba miedo gritar, aunque se hallara en su propio patio. Entonces, de improviso, la puerta cedió bajo su peso y Mim lo agarró en el mismo instante en que se caía hacia dentro.

Se quedaron abrazados un momento. En la penumbra, la Yaya atravesaba dificultosamente la sala.

—¿Estás bien? —le preguntó Mim, al tiempo que lo sostenía.

—No sé —respondió John, con una voz que a él mismo le resultaba extraña.

De niño volvía a casa desde la escuela corriendo por el camino, entraba por la puerta y permitía que se desbordara la presa con que había contenido hasta entonces el torrente de su propio fracaso. La Yaya le repetía: «Tienes que ser hombre, tienes que ser hombre», para consolarlo. Y en aquel momento habría querido ser un niño pequeño, desbordarse, rechazar la orden de ser hombre.

—Has estado corriendo —dijo Mim.

John se enderezó y se apartó de ella, y se apoyó contra la puerta, sin resuello.

La mujer encendió un cerillo. A juzgar por sus pantalones y su suéter, lo había estado esperando despierta. Levantó la chimenea de la lámpara de queroseno que tenían sobre la mesa y acercó el cerillo a la mecha para que prendiera. John contempló la pequeña llama amarillenta, inmerso en la sensación reconfortante que le daba el fuego.

—¡Dios mío! Tuviste una pelea —dijo la Yaya, mientras se acercaba a John para verlo más de cerca.

John negó con la cabeza y luego se le ocurrió dejar el envase de gasolina en el suelo. Los montones de cajas estaban junto a la puerta, tal como los había dejado.

—¡Todavía no las han subido! —gritó, y el pánico lo sacudió de nuevo. Tomó en brazos una caja llena de platos y se dio la vuelta para salir.

—¡John! —dimo Mim, agarrándolo del brazo—. ¿Dónde has estado?

—¡Suéltame! —le gritó.

Mim lo soltó, y John abrió la puerta y se enfrentó de nuevo al frío.

—Deja eso en el suelo —ordenó la Yaya. Su voz sonaba clara y robusta en la estancia a oscuras.

—Mamá —respondió John—, tenemos que marcharnos. Rápido.

—No vayas con tantas prisas —replicó la Yaya, y John vaciló.

—¿Cómo has...? Jamás había visto una... —dijo Mim. John cerró la puerta y apoyó la cara contra su fría superficie—. John, eso es gasolina. Apestas a gasolina.

—No podemos pararnos a hablar —respondió—. Deben de estar de camino hacia aquí.

Se le había secado la garganta y el cuerpo le palpitaba con tal violencia que a duras penas podía sostenerse en pie. Bajó los ojos hacia la caja llena de platos, que una y otra vez se desdibujaba y volvía a cobrar consistencia a través de brumas rojizas.

Se dejó llevar por Mim hasta la silla de jardín de la Yaya y permitió que lo sentara. La mujer le dio un vaso de agua del balde.

—¿Quiénes? —preguntó.

—Él y la perra —respondió—. Dunsmore y esa perra.

—John, ¿qué has ido a hacer?

—Es mejor que no lo sepas —respondió el hombre.

—Mim y yo tenemos que saberlo —dijo entonces la Yaya—. Estamos tan metidas en esto como tú.

Se erguía frente a él apoyada en sus bastones, y las líneas de su rostro, iluminado desde abajo por la lámpara, tenían una rotundidad que John casi había olvidado.

Mim se arrodilló frente a él con un trapo húmedo.

—Toma —le dijo. Le tocó el rostro con el agua cálida y los rasguños empezaron a escocer.

John, alterado no por el dolor, sino por la angustia, dijo:

—Prendí fuego a los pinos que están detrás de la calle Mayor. Y el viento ya debe de haber extendido las llamas hasta las casas de Mudgett y de James, y quizá también hasta la estafeta de correos.

Mim le secó la cara.

—¿Te descubrieron?

El hombre negó con la cabeza.

—¿Te persiguieron?

Volvió a negar con la cabeza.

—¿Recuerdas ese tramo de carretera donde los campos son llanos de ambos lados? —preguntó Mim—. Los Gore podrían haberte visto por ahí cuando ibas con el envase.

—No se ha acercado en ningún momento a la carretera —observó la Yaya—. Fue por el bosque, como cuando era niño. Corrió por el bosque en la negrura de la noche, asustado. Es el bosque el que lo maltrató de esa manera, no un hombre.

—Nunca ha sucedido que un bosque frenara ni por un solo minuto a un perro —repuso John.

—¿Viste si te perseguían?

John negó con la cabeza. El azul de los cristales de la ventana daba paso a un color grisáceo. Cuando se marcharan, tendrían que pasar por la casa de Cogswell para evitar la calle Mayor.

—Si nos marcháramos esta noche, sería como si confesáramos por escrito nuestra culpabilidad —dijo entonces la Yaya.

John se sentó en la silla y dejó que Mim le sacara las botas heladas.

—Aquí estamos tan indefensos... —musitó. Su cuerpo se quedó sin fuerzas, porque le estalló en la cabeza la certidumbre de que su madre tenía razón. Al menos tendrían que quedarse un día o dos. Tendrían que volver a quedarse sentados dentro de la casa y esperar. Podía ver ya los colores de los árboles por las ventanas y se dio cuenta de que el primer día de espera acababa de empezar.

—Siempre has tenido miedo de los perros —dijo la Yaya con dulzura.

Lassie golpeó el suelo con la cola al oír aquellas palabras reconfortantes.

Mim agarró los brazos de John y se los sacudió. Empezó a desabotonarle la chamarra.

—Quítate la ropa —le dijo—. Que no te encuentren así.

Vertió el agua de una de las cubetas dentro de una gran olla y metió otro leño en la cocina.

John se puso de pie y miró alrededor, desconcertado. La violenta explosión de la gasolina y su atropellada fuga estaban escritas por toda la habitación.

—¡Apúrate! —exclamó—. ¡Vacía la camioneta! —Trató de volver a ponerse las botas—. ¡Ay, Dios mío! ¿Se siente el olor en mi cuerpo? Si nos encuentran despiertos y ven todos los indicios...

Se puso de pie y apagó la lámpara.

—No te muevas —le dijo Mim—. Terminarías por esparcir el olor por todas partes. Y hasta podrías prenderte fuego tú mismo si te acercas demasiado a la estufa.

John se quitó la chamarra y luego el suéter.

—¡¿Dónde están los guantes?! —gritó. Agarró la chamarra y volvió a meter un brazo en la manga.

Mim se cubrió la boca con una mano.

—¡Mira en los bolsillos! —exclamó.

Pero no estaban allí.

—Ahora ya es demasiado tarde —dijo la Yaya—. De todos modos, los bosques crecen en buena parte sobre el polvo de guantes extraviados. Y, además, ¿de qué les servirían esos guantes, aunque los encontraran? Que yo sepa no habías escrito tu nombre en ellos.

—Es por los perros, Yaya —respondió John, que había vuelto a ponerse el suéter y todavía buscaba los guantes en la chamarra—. Ahora sí tendremos que irnos. Metí la pata de verdad, así tendremos que marcharnos. Los guantes se quedaron allá, a la vista de todo el mundo, como una bandera roja.

—John —le dijo Mim—. Quítate la ropa. Yo soy la que más ganas tiene de irse. Pero está muy claro que ahora no podemos. Ahora no. Ahora lo único que podemos hacer es quedarnos quietos y estar atentos por si oímos la camioneta. —Agarró las cubetas—. Y no te diré que me gusta lo que hiciste.

Sin ponerse ninguna prenda abrigadora, salió por la puerta trasera en dirección al pozo.

La Yaya estaba al lado de John, sosteniéndose a duras penas con sus bastones, y John, al levantar los ojos bajo la luz temprana, creyó ver que las crueles transformaciones provocadas por la edad se habían desvanecido por unos momentos.

—Vamos, hijo, no te detengas —le apremiaba la anciana—. Lávate. Yo te diré que sí me gusta lo que hiciste. Aunque ahora puedan capturarnos, por lo menos se habrán enterado de que los Moore no se doblegan como una camada de cobardes. —Golpeó el suelo con el bastón, llena de deleite—. No. Ha quedado claro. Y yo misma lo he tenido siempre claro desde que conocí a tu padre. Los Moore no se doblegan.

13

Lo acostaron con la ropa puesta, porque así, si oían un coche, podrían despertarlo, y nadie sabría que había estado durmiendo hasta tarde. Mim había sacado el colchón de la camioneta y lo cargó hasta el dormitorio, y en aquel momento John estaba acostado bajo las viejas colchas de mamá y contemplaba las primeras y difusas manchas de luz del sol que se extendían cual gasas por el suelo en dirección a Hildie. La niña yacía enroscada como una bolita, con la cabeza echada para atrás y las mejillas agrietadas y de un brillante color rosáceo, y respiraba ruidosamente por la boca. El hombre yacía despierto y tenso, atento a camionetas, sirenas, coches de policía... la comparecencia final que pondría fin a todo. Pero lo único que oía bajo el gran manto de silencio invernal era la respiración de su hija y los pasos rápidos y metódicos de Mim en el piso de abajo. Por la puerta lateral en busca de leña, por la puerta de la cocina hacia el establo. Adentro de nuevo. Afuera de nuevo. Las franjas de luz del sol se acortaban y ganaban definición, teñidas de azul, como si se filtraran a través de hielo. John escuchaba con los ojos abiertos como platos. Se había dado cuenta de que el viento había cesado. El viento había parado.

Entonces Hildie estornudó, y volvió a estornudar. De pronto escapó de su propia cama y se metió en la de sus padres.

—¿Dónde está mamá? —preguntó.

—Abajo —respondió John.

—¿Seguro? —preguntó la niña, al tiempo que se sentaba sobre las colchas, con su pijama azul descolorido—. A mí me dijo que nos marcharíamos antes de que me despertara.

—No, no —respondió el hombre—. Escucha. Eso que se oye abajo es ella.

Hildie escuchó hasta que oyó los pasos y las voces de las mujeres, y luego se acurrucó al lado de John. Los dientes de la pequeña castañeteaban.

—No nos hemos ido —dijo.

—No —respondió él.

—Ya lo sabía yo —exclamó con alegría. Echó ambos brazos en torno al cuello de John y este sintió su aliento sobre su cara rechoncha. La niña apenas se había acomodado cuando dijo—: Es hora de levantarse.

—Lo sé —contestó John, y al mismo tiempo que lo decía, sintió tal somnolencia que a duras penas logró responder a la niña. En cuanto esta salió de la cama y corrió escaleras abajo hacia la cocina, el hombre se quedó casi dormido.

Mim había iniciado sus labores con el cuerpo tembloroso. Había puesto la ropa a remojar en una tina llena de agua y luego había ido al pozo por más. Había atizado el fuego de la cocina y luego había dejado la puerta entreabierta para estar segura de oírlos antes de que se arrojaran sobre ella. Además, con un poco de suerte, el aire disiparía el olor a gasolina que se sentía en la estancia. La Yaya estaba demasiado alterada como para quedarse encerrada en la sala, donde la temperatura era buena. Mim la envolvió con una cobija y, satisfecha por contar con su compañía, la sentó cerca de los fogones.

Mim lavó la ropa en tres tinas diferentes. En cada ocasión, esperó con impaciencia a que el agua del hervidor se calentara. Luego las escurría con fuerza y las colgaba del tendedero sobre el fuego que rugía en la cocina. Mientras trabajaba, ensayó con la Yaya lo que harían cuando llegaran. Esconder la ropa. La manera más rápida sería meterla en el horno. Cerrar la puerta exterior. Echar agua en el fuego de la cocina. Correr escaleras arriba para avisar a John.

Mim talló las botas con un cepillo y jabón amarillo. Y volvió a tallarlas, pero no lograba eliminar el olor a gasolina. Al fin, corrió al establo e hizo rodar las botas húmedas sobre el estiércol de vaca seco y el heno que aún cubrían el piso. Luego las cepilló de nuevo y se las llevó adentro, y las escondió en un armario.

Pero a pesar de todo, después de dejar entrar el aire y lavar tanto, la cocina olía a gasolina.

—¡El envase de gasolina, Mim! —exclamó la Yaya, y se rio—. ¡Qué par de burras somos!

Mim dio un respingo. Agarró el envase y corrió al establo. Limpió con sus propias manos los trozos de hojas secas y las pegajosas manchas de gasolina, y luego metió el envase en la parte de atrás de la camioneta, donde tenía que estar. Luego se frotó las manos en la hierba helada hasta dejarlas limpias, y entonces se sobresaltó y se incorporó, como hizo en seis ocasiones durante aquella mañana, creyendo que había oído un coche. Pero el viento había fenecido y el alba era tan silenciosa que casi oía el leve crujido con que el hielo cubría poco a poco el estanque. Un pato salvaje gritó y entonces Mim oyó el batir de sus alas sobre el agua, y luego lo vio, grácil y oscuro contra el cielo grisáceo del nuevo día.

Al entrar, se detuvo en la puerta y contempló el estanque, como había hecho varias veces al día a lo largo de veinte años.

—Después de todo, se va a cubrir de hielo negro —dijo a la Yaya—. Y nosotros nos habremos ido.

—No importa. Vaya donde vaya, será una linda patinadora. Igual que él.

Mim se imaginó a su hija ya crecida, con la gorra larga de lana verde dando vueltas en el aire, mientras la muchacha giraba vertiginosamente sobre el estanque en un día de invierno sin nubes. ¿Acaso la Yaya recordaba esa misma imagen de su propio hijo? ¿John, un lindo patinador? Esa es la clase de cosas que damos a los niños: el espíritu, el estanque, el recuerdo.

Mim se llevó las manos al rostro, aturdida de felicidad ante la plenitud de su mundo, allá, al borde del estanque.

—¡Eh, Miriam! —le dijo la Yaya con voz suave, y tendió una mano hacia ella—. Siempre fuiste una muchacha tan sensible…

Mim tocó la mano de la Yaya, y entonces salió de su ensueño y se puso a trabajar de nuevo. Al cabo de poco estaba descargando la camioneta, vaciando las cajas una por una y arrojándolas luego al sótano, para ir luego al establo por la siguiente. Acababa de salir del establo con la cuarta caja cuando oyó el coche que se acercaba. Corrió de nuevo hacia el establo, con la caja en las manos, y se quedó en la caballeriza, sin saber qué hacer. Tan solo había vaciado la mitad de la camioneta y John aún estaba arriba, profundamente dormido y vulnerable. Mim contuvo la respiración y escuchó. Oía el sordo zumbido del motor del coche, pero no el ruido de puertas abriéndose, ni pisadas sobre la grava. Colocó la caja al pie de la ventana, con cuidado de no hacer ruido, y se subió encima para mirar afuera.

Un vehículo familiar de color anaranjado marca Datsun se había detenido en medio del patio. Dentro de este había un hombre barbudo, una mujer de aspecto juvenil y dos niños pequeños que contemplaban tranquilamente el establo, el prado, el estanque. Movían los labios y hablaban. Al fin, el hombre asintió y salió, y con una desenfadada sonrisa llena de curiosidad, caminó sin prisas en torno al establo. Cuando se hallaba casi debajo de la ventana de Mim, se detuvo para dar un puntapié a una cornisa. Luego regresó a donde estaba el coche y poco a poco se dio la vuelta, al tiempo que examinaba todo lo que su vista podía alcanzar. Sus ojos se detuvieron en la ventana de la cocina. Sonrió e hizo un gesto con la mano. Mim pensó que debía de haber visto a Hildie. La niña debía de estar a la vista. Por fin, el hombre subió de nuevo al coche y dijo algo. Su mujer e hijos se echaron a reír y saludaron con la mano en dirección a la casa. Por fin se fueron. Los dos niños miraron por la ventana trasera hasta que el coche desapareció tras la colina.

Mim aguardó a que el sonido del motor no se oyera en absoluto y luego corrió hacia la casa. Dejó la caja nada más cruzar la puerta y fue con la Yaya.

—¿Cómo pudiste permitir que Hildie se quedara a la vista? —preguntó—. ¿Cómo pudiste?

—Tan solo eran unos turistas —respondió la Yaya—. Seguro que eran turistas. Nunca había visto a gente con tanta pinta de turistas.

—¿En diciembre? —preguntó Mim—. ¿En martes? La próxima vez que ocurra algo así, procura que Hildie esté escondida, y muy bien escondida, ¿me oyes?

La Yaya abrazó con fuerza a Hildie y no respondió.

Mim reanudó el trabajo con mayor urgencia que antes. Cuando el sol aún no estaba muy alto, respiró hondo y constató que, salvo por la construcción de madera de la camioneta —que tan solo indicaba que pensaban marcharse pronto—, todo había vuelto a la normalidad. No parecía ya que los Moore estuvieran a punto de huir. La ropa, la comida, los utensilios de cocina, todo se hallaba en su lugar. Hildie estaba sentada en la silla con la Yaya, bajo la misma cobija, y dibujaba. Los cuencos de cereales y tazas sin lavar creaban un reconfortante desorden en la mesa. Hasta la ropa de John estaba casi lo bastante seca como para colgarla en los ganchos del dormitorio, donde tenía que estar.

Casi sin solución de continuidad, Mim regresó a la familiaridad de las tareas cotidianas. Llenó la caja de la leña, fue por dos cubetas de agua fresca, barrió y lavó la vajilla del desayuno. Se preparó una taza de achicoria y calentó las hojuelas de avena que le quedaban. Por fin, cerró la puerta para que empezara a subir la temperatura en la sala. Ya no podía hacer nada, salvo esperar.

Mim olisqueó.

—Me pregunto si alguien que oliera esto sin saber nada distinguiría el olor a gasolina.

—¿Nos quedan cebollas? —preguntó la Yaya.

Mim se agachó para sacar el cesto de las cebollas, que estaba debajo de la tarja, y tomó seis cebollas pequeñas.

—Nos bastarán para otra sopa —dijo. Luego suspiró—. Espero que podamos tomárnosla.

John despertó con hambre. El dormitorio se veía lúgubre bajo la última y pálida luz del día, que por un instante confundió con la del alba. Entonces recordó, y reanudó la escucha en el mismo punto donde la había dejado. Tal vez fuera el sonido de la camioneta del subastador lo que lo había despertado. Caminó torpemente hasta la ventana, arrastrando las colchas tras de sí, y miró abajo, al patio vacío. No se oía ningún sonido, ni siquiera en la cocina, y se preguntó, igual que Hildie, si se habrían ido sin él. Se quitó las cobijas de encima y corrió escaleras abajo.

Mim se había puesto a barrer la cocina por tercera vez. La Yaya y Hildie jugaban cartas. Hildie tiró las suyas y corrió hacia él.

—¡Has dormido todo el día! —le dijo.

—Chsst —la riñó la Yaya—. Eso es un secreto. No lo olvides.

John se sentó a la mesa, incapaz de hablar. Por un momento, fue incapaz de recordar cómo y por qué se lo había jugado todo.

—Tuvimos compañía —le explicó Mim—, pero la verdad es que no parecían...

John se agarró al borde de la mesa y bombardeó a Mim con preguntas sobre los visitantes. Por fin, se levantó y salió al patio en calcetines. Tembló de frío y miró al cielo, en dirección al pueblo. Estaba nublado y silencioso, y el aire que le llenaba la nariz era gélido como la nieve húmeda. Volvió a entrar.

—Nada —dijo.

—¿Quién sabe? —añadió Mim—. Harlowe está muy lejos.

Le sirvió un tazón de sopa a John. Hildie se subió al regazo de su padre y este comió. Tragaba con excesiva rapidez, como si temiera que en cualquier instante lo fueran a interrumpir.

Oscureció, la hora de cenar quedó atrás, acostaron a Hildie y empezó la parte difícil de la noche, que iba a durar. El viento se levantó de nuevo. Las ramas de los árboles que estaban frente a la casa se partían y golpeaban contra el suelo, y el viento soplaba por entre los juncos largos y vibrantes del estanque, y su canto se volvía más y más fuerte, hasta el punto de que ya no habría sido posible oír sirenas ni gritos. Los Moore escuchaban, se esforzaban por volverse sordos al estruendo que los rodeaba para poder detectar los sonidos que provenían del pueblo, o el gimoteo de un automóvil que se acercara, o el sutil roce de pisadas en el patio.

John trabajaba en un trozo de leña, lo iba desgajando con el cuchillo hasta reducirlo a la nada. Lassie dormitaba sobre su cobija al lado de la estufa. La Yaya estaba sentada en su silla, bien despierta. Y Mim, en la mesa, se mordisqueaba los dedos y no hacía nada.

—No dejo de preguntarme —dijo John— hasta dónde habrá llegado el fuego. Y si habrán encontrado los guantes.

—Lassie ladraría si hubiera alguien cerca —observó Mim.

—¿Recuerdas una cosa sobre los Gore? —respondió John—. Algo que se aplica a todos los Gore. Los perros nunca les ladran. No les han ladrado nunca.

La Yaya manoseaba el fleco de su cobija.

A las diez dejaron salir a Lassie, luego la volvieron a meter y, al cabo de una breve discusión, concluyeron que lo más práctico para no despertar sospechas sería acostarse. John había despertado poco antes y escuchó desde la cama mientras pasaban las horas. Todos los ruidos de la noche que se oían al otro lado de las ventanas le parecían un eco de las ramas secas que se habían roto contra su cuerpo durante su larga huida.

De pronto, sin estar seguro de si había estado despierto del todo, se sentó sobre la cama y sacudió a Mim para que se despertara.

—¿Oyes las sirenas?

La mujer escuchó. John se dio cuenta de que estaba temblorosa, porque la había sacado de pronto de un sueño pesado y nervioso, y por todo lo demás.

—Sí, las oigo —respondió.

Pero de pronto las sirenas cesaron y escucharon de nuevo el viento en las copas de los desnudos arces.

—Sonaron tan cerca... —dijo Mim.

—¿Puede ser que aún esté ardiendo? —se preguntó John.

—No parecía que el sonido llegara de la calle Mayor —observó Mim.

—La noche lo confunde todo —dijo John—. Y también el viento. Quizás eran los camiones de bomberos de Powlton que iban a la calle Mayor.

—O los camiones de bomberos de Harlowe que iban a Powlton —replicó Mim—. También podría ser. Quién sabe qué se está quemando, y dónde, y por qué.

Pasó la noche y llegó la mañana, con la luz del sol y con Hildie. La curiosidad les pesaba tanto como el miedo. A las doce horas, Mim se dirigió a la tienda de Linden, y se llevó a Hildie, por si venían mientras no estaba en casa.

Pasaron traqueteando sobre los últimos y familiares baches del camino de tierra y entraron en la carretera asfaltada, repentina y lisa, que empezaba de improviso en pleno bosque, como si fuera un dedo hostil del pueblo que tanteara las tierras vírgenes. En la negrura del alquitrán creyó ver un anticipo de las ruinas carbonizadas de la calle Mayor. Pero la luz del sol se extendía sobre la carretera en apacibles franjas, oscurecía sus grietas y hacía relucir los fragmentos de mica incrustados en ella. A la luz del sol no había nada que pareciera siniestro del todo. En cuanto rodeó los últimos pinos y llegó a la entrada de la calle Mayor, vio en seguida que no había habido ningún incendio. Fue como despertar de un sueño y descubrir que todo lo que en el sueño se había trastocado volvía a estar en su lugar, que todo se había restablecido. Trato de recordar cómo había sido el sueño y se encontró con que no lo conseguía.

La casa de James se veía tan vacía como siempre, con sus persianas delanteras cerradas como siempre y sus lucernas inclinadas.

Una de ellas se había deteriorado a la intemperie hasta volverse de color gris, mientras que la otra era rosa, gracias a una mano de pintura reciente que ya había empezado a desbaratarse. La casa de los Mudgett seguía igual que antes, con el mismo desorden: la pila de listones y yeso de seis meses frente a la ventana del salón, el mismo coche de carreras sin parachoques ni ruedas en el patio de la entrada, y el enorme número catorce trazado con pintura blanca que había dejado manchones sobre la puerta. Al pasar frente a ella, Mim estiró el pescuezo, y entonces la esposa de Mudgett, con varias pinzas para tender ropa entre dientes, interrumpió su labor y le devolvió la mirada desde el otro lado de un tendedero a medio llenar. La propia Adeline Fayette se había detenido bajo la bandera de los Estados Unidos, frente a la estafeta de correos, y charlaba con un desconocido. Este la escuchaba. Apenas si podía hacer nada aparte de escucharla, porque Adeline no oía.

Mim dobló la esquina con la camioneta en dirección a la tienda de Linden. De espaldas a las tres casas que no habían sufrido ningún daño, echó miradas a la hierba todavía verde que quedaba a su derecha, al edificio cerrado del ayuntamiento, al taller de reparaciones de Stinton, a la casa del médico con su pulcro letrero y al par de invernaderos de la izquierda, aún con los techos hundidos, como sendas piernas quebradas. La normalidad en todos los detalles de la calle Mayor la cubrió como un manto oscuro y trató de recordar la historia que le había contado su esposo, el drama, la descabellada escena. Entonces pensó en Agnes Cogswell, en el dinero que John había arrojado al fuego, en el golpe que la Yaya había dado en el suelo con el bastón al saber que su apellido habría cobrado venganza.

Al llegar al otro extremo de la calle Mayor, retrocedió hasta el estacionamiento de Linden y, apoyando el cuerpo sobre el volante, contempló las tres casas intactas desde el otro lado del césped. No había monstruos, ni tanques blindados, ni voces airadas… tan solo la calle Mayor de Harlowe, la misma que recordaba haber visto toda su vida, que relucía con el sol en la época del año en que el otoño da paso al invierno. Hildie se había puesto de pie en el asiento que se hallaba a su lado y se apoyaba en su hombro, y parecía como si también soñara.

Eran los jueves lo que más le costaba aceptar. Venían visitas —personas familiares, personas cuyas madres e hijos recordaba Mim— y le sonreían, y nunca en demasía. Venía el subastador y la miraba y hacía que se sintiera embargada por la culpa.

Mim salió de su ensimismamiento y de pronto, como si hubiera descubierto una imagen oculta en un pasatiempo, advirtió lo que debería haber visto desde el principio. En el espacio que separaba la casa de Mudgett de la de James, la línea entre el huerto y el cielo estaba trazada con rabioso carboncillo. Donde habían estado los pinos tan solo quedaban muñones negros y quebradizos, algunos rotos y otros que apuntaban al cielo, como los rastrojos de un maizal despojados y ennegrecidos por la helada. La negrura se extendía por el heno cortado del huerto y cubría media docena de manzanos. En varios puntos, el río oscuro lamía los bordes del patio de Mudgett y luego proseguía hacia el bosque.

Hildie abrió la puerta de un empujón y se acercó bailoteando a la vitrina de los dulces y los juguetes de plástico. Aplastó la nariz contra el cristal hasta que quedó empañado con su mismo aliento y ya no pudo ver nada. Entonces retrocedió y se puso a dibujar una cara con el dedo sobre el vidrio.

—No toques la vitrina, Hildie —dijo Fanny, sentada en su taburete alto al otro lado del mostrador, tan quieta que parecía no más que una voz en la tienda oscura.

Mim apartó a la niña de la vitrina. Venía con un comentario ya preparado, como si hubiera sido la primera intervención en una obra de teatro.

—Vaya tiempo más raro para diciembre —logró decir—. No es que me vaya a quejar.

Se acercó temblorosa al dispensador de leche y llenó una botella de vidrio de cuatro litros. *Leches Pulver*. Tal vez proviniera de las vacas de la propia mujer. Dejó la botella sobre el mostrador de gastada madera de pino.

—¿Eso es todo? —preguntó Fanny.

—No. Voy a necesitar un poco de harina —respondió Mim.

—¿Se van de viaje? —preguntó Fanny, señalando con la cabeza al techo que habían añadido a la camioneta.

—Nos lo estamos pensando —respondió Mim.

—No sabría qué decirte sobre el tiempo —añadió Fanny, que apuntó un dólar cuarenta y uno por la leche en la parte de atrás de una bolsa de papel—. Una buena nevada acabaría con estos incendios.

Mim agarró una bolsa de la tienda y se dio cuenta de que contenía azúcar, en vez de harina. Se agachó para volver a colocarlo en su lugar.

—Si es que queremos que se acaben —dijo Fanny.

Mim se volvió con el ceño fruncido.

—¿Incendios? —repitió, sintiendo la pesadez de sus propios movimientos, advirtiendo que había tardado demasiado en responder, preguntándose si habría delatado ya a John.

—Pues sí —repuso Fanny—. Vaya año de accidentes. La mayoría han sido muy extraños.

—¿Dices que tuvieron un incendio? —preguntó Mim, de pie frente al mostrador, al tiempo que ofrecía tres billetes de dólar arrugados. Hildie se quejaba y la jalaba de la mano, empeñada en arrastrarla hacia la vitrina de los dulces.

—¿Quieres decir que no te enteraste? —replicó Fanny.

Mim negó con la cabeza.

—Bueno, claro, no sé cómo se van a enterar, si viven solos allá arriba. Me imagino que ni siquiera tienen teléfono.

Mim volvió a negar con la cabeza.

—Deja ya de molestar, Hildie —dijo Fanny, al tiempo que ofrecía a la niña un chocolate Mars con el envoltorio grasiento—. Esta ya estaba un poco pasada. Y ahora cállate de una vez, ¿me oyes? —Se volvió hacia Mim y tomó el dinero—. Esto le pasa por ser hija única. Si se tiene solo uno, no se les da la bofetada a tiempo. Se les da más valor del que tienen.

—¿Y cómo fue ese incendio? —preguntó Mim en voz baja.

—En la casa de Gore.

—¡¿De Gore?!

—Sí. La cosa tuvo su gracia. La casa se quemó por completo. Pero las llamas no llegaron a tocar el viejo establo. El establo de Toby debe de estar embrujado.

—¿Alguien salió malparado?

—Todavía no está claro.

Mim tomó el cambio, sin contarlo para ver si Fanny le había cobrado la barra de chocolate. Tenía los ojos puestos tan solo en la tendera.

Fanny se rio entre dientes.

—Pensaron que Bob se habría abrasado, porque no aparecía por ninguna parte. Luego se dieron cuenta de que la camioneta esa nueva y elegante con la sirena también había desaparecido. Y encontraron al viejo en el establo. Había agarrado una cobija y se había metido dentro. Sus eternas vacas. Lo único que le preocupa son sus vacas. Ese establo se le hundirá encima a la primera nevada. Espera y verás.

Mim trató de pensar en algo que pudiera decir.

—Empieza a estar demasiado viejo para vivir solo —observó.

Fanny se encogió de hombros.

—No se te habrá ocurrido que Bobby pueda tener muchas ganas de regresar, ¿verdad? Me imagino que al final tendrá que ser el municipio el que mantenga a ese viejo. Diecinueve hijos y no hay ninguno que valga un centavo.

Mim sonrió con incomodidad.

—O quizá se lo arregle el subastador ese. Si quieres saber mi opinión, pienso que debería hacerlo.

Mim trataba de poner orden en el rompecabezas, de entender cómo era posible que el fuego de John hubiera quemado la casa de Gore. Se quedó junto al mostrador, con la bolsa de harina en la mano, y dejó que el silencio se alargara demasiado.

—Sí, supongo que tienes razón —murmuró—. ¡Qué mala suerte!

Fanny empujó la bolsa de papel café con la leche y la harina sobre el mostrador, en dirección a Mim, y miró a esta última con ojos inquisitivos.

—Esto te rompe el corazón, ¿verdad, cariño? —le dijo.

El corazón de Mim dio un vuelco. Tomó la bolsa con una mano y empujó a Hildie hacia la puerta con la otra.

—Hay un pirómano suelto, eso está claro —añadió Fanny—. La noche antes había tratado de prender fuego en toda la calle Mayor.

Mim volvió la cabeza.

—¿Qué dices? —preguntó.

—Lo que acabas de oír. Echa un vistazo al otro lado de la casa de Mudgett. ¿Seguro que no es eso lo que estabas mirando cuando te quedaste sentada en la camioneta antes de entrar?

Mim volvió de nuevo la cabeza hacia Fanny, incapaz de responder. Una vez afuera, se quedó de pie junto al surtidor de gasolina y, entrecerrando los ojos, miró una vez más, sin disimulo alguno, las puntas calcinadas de los árboles que se aferraban a la colina más allá de la casa de Mudgett.

Aquella noche, cuando Hildie ya estuvo acostada, Mim se sentó a la mesa y dio vueltas y más vueltas a una taza de infusión de abedul.

—Tenemos que irnos ya —decía—. Mañana es jueves.

—He vivido toda mi vida cerca de los bosques y nunca he visto un incendio forestal —explicaba John—. ¿Recuerdas los incendios de Bar Harbor? Los voluntarios del 4H siempre venían tras nosotros por el tema del fuego, como si tuviéramos que topar con un incendio cada vez que salíamos por leña. —Había pelado con el cuchillo toda la corteza de un nuevo bastón de arce, pero luego se puso a pinchar sobre la mesa y estaba dejando un círculo de pequeñas muescas—. Un incendio forestal. Yo pensaba que un incendio forestal devoraría las casas como ramitas de leña. Pensaba que un incendio forestal se...

—¡John! —gritó Mim—. Mañana es jueves. Como mínimo vendrán por la camioneta. ¿Podrías estar un poco por esta cuestión?

John la miró como ausente y siguió hablando.

—Los Gore no tenían ningún perro. No tenían perros que los advirtieran...

Lassie creyó que la estaban llamando, se incorporó con torpeza y se acercó a la mesa meneando la cola. John no le hizo caso.

—John —preguntó de repente Mim, al tiempo que bajaba la voz y se acercaba a él todavía más—, ¿ese incendio también lo provocaste tú?

—¡Vaya pregunta, Miriam! —le espetó la Yaya—. ¿Acaso no pasaste toda la noche acostada a su lado en el piso de arriba?

—¡Pero, John! —gritó Mim—. Si descubren que fuiste tú quien provocó el incendio, también te echarán la culpa por lo de Gore. Lo más probable es que mañana vengan por ti, ya no por la camioneta.

John se puso de pie, caminó hasta la puerta y escrutó la negrura.

—Prendí un solo fuego y encima se apagó —explicó—. Pero quizá resulta que inspiré a otros. Son muchos los que tienen las mismas razones que nosotros para buscarle problemas a Gore.

—¡Siéntate, por el amor de Dios! —gritó Mim, al tiempo que se levantaba de un salto ella misma y luego volvía a sentarse—. En el lugar donde estás ahora eres la diana perfecta. —Se llevó las palmas de ambas manos a los ojos—. Ojalá tuviéramos persianas.

—Pues si me preguntas a mí, preferiría arder en mi propia cama que tener que ir por ahí como una pordiosera —dijo la Yaya.

—Queríamos llevarnos tu cama, Yaya —explicó Mim—, o por lo menos los cojines. John, ¿por qué no nos marchamos? Ahora mismo. Esta misma noche.

Pero John no escuchaba. Los ojos le brillaban. Se había puesto de nuevo a pelar el bastón.

—¡John! —gritó Mim—. ¡Por el amor de Dios! Parece que se volvieron locos los dos. Mañana se van a llevar la camioneta, de eso no me cabe ninguna duda. Y entonces estaremos atrapados.

¡Atrapados! Y tú te quedas ahí como si contáramos con todo el tiempo del mundo.

John arrojó el cuchillo sobre la mesa y se levantó de nuevo.

—Si nos vamos, dirán: «Miren, los Moore escapan. Seguro que fueron ellos». A Perly le importa un comino quién haya sido en realidad. Lo único que necesita es alguien a quien crucificar.

—Pero si nos vamos... —empezó a decir Mim.

—¿Crees que llegaríamos muy lejos con una camioneta con esa pinta? Tendríamos suerte si llegáramos a Powlton.

—Si van a crucificar a un Moore —añadió la Yaya—, prefiero que nos encuentren en casa, y no huyendo como una cuadrilla de *hippies*.

Mim golpeó la mesa con la taza, con tal fuerza que el té se derramó y salpicó el mueble.

—¿Y qué pasará con Hildie? —gritó—. No haces más que quedarte ahí sentado y esperar, cuando sabes que tarde o temprano... van a venir por ella. —Dejó caer la frente sobre la mesa—. En la camioneta al menos tendríamos una oportunidad.

El viento sopló con fuerza toda la noche, y John, que escuchaba mientras pasaban las horas, aún creía oír sirenas y campanas de alarma, e incluso el crepitar del fuego. Hildie, Mim y la Yaya. Las contaba una y otra vez. Escuchaba cómo Hildie respiraba trabajosamente por la boca y sentía el cálido pie de Mim, que reposaba contra su rodilla mientras la mujer dormía. Estaba inquieto por la Yaya, que dormía sola en el piso de abajo. Habría querido llevarla arriba, a la pequeña habitación, con los demás, para poder contarla también entre los vivos al oír su respiración. No paraba de oír coches en el patio, pisadas sobre la grava, el sonido de rifles amartillándose. Recordó historias de personas prisioneras en granjas, torturas, violaciones, niños arrojados sobre bayonetas. En las ciudades morían a balazos personas que iban por la calle. En Vietnam murieron a tiroteos aldeas enteras.

En algún momento, empapado en su propio sudor, jaló a Mim hacia sí y le dijo:

—Nos iremos, Mim. Nos iremos. Tienes razón. Nos marcharemos a primera hora de la mañana antes de que lleguen.

Pero, a la esplendorosa luz de la mañana, se quedó en el umbral de la puerta y observó cómo el viento agitaba con suavidad las agujas de los enormes pinos blancos que crecían a orillas del estanque. Eran árboles retorcidos, cubiertos de cicatrices, casi echados a perder, pero la Yaya insistía en llamarlos «pinos vírgenes». Varios de ellos se vinieron abajo cual piezas de dominó en el huracán de 1938. John se había subido a una silla cuando aún era más pequeño de lo que entonces era Hildie y había mirado por la ventana. E incluso después de aquello, seguían llamando «pinos vírgenes» a los que seguían en pie. Tal vez la cuestión fuera que quien aguanta lo suficiente regresa a un punto parecido al de inicio. Quien lo pierde todo, salvo el tronco principal, retorna misteriosamente a la dulzura. Hildie le contaba a la Yaya una historia sobre las ranas de los árboles. Aquello era dulzura: Hildie y la primavera que brotaba todos los años siempre igual, alimentada por la tierra que siempre los había nutrido a todos ellos. John siempre había querido morir en aquella tierra, tarde o temprano.

—Vamos a quedarnos aquí y veremos si lo que tú crees que va a pasar ocurre de verdad —dijo, y se dio la vuelta para hacer frente al volcánico temperamento de Mim.

Pero Mim no le escuchaba. Se había detenido a la mitad de uno de sus recorridos por la cocina y se había quedado quieta, con los ojos vidriosos, escuchando algo que se oía afuera.

John y la Yaya contuvieron el aliento y escucharon también.

—Viene un tractor —dijo la Yaya.

—No —repuso Mim—. Es algo más grande.

El fuerte y estridente rumor cobró fuerza de pronto, cuando la invisible máquina llegó a la cima de la colina y empezó a descender a velocidad constante por el camino rural que conducía hasta la casa.

El sonido se atenuó unos instantes y luego resurgió con mayor aspereza. Se oyó un chirrido más agudo, una pausa, luego un atronador estrépito que dio paso de nuevo al estruendo del motor.

—¡Santo cielo! —exclamó John. Agarró la chamarra que colgaba del gancho y bajó corriendo por el prado.

—Esos bosques son nuestros —masculló Mim. Clavó los ojos en Hildie y le dijo—: No te muevas de aquí. Yo también voy a ir.

Mim alcanzó a John cuando este cruzaba el puente sobre el arroyo. Sin dejar de correr, doblaron el recodo y empezaron a subir por la colina.

La excavadora estaba desbrozando el principio de un nuevo camino, en el lugar donde había habido una senda de leñadores. Había derribado más de una docena de abedules enanos y estaba empujando a un lado un pino de buen tamaño.

—¡No pueden hacer esto! —gritó John, pero el fragor de la excavadora ahogaba su voz—. ¡¡No pueden hacer esto!!

Una vez más se echó a correr.

—¡John! —gritó Mim, y luego corrió tras él. Al llegar al borde del terreno desbrozado, John se detuvo, insignificante como si hubiera sido uno de tantos árboles al lado de la enorme máquina amarilla. No conocían de nada al conductor. Un rótulo estarcido sobre la puerta rezaba: «Lynch, Inc. Concord».

John gesticuló hacia arriba, en dirección a la cabina, pero la máquina no hizo más que retroceder e iniciar otro asalto.

John obligó a Mim a soltarle el brazo. En cuanto la excavadora volvió a ponerse en movimiento, el hombre corrió hacia el terreno despejado que había frente a ella y agitó los brazos frente al conductor.

—¡Johnny! —gritó Mim. Se echó a correr hacia John, pero se detuvo al ver que la pala de la máquina se acercaba. La excavadora avanzó hasta hallarse a poco más de dos metros de John y entonces se detuvo.

El conductor bajó la ventanilla.

—¡Sal de ahí! —gritó, por encima del rugido de la máquina.

—Esta es mi tierra —gritó John a su vez—. No puedes hacer esto.

El hombre era grande, obeso, vulgar. No habría estado fuera de lugar en Harlowe, pero no era de allí.

—¡Eh, oye! —bramó—. ¿Eres uno de esos que se instalaron sin permiso en la casa del lado del estanque? Ya me advirtieron que estarías aquí. Me dijeron que saldrías con esas. Déjalo ir, ¿quieres? Con mi excavadora no vas a poder.

—Esta tierra es mía —insistió John—. Voy a llamar a la policía.

—Oye —dijo el hombre, al tiempo que paraba el motor y se asomaba—. A mí me ha dado órdenes el presidente de la corporación. Quiere construir una calle y cuatro casas en este lugar. Y el tío que mandó conmigo la semana pasada para delimitar el terreno es policía en Harlowe. Si ese no sabe de quién es el terreno…

—¿Qué corporación? —preguntó John—. ¿El presidente de qué corporación?

—¿Te suena Perly Acres? —respondió el hombre con sarcasmo.

—Perly Dunsmore es un mafioso y también lo son todos los policías de la ciudad.

—¡Anda, no me digas! —replicó el hombre—. Pues mira qué curioso, también me dijeron que me saldrías con esa. No debe de ser la primera vez, ¿eh? El gran jefe me enseñó la escritura de propiedad, colega. El policía me enseñó su placa. ¿A quién te parece que voy a creerle?

John se quedó en silencio.

Cuando parecía que el hombre iba a arrancar de nuevo, Mim le gritó:

—¡Pero es que esta tierra es nuestra!

El hombre miró a la mujer y a John.

—Pues siento mucho que lo vean así —dijo.

Empezó a subir la ventanilla.

De pronto, John salió de su ensimismamiento. Saltó al escalón de la cabina.

—¡Hijo de puta! —gritó—. ¡Te voy a matar!

—Me vas a matar, ¿eh? —dijo el hombre, mirando a John desde lo alto—. Pues mira, empezaré a preocuparme cuando vea el arma. El poli ya me dijo que eres uno de esos tipos pacíficos que no tienen armas.

El motor arrancó y el hombre dirigió el vehículo hacia una haya grande que se encontraba a pocos pasos de Mim. John saltó al suelo y retrocedió hasta el camino junto con la mujer.

La excavadora armaba tal estruendo que no oyeron el coche hasta que lo tuvieron prácticamente encima. Pasó a toda velocidad sin vacilar: un Dodge azul con dos personas dentro.

—¡Hildie! —gritó Mim—. Está ahí dentro con la Yaya.

La mujer bajó por la colina corriendo con todas sus fuerzas en dirección a la casa. Al llegar al puente, tuvo que detenerse. Cada vez que tomaba aliento se le formaba un nudo de dolor en el costado. John pasó por su lado como una centella y Mim se echó a correr de nuevo dando traspiés.

El Dodge se había detenido en el patio, pero las dos personas aún estaban dentro del automóvil. John se detuvo detrás del vehículo y Mim se puso a su lado sin decir nada. Al mirar al interior del coche, que era de poca altura, vieron a un hombre y una mujer con cabellos blancos que se iban pasando una taza de termo humeante y miraban a su alrededor como si estuvieran estacionados para contemplar una vista panorámica.

Entonces la mujer vio a John y a Mim, y tuvo como un ligero sobresalto, luego se rio y habló con su marido. Abrió la puerta del coche y salió, algo altiva.

—¡Buenos días! —dijo—. Somos los Larson. Jim y Martha. Estamos pensando en comprar a Perly Acres y nos interesaba ver el terreno donde se construirá el centro recreativo. ¿Ese es el establo que van a reformar? ¿El hecho de que esa excavadora esté ahí arriba quiere decir que se está cumpliendo el calendario de trabajo? Entiéndalo ustedes —dijo entonces, y rio brevemente—, unas personas tan mayores como nosotros no pueden permitirse...

Mim se había quedado con el rostro congestionado de pura estupefacción. Sintió bajo su propia mano que el cuerpo de John se crispaba, y que luego, poco a poco, se ensanchaba al respirar hondo.

—¡Salgan de mis tierras! —rugió, al tiempo que daba un paso hacia la mujer—. Le voy a retorcer el pescuezo a ese maldito por haberlos mandado aquí.

—¡Santo cielo! —murmuró ella, y entonces volvió a meterse a toda prisa en el coche y cerró la puerta. Su marido tanteó con torpeza los mandos del automóvil y logró que arrancara. Hizo un peligroso giro en U y se alejó a toda velocidad por el camino rural.

John iba de un lado a otro por la cocina, como si hubiera estado encerrado en una jaula. Hildie se había retirado a un rincón con una cobija y se chupaba el dedo. La Yaya estaba sentada en la silla, temblorosa, sin que nadie le prestara atención. Y Mim, que tenía muy claro que había que marcharse —que ya nada importaba, salvo que tenían que irse—, ordenaba y reordenaba en silencio las cosas que se tenían que llevar, de manera que pudieran cargarlo todo en la camioneta y ponerse en marcha en un par de minutos en cuanto John diera la orden.

El fragor de la excavadora llenaba la sala. Cuando hablaban, sus voces se oían débiles, como en la lejanía, y aunque vieran que los árboles de la orilla del estanque se curvaban y se volvían a enderezar, oían el viento tan solo en las pausas entre embestida y embestida.

Hacia las diez, una camioneta entró en el patio. Se materializó en las ondas de sonido como si hubiera llegado en absoluto silencio. Mim tomó en brazos a Hildie y luego se detuvo. Era Mickey Cogswell, sin más compañía.

—No será él quien... —empezó a decir.

John dejó el cuchillo sobre la mesa y salió. Mim sentó a Hildie en la silla con la Yaya.

—Ahora no digas ni una palabra, ¿me oyes? Ni una palabra.

Hildie escondió la cara en el regazo de su abuela.

—¡Para de decírmelo! ¡Ya lo sé! —chilló. Los pliegues de la bata de la Yaya amortiguaron su grito.

Cogswell no salió de la camioneta, tan solo abrió la puerta

y esperó. Su piel y sus ropas estaban cubiertas de una oscura mugre grisácea. Las arrugas de su rostro se habían convertido en trazos negros y tenía los ojos enrojecidos.

—¿Pero qué demonios...? —pregunto Mim mientras se acercaba. Entonces sintió el olor a humo en su cuerpo.

El hombre decía que no con la cabeza.

—Dios lo sabrá —respondió—. El pueblo entero está envuelto en humo. Estábamos tratando de apagar un fuego en la casa de Sonny Pike. No le bastaba con que le pegaran un tiro, ahora arden quince hectáreas de su pinar y su granero se está quemando. Parece que la casa también puede darse por perdida. Y luego cuando he pasado por el granero de Pulver salía fuego por el techo. Están echando agua por la casa, pero está unida al granero y el viento les sopla en contra.

Cogswell calló y se frotó la cara, y abrió surcos en el hollín hasta que le quedó como vetas oscuras por el rostro.

El fragor de la excavadora aumentaba y disminuía en torno a ellos. Cogswell negó con la cabeza.

—¿Perly les echó eso encima?

John se quedó con los brazos cruzados. Asintió.

—Ni siquiera ha esperado a que...

—No nos vamos a marchar —dijo John—. Creo que ya te lo había dicho.

Cogswell miró a John, con una firmeza en sus ojos azules como no se había visto en varios meses.

—Lo que quisiera saber es qué haces aquí —repuso John—, ahora que tus colegas auxiliares de policía tienen tantos problemas.

—Bueno, ¿sabes?, han venido los del departamento de bomberos de Powlton, y los de Babylon y Walker están en camino. Lo que ocurre es que acabamos de enterarnos de que la propiedad de Ward que dividieron en partes y vendieron también está en llamas en un par de lugares distintos, y eso está en el otro extremo del pueblo. Es la gota que ha colmado el vaso. Yo, y James, y Stone, y varios otros auxiliares de policía que tememos por nuestras viviendas nos fuimos. El pobre Sonny pegaba saltos de un lado para otro y nos gritaba pidiéndonos ayuda. Pero yo estoy que no me quito de la cabeza mis propios campos resecos. Este año la mitad aún están sin segar. Y algunos de los de Powlton también lo han dejado y se han puesto a discutir sobre quién es el propietario del pueblo y por qué van a jugarse el pescuezo si de todos modos nos vamos. Y mientras tanto el fuego sube por la colina y envuelve los árboles como si fuera follaje, y se abre camino hacia la propiedad de Geness.

John iba escuchando con rostro sombrío.

Cogswell se pasó las manos por el cabello.

—Si disparo la escopeta tres veces, ¿acudirás a echarme una mano? —Miró a Mim, luego a John—. Miren —dijo, y tragó saliva—, ya sé que son los suyos los que están provocando los incendios. Y no voy a decir que no nos lo mereciéramos, ¿pero ustedes y yo vamos a estar en guerra por eso? —Alargó una mano hacia John y le tocó la manga—. ¿Qué puedo hacer, Johnny? Ahora ya no quedan más bomberos.

John miró por el camino, en dirección al sonido de la excavadora, pensativo.

—Así que la mitad del pueblo está en llamas —dijo pausadamente.

Cogswell se dio la vuelta tras el volante, fatigado.

—Quizá tengas razón, Johnny —dijo, mientras cerraba con un portazo—. Ninguno de nosotros merece vivir hasta el próximo amanecer.

Mientras la camioneta salía al camino rural, Mim se echó a correr detrás de ella, sin esperar a John, y le abrió la puerta sin dejar de correr.

—¿Por qué no se van todos, Mickey? —gritó.

—Yo no puedo, Mim —respondió Cogswell, mientras frenaba—. Agnes me lo pide tanto que me cuesta aguantarlo. Pero no puedo. ¿Cómo voy a marcharme? Sería como morir.

John vino detrás de Mim y estiró el cuerpo para agarrar a Cogswell por el brazo.

—¿Oyes a ese tipo de ahí que está derribando mis árboles? —preguntó—. ¿Hay algo que tú puedas hacer?

Cogswell puso cara de sorpresa. Luego toqueteó la pistola que llevaba en la funda y respiró hondo.

—Sí —dijo—. Creo que quizá sí. En todo caso puedo intentarlo.

Y en vez de marcharse a casa, Cogswell dio la vuelta y subió por la colina en dirección a la excavadora.

John y Mim se quedaron juntos en el patio y escucharon. La excavadora se detuvo casi de inmediato. No hubo disparos y estaban demasiado lejos para escuchar sus voces. Por fin, el enorme motor rugió de nuevo, y entonces, poco a poco, empezó a alejarse.

Mim miró a John.

—No estuvo más de una hora allí —observó.

—Por esta vez —repuso John.

Mickey pasó por su lado sonriendo. John respondió a su saludo con un grito de ánimo.

El viento se arremolinaba en torno a la chimenea y se deslizaba gimoteando por el empinado techo. Hacía que las puertas traquetearan y sacudía el plástico de las ventanas. En la habitación que había sido de Hildie, las esquirlas de cristal seguían desprendiéndose del orificio de bala e iban a parar al suelo. El resto del día pasó de algún modo y nadie más vino.

—El jueves terminó —dijo Mim aquella noche en el dormitorio— y no vino nadie de parte de Perly, aparte de la excavadora.

—Los incendios los tienen ocupados —respondió John—. Pero podrías apostar a que Perly ya está tramando cómo matarnos y enterrarnos de una manera u otra a todos nosotros, auxiliares incluidos. Y solo quedará él y venderá un pueblo que ya estará desierto.

Hacía tanto frío que acostaron a Hildie sobre la cama de ambos y colocaron las colchas de la niña sobre las suyas para que no pasara frío. Aguardaron con impaciencia a que la larga noche terminara. Por fin compareció el alba sobre la línea de escarcha de las ventanas y vieron nubes grisáceas que volaban cual cúmulos de polvo sobre un cielo matutino de sepulcral blancura.

—Se acerca una nevada —dijo Mim—. Tenemos que irnos en seguida, esta misma mañana, antes de que empiece a nevar.

—En esa camioneta pasaremos tanto frío como en el fondo de un pozo —replicó John.

—Ya nos compraremos una estufa en Concord. Tú mismo decías que nos va a enterrar a todos y somos los primeros que va a encontrar en su camino. —La mujer empezó a suplicar—: Johnny, por favor.

John se levantó sin darle respuesta, se puso el overol y la chamarra, y bajó a encender la estufa y la cocina. Después del desayuno tomó el cuchillo y un palo. Hildie subió a su lado y observó con ojos como platos, sin moverse, cómo las astillas caían una a una y el palo perdía tamaño.

Mim se puso la chamarra y salió a sacar agua del pozo.

—Esa nieve no va a esperar —insistió al volver—. Se pondrá a nevar en cualquier momento y nosotros estaremos aquí. —Estaba agitada y de mal humor. Buscaba ocupaciones en la cocina y luego las dejaba a la mitad—. Esta es nuestra última oportunidad —repetía—. Y ninguno de los dos está dispuesto a ceder.

—Pues entonces vete —replicó la Yaya—. Vete con la niña.

—¿Cómo me voy a ir, Yaya? —gimoteó Mim—. ¿Y voy a dejarlos a ti y a Johnny aquí?

Las nubes se amontonaban en lo alto, espesas como un budín. Aguardaron durante toda la mañana para ver lo que ocurría. Pero no ocurrió nada. Hasta la nieve estaba a la espera.

Eran las cuatro y ya oscurecía, y empezaba otra noche. Oyeron el motor y no dijeron nada. Mim agarró a Hildie, tomó los abrigos que colgaban de los ganchos y salió por la puerta.

Era la camioneta amarilla. Mim tenía los ojos puestos en ella, medio convencida de que lo que veía no era más que una nueva repetición de la visión que la había asaltado tan a menudo durante los largos días de espera. Mientras la camioneta se acercaba lo suficiente como para distinguir los rasgos de Dunsmore y Mudgett, no tomó a Hildie por el brazo ni la sacó por la puerta de atrás.

La Yaya anduvo hasta la cocina y se quedó de pie junto a la tarja, sosteniéndose sobre los bastones. John estaba detrás de la puerta cerrada, esperando.

Perly era el que venía a la cabeza por el sendero, desarmado como siempre, y se movía con la facilidad que otorgan unos huesos grandes. Era un blanco perfecto para un tirador que se ocultara —supongamos— detrás de la ventana sin reparar del piso de arriba. Mudgett caminaba detrás del subastador con pasos muy cautelosos, siempre con una mano cerca de la pistola, y como si hubiera leído los pensamientos de John, echó una mirada a las ventanas del primer piso, y luego, de súbito, se volvió a la izquierda para controlar la oscura entrada del establo.

El propio John abrió la puerta y los dos hombres entraron, y se detuvieron de espaldas a la puerta. El frío había entrado con ellos.

—¿Dónde están Mim y Hildie? —preguntó Perly.

—Aquí no —respondió John.

Perly enarcó una ceja y reflexionó.

—Últimamente hay muchos problemas en Harlowe —observó.

—Supongo que te has enterado de los incendios, siete en una semana, y varios otros que no han llegado a causar daños —dijo Mudgett con su aguda y rápida voz—. Y ese imbécil de Gore se largó.

John no dijo nada. Estaba totalmente inmóvil, con las manos en los bolsillos.

—Por ello, Red, en calidad de ayudante primero, ejerce ahora como jefe de policía en funciones —explicó Perly, al tiempo que miraba a Mudgett como si acabara de conocerlo.

Mudgett se balanceaba, nervioso, sobre los dedos de los

pies, como si siguiera el ritmo de una radio de transistores que llevara dentro de la cabeza.

—Calma, Johnny —le dijo—. Hoy no hacemos colecta. —Soltó una breve carcajada—. A menos que hacer colecta de personas cuente como tal.

Tanto John como la Yaya escuchaban, impasibles.

—La gente está entrando en pánico —explicó Perly—. Y con razón. Tenemos que hacer algo para restablecer la seguridad en el pueblo. Está claro que alguien tiene que tomar la iniciativa para arreglar esto. Y yo me he encariñado tanto con este pueblo...

—Queremos saber quién provoca estos incendios —dijo Mudgett—. He oído decir que últimamente estás soltando mucho tu temperamento, Johnny. ¿Tienes alguna idea de quién podría ser?

—¿Quién? ¿Yo? —respondió John.

—Es el rayo que cae, Red Mudgett —dijo la Yaya, volviéndose hacia Mudgett casi con alivio, hablando con firmeza al hombre que había conocido cuando aún era niño—. Es el rayo que cae y que terminará por abatirse sobre ti. Espera y verás.

—¡Señora Moore! —exclamó Perly, en tono de reproche—. La noche pasada Red perdió un ala de su casa.

—Y no fue un rayo, señora Moore. Fue un zorrillo con dos patas. Un zorrillo al que no le queda mucho tiempo en este mundo, se lo aseguro.

—Todavía no hemos decidido qué es lo que vamos a hacer —explicó Perly—. Hemos convocado una reunión para esta noche en el ayuntamiento, para hablar sobre lo que haremos. Los necesitamos de verdad, porque son una de las familias de toda la vida. Los necesitamos a todos ustedes —añadió, mientras miraba en derredor—, también a Mim y a Hildie, si regresan.

La Yaya dio un paso hacia Red Mudgett.

—Lo que vas a hacer es prendernos fuego a todos nosotros, eso es lo que vas a hacer —dijo—. Me pareces perfectamente capaz de hacerlo.

Mudgett chasqueó los dedos.

—Quizá deberíamos llevarnos la camioneta después de todo, Perly —dijo, con los ojos puestos en la Yaya.

Perly contempló a Mudgett con ojos entrecerrados.

—No podremos hacer nada por el pueblo hasta que todo vuelva a la normalidad —dijo—. Tenlo en cuenta.

Iba mirando por la cocina, como si hubiera contado con descubrir a Mim y a Hildie agazapadas por algún rincón. Miraba a la Yaya, envuelta en su bata de franela y apoyada en sus bastones llenos de muescas, al palo de leña mutilado que se hallaba sobre la mesa, a la cinta para el pelo de Hildie y a la muñeca de trapo que había quedado sobre la silla de jardín de la Yaya.

—¿Van a venir? —preguntó a John—. Vamos a necesitar toda la colaboración posible. Y lo que no necesitamos son más problemas.

John se sacó el cuchillo del bolsillo y empezó a dar punzadas sobre la mesa, como ausente.

Mudgett había recobrado la compostura y callaba, pero Perly, con los ojos clavados en el rostro de John, esperaba todavía una respuesta.

—Lo pensaré —respondió John, sin levantar la vista.

—Está bien —repuso Perly, enseñándole los dientes con una sonrisa. Se volvió hacia la puerta—. Nos vemos allí.

—Si no... —añadió Mudgett, y jugueteó con la pistola sin sacarla de la funda, con el dedo que tira del gatillo. John retrocedió por puro instinto. Mudgett sonrió.

Perly se marchó a paso rápido por el camino, sin mirar atrás. Mudgett bailoteaba detrás de él, dando pasos a los lados, y dándose la vuelta para no perder de vista a John.

14

La calle Mayor estaba tan abarrotada que tuvieron que estacionar la camioneta media manzana más allá. Hildie iba bailoteando delante de ellos, pero sin alejarse mucho, emocionada y algo atemorizada por la experiencia de salir de casa después de que oscureciera. Mim y John, uno a cada lado, ayudaron a la Yaya a ir renqueando por la calle y a subir por la larga banqueta que terminaba en la entrada del ayuntamiento.

—Algo me dice que cuando volvamos a casa solo hallaremos cenizas —comentó Mim.

John no dijo nada.

—Hay un hombre que se cree que es Dios. Se cree que puede mover montañas y secar los mares —contaba la Yaya—. Y encima hay otros que lo creen con él.

—Yo no me lo creo, Yaya —replicó John—. Pero quedarse en casa sería como firmar una confesión.

La Yaya resopló.

—Ese se cree que somos una manada de tontos inútiles y aún no hemos hecho nada para demostrarle lo contrario.

Avanzaban con lentitud. Las personas se agolpaban detrás de ellos y pasaban a su lado. Varias se detuvieron para decirles:

—¡Ah, señora Moore! ¿Cómo se encuentra usted?

Como si hubieran sentido cierta sorpresa al encontrarla aún con vida. Los hombres a los que había dado clases de catecismo cuando eran niños y las mujeres a quienes había preparado el ramo nupcial, los había que trabajaban como auxiliares de policía, y otros que no, pero todos ellos saludaban a la Yaya como si hubiera sido parte de una vida anterior, antes de que el pueblo se viera arrastrado a la división.

El ayuntamiento también servía como teatro, como cine, como gimnasio, como oficina de los concejales. Se calentaba con una estufa donde ardían leños crepitantes, conectada a un reluciente tubo de escape de acero inoxidable que recorría la mitad de la sala y luego desembocaba en la chimenea de ladrillo de ceniza. Las sillas plegables de madera, las mismas que se usaban en las subastas, estaban dispuestas en hilera frente al escenario.

Acomodaron a la Yaya en el centro de la sala. La anciana se quitó el pañuelo, se desabrochó el abrigo y colocó los bastones entre las piernas. Luego miró alrededor con ojos de miope, en busca de Hildie.

Hildie había encontrado a los niños de los French y los había seguido escaleras arriba hasta el escenario, y luego también cuando volvían a saltar al suelo. Los French se veían desaliñados. El niño más pequeño tenía una gran rasgadura en la rodilla del overol y las botas negras reparadas con cinta adhesiva. La hija del médico, una niña alta y tímida, de unos diez años, caminó poco a poco hacia los demás pequeños, chupándose la punta de una trenza. Por fin, los tres hijos más pequeños de Cogswell se unieron a la refriega armando un gran tumulto.

Mim estaba temerosa.

—Dile que vuelva —ordenó a John.

—Déjala —le dijo la Yaya—. ¿Qué le va a ocurrir mientras estemos aquí?

La Yaya no había vuelto al pueblo desde el día en el que habían ido a la iglesia. Encontraba conocidos sin cesar y les preguntaba por otros. Y de vez en cuando alguien se acercaba a ella y le preguntaba en susurros por su salud. Parecía que les reconfortara verla allí. La mujer estaba sentada en su silla con el cuerpo erguido.

—Todo el mundo está aquí —dijo—, como siempre.

Mim asintió.

—Sea lo que sea que tienen en mente, no estaremos solos.

Los adultos guardaban silencio y los gritos de los niños destacaban en neto contraste. Por fin, Walter French fue por sus hijos y los condujo hasta sus asientos, a un lado, al tiempo que observaba por el rabillo del ojo la puerta de atrás.

Mim giró la cabeza para tratar de descubrir qué miraba. Entonces vio un policía municipal de verdad, con uniforme azul marino, camisa azul claro, gorra con visera y placa.

John se rio con disimulo a su lado.

—Red Mudgett juega a disfrazarse —dijo—. Bobby era más juicioso.

Mim volvió a mirar. El agente mecía ligeramente el cuerpo y mascaba chicle. Entonces salió torpemente al pasillo y corrió al frente para ir a por Hildie.

Una vez tuvo a Hildie sana y salva en el regazo, Mim sintió la fuerza de su propio cuerpo. Aún la conservaba. Aún era capaz de correr. Sintió que tenía energía suficiente para correr kilómetros, para dejarlo todo atrás. De niña, en los tiempos en los que había conocido a John, había tenido por costumbre correr por los campos, por los bosques, en torno al estanque. Recordaba cómo la obedecían entonces sus alargados músculos. Había sabido que, de algún modo, iba a terminar así: con la anciana y con la niña, con John y con su tierra, atrapada en aquel lugar, como una piel de ciervo clavada a una pared. Y, sin embargo, Mim siempre había regresado.

Mudgett subió rápidamente por la escalera y salió al escenario. Su mirada fue de un extremo a otro. Anduvo con movimientos precisos hasta el centro y se detuvo en la línea sobre la que descendía el telón rojo oscuro, bajo el gran escudo de la ciudad pintado sobre escayola que el abuelo de Linden había diseñado y donado en los tiempos en los que su tienda hacía buenos negocios y era uno de los hombres más ricos del pueblo. A su izquierda se hallaba la bandera estadounidense, a su derecha la de New Hampshire.

Al contemplar a las personas del pueblo con ojos inexpresivos, hizo enmudecer hasta el último ruido que pudiera oírse en la sala, hasta el punto de que las propias sillas a duras penas crujían. De súbito, Mim se dio cuenta de que Perly Dunsmore se sentaba tres filas por delante de ellos, muy a la derecha. Estaba tan quieto como los demás y observaba a Mudgett con aparente despreocupación, como si hubiera estado viendo imágenes en una pantalla.

En cuanto Mudgett habló, los habitantes de Harlowe se percataron de que el hombre que estaba frente a ellos ya no era un antiguo compañero de escuela, ni un vecino, sino un duro policía de la brigada antivicio —impersonal, severo, implacable en el ejercicio de su profesión—, una figura que les resultaba familiar a todos ellos gracias a las últimas reposiciones de películas.

—El Departamento de Policía de Harlowe ha convocado esta reunión especial de todos los vecinos porque un pirómano anda suelto por el pueblo —empezó a decir en un inglés correcto, áspero, de locutor de radio, del que había desaparecido por completo la rápida dicción de tenor habitual en él—. Así pues, estamos trazando planes a fin de capturarlo, pero necesitamos la ayuda de todos ustedes.

John cruzó y descruzó las piernas, incómodo, y Mim lo miró de reojo para advertirle de que se estuviera quieto.

—Para empezar —dijo Mudgett—, tendrán que renunciar a salir por la noche. De esta manera todos ustedes podrán dormir seguros, por lo menos todos los que no sean miembros de la fuerza pública. Si encontramos a alguien a más de cincuenta metros de su domicilio después de que haya anochecido, asumiremos que no busca nada bueno. De todos modos, no estarán ustedes de humor para fiestas mientras no pongamos fin a estos incendios. Así que quédense en casa después del ocaso. Todas las noches mandaremos a alguien a hacer la ronda, para garantizar que todo el mundo haya llegado a casa sin contratiempos.

Mudgett masticó el chicle unos instantes y miró en derredor, deteniéndose tan solo en los rostros familiares de sus compañeros auxiliares de policía.

—Además vamos a llevar un registro de la gente que entra y sale de Harlowe. Estableceremos controles en las siete carreteras que parten de Harlowe. Así que, en la medida de lo posible, quédense ustedes en el pueblo. Si se ven forzados a desplazarse a otra población, llámennos, y los esperaremos en la salida. —Calló unos instantes—. De todos modos, no sé para qué tendrían que ir a otro lugar. Todo lo que puedan necesitar lo encontrarán en la tienda de Linden.

Mudgett aguardó, como si esperara alguna respuesta.

No hubo ninguna. Los presentes en la sala a duras penas se movían.

—Bueno, esta es la situación —dijo, con una voz que casi había vuelto a la normalidad—. Y para que vean ustedes que esto va en serio, Perly quiere entregar un obsequio al pueblo. De modo que, hum...

Mudgett se volvió hacia Perly con el entrecejo fruncido.

Perly se puso en pie y salió por entre las hileras de sillas, disculpándose con la gente ante la que pasaba. Vestido con su ropa de trabajo verde de todos los días, subió por la escalera hasta el escenario. Dixie trotaba con mucha gracia detrás de sus talones. Ocupó el lugar de Mudgett en el centro, y Dixie trazó un círculo a su alrededor y luego se dejó caer al suelo con un respingo. Mudgett se apartó y se quedó bajo la bandera de los Estados Unidos. Perly frunció el ceño y miró a los presentes con ojos entrecerrados.

—Algunos de ustedes han caído tan bajo que prendieron fuego a su propio pueblo —proclamó Perly con severidad, con una voz que cortó el silencio imperante en la sala e hizo que todo el mundo se sentara con la espalda un poco más erguida. Perly contempló los rostros que le miraban, se abrevó en sus expresiones, como si una alarma fuera a sonar en su cabeza cuando registrara el grado adecuado de culpabilidad—. ¿No es verdad, Paul? —dijo entonces.

Paul Geness dejó que el niño que tenía en el regazo se deslizara hasta el suelo. Miró a Perly con ojos cafés muy juntos. Geness tenía once hijos. Sobrevivía a base de encargarse de la vigilancia del vertedero de la ciudad y recuperar lo que otras personas desechaban.

—Dije: «¿No es verdad, Paul?».

Geness despegó los labios, pero no respondió.

—¡Sé que todo esto no ha sido fácil! —gritó Perly—. Pero vivimos el cambio más acelerado en toda la historia de la civilización. Lo único que quiero hacer es aprovechar ese cambio. Lograr que todos nosotros saquemos partido de él. Y yo mismo me enorgullezco de haber sido el comienzo de algo. El comienzo de algo. —Perly levantó el puño y golpeó la palma de su otra mano—. Pero ¿desde cuándo la gente de Harlowe siente tanto apego por las comodidades materiales? ¿Desde cuándo la gente de Harlowe tiene miedo de trabajar duro? ¿Desde cuándo?

La voz de Perly se volvió más fuerte y más profunda.

—Hay quienes incluso han huido. Pues bien, al diablo, si no logran apreciarlo, no los queremos aquí. ¿Verdad, Frank? —preguntó entonces, y señaló con un dedo moreno y contundente a Frank Lovelace, un hombre fornido que había sido un horticultor bastante eficiente antes de las subastas.

Lovelace no era hablador, y se agitó visiblemente sin llegar a levantarse de su silla, apretó los labios y tragó saliva.

—¡Y ahora esta locura! —gritó el subastador. Parecía que su voz proviniera de todas partes a la vez—. Esta demencia. ¡Esta insania!

Sacudió la cabeza como para librarse de aquella imagen y luego contempló a los presentes con una intensidad que los obligó a apartar la mirada.

Sacó un fajo de billetes del bolsillo de su camisa.

—Pues bien, aquí hay tres mil dólares —dijo. Sostuvo los billetes en alto, para que todo el mundo viera que se trataba de billetes de cien dólares—. Tres mil dólares —repitió, y sus ojos jugueteaban con la multitud—. ¿Alguien pasó por su casa a una hora extraña? ¿Han visto últimamente a alguien que oliera a gasolina? ¿Alguien en su propia casa que durante esta última semana haya actuado de manera extraña?

Perly clavó los ojos en una mujer muy maquillada que se sentaba al lado de su marido, a quien habían amputado una pierna hacía poco, debido a que se había caído por accidente bajo el tractor.

—¿Qué me dices tú, Jane Collins? ¿Sabes de alguien que se haya pasado el día entero durmiendo? —preguntó—. ¿Sabes de alguien?

La mujer bajó la mirada y negó con la cabeza. Su esposo agarró las muletas y miró a la silla que tenía enfrente.

—Avísenos —dijo Perly, en voz baja y tersa—. Pagaremos en efectivo, pagaremos con toda confidencialidad. Confíen en nosotros.

Volvió a sujetar los billetes con la banda elástica y se los metió de nuevo en el bolsillo, de tal manera que el número «100» asomaba fuera de este con sus ceros elegantes y alargados.

—¿Alguien tiene alguna pregunta? —dijo Perly.

Nadie pareció moverse, pero tampoco había nadie que estuviera quieto del todo, y las rígidas sillas plegables hacían un sonido como el de la estática de la radio.

—Bueno, pues entonces les pedimos por su propia seguridad que se vayan a casa de inmediato. Dentro de aproximadamente media hora los agentes harán la ronda para asegurarse de que todos hayan llegado sanos y salvos a su hogar.

Las personas de Harlowe no se levantaron de las sillas, como si no hubieran oído lo que les decía.

—Buenas noches —dijo entonces Perly con voz más amable—. Estamos todos juntos en esto. Tratemos de tener presente la tradición de fuerza y coraje que impera en Harlowe. A pesar de todo volveremos a empezar.

Perly comenzó a bajar del escenario y las gentes de la sala, con mucha lentitud, empezaron a cubrirse los hombros con los abrigos e incorporarse.

—Eh, un momento, joven —dijo una voz detrás de los Moore—. Esas propuestas que nos has hecho, ¿se supone que tienen fuerza de ley, o qué? —El que hablaba era Sam Parry. Sus ojos azul celeste eran tan penetrantes como siempre, pero su tez ya no se veía tan rubicunda como antes, desde que le habían pegado un balazo en el hombro durante la estación de caza—. ¿Se nos va a dar la posibilidad de votar las nuevas normas?

Perly se detuvo y le sonrió un instante, y luego regresó al centro del escenario.

—¿Que, si las vamos a votar, Sam? —dijo—. ¿Y quién va a votar en contra? Se trata tan solo de unas medidas provisionales que adoptamos por la seguridad de todos nosotros. Pero, por supuesto, si creen que hay que votarlas, las vamos a votar. —Perly miró a las personas del pueblo como si estuvieran confabuladas con él—. ¿Por qué no? —añadió—. Todos los que estén a favor, griten «sí».

Hubo un momento de silencio, luego Ian James gritó un «sí» gutural y se oyeron ecos dispersos por la sala.

—Todos los que estén en contra, que digan «no».

Se hizo el silencio en la sala.

—¿Sam? —dijo Perly por fin, al tiempo que enarcaba una ceja, a modo de desafío contra el viejo.

—Pues bien, yo estoy en contra —dijo Sam con aspereza, y se sentó.

Después de un momento de silencio, la Yaya levantó el bastón y lo apuntó hacia Perly con gesto tembloroso.

—Me gustaría saber por qué precisamente usted, señor Perly Dunsmore, tiene tanto empeño en capturar a ese pirómano —gritó, con voz enronquecida de puro esfuerzo—. Nadie ha prendido fuego a la casa de usted.

Fanny Linden, que estaba sentada delante de los Moore, se agachó para esquivar el bastón, y entonces Mim lo agarró y lo bajó al suelo, a pesar de los forcejeos de la Yaya.

—Señora Moore —gritó Perly, y las duras facciones de su rostro se retorcieron—, ¿cómo puede preguntarme eso? Harlowe es mi tierra. Usted ha vivido aquí y nunca ha tenido la opción de vivir en otro sitio, pero yo escogí Harlowe. Al cabo de veinte años, en los que he pasado por cuarenta países distintos, elegí Harlowe para que fuera mi hogar. Y para un hombre soltero como yo, una comunidad vale lo que una madre, un padre, un hijo y una hija. Harlowe es mi familia. —Dixie se revolvió junto a Perly, nerviosa, pero el hombre estaba tranquilo—. Mire, yo sé lo que está ocurriendo en el mundo. Y si enciende usted su televisión por la noche, casi cualquier noche, también lo verá. Verá el retrato de la juventud de Estados Unidos. Por lo general, violencia, rebeldía, obscenidades a gritos. Esa es la nueva generación. Eso es lo que está ocurriendo en todas partes. Pero Harlowe, Harlowe se aferra a las viejas costumbres. Y ahora esa calidad de vida, ese amor por los valores humanos, está en peligro. Nada podrá ser igual, si todo el mundo siente terror ante sus vecinos. Y si un lugar no es bueno para mis vecinos, tampoco será bueno para mí. Por eso me importa todo esto, señora Moore. No se me ocurre qué mejor uso podría dar a mi dinero que salvar nuestra comunidad.

—Ese hombre regaló la ambulancia al pueblo, ¿no? —gritó Tom Pulver, un hombre de poca estatura, y pecho fuerte y grueso, que había perdido su granero y parte de su casa en los incendios.

—Y yo me alegré mucho de ello cuando mi padre contrajo una neumonía —exclamó Vera Janus.

Perly miraba, con ojos inmóviles, como de ónice.

Sam Parry volvió a levantarse.

—Por supuesto que el que no tiene teléfono no puede llamar a la ambulancia. No es que me queje. Mi viejo jeep era lo bastante bueno como para llevarme al hospital. Y por supuesto que nadie ha ofrecido todavía ninguna recompensa por el imbécil que me pegó el tiro. Y hoy en día no es estrictamente necesario salir durante las horas de oscuridad para que te disparen. Yo lo conseguí simplemente con ir a mi propia estación de bombeo de agua a plena luz del día, ¿verdad que sí? —Sam llevó la mano buena a la frente y sacudió vigorosamente su melena blanca—. Pero me estoy saliendo del tema. Siempre me salgo del tema.

Sam calló unos instantes y se oyeron murmullos entre la muchedumbre.

—En cualquier caso —prosiguió—, lo que quiero preguntar es: ¿qué hace Perly ahí arriba? Que yo recuerde, no es moderador municipal. Tampoco es concejal. ¡Pero si ni siquiera es policía, y no será porque hoy en día nos falten! ¿Por qué carajo encabeza esta asamblea municipal?

Sam calló y miró a sus vecinos con el ceño fruncido.

La respuesta llegó, por fin, de la mano de Ian James, un corpulento auxiliar de policía que había sido elegido concejal en ocho mandatos consecutivos.

—En teoría, el moderador municipal es Jimmy Carroll —dijo, tras ponerse de pie en el lugar que ocupaba detrás de los Moore—. Y se fue del pueblo. Por lo que respecta a los concejales, Ward no está en el pueblo y el viejo Ike Linden ha estado enfermo. Así pues, parece que tan solo quedo yo. Y por la presente, nombro moderador a Perly. Y, de todos modos, la presencia del moderador solo es obligatoria en las asambleas rutinarias del municipio. Y es Red, no Perly, quien preside la reunión.

Perly dirigió una sonrisa amable a Sam.

—¿A quién tenías tú en mente, Sam? —preguntó—. ¿Quizás a ti mismo?

El anciano se sentó con mucha lentitud. No hubo risas. Las hileras de rostros que se volvían hacia el subastador tan solo expresaban desapego e indiferencia.

Mudgett se adelantó hasta donde estaba Perly y miró a este de reojo.

—Pienso que todos nosotros deberíamos echarle una mano a Perly —proclamó.

Una vez más, nadie se movió.

Perly se enderezó y sus ojos negros parecieron escrutar y contabilizar la negativa de cada uno de los presentes a iniciar el aplauso.

—Sé muy bien que están furiosos —reconoció—. Algunos de ustedes han llegado al punto de sospechar que yo, personalmente, soy culpable. Tienen que culpar a alguien por los males del siglo XX, y cuentan estos incendios entre ellos. Pero créanme, algún día comprenderán lo que he estado haciendo. Los líderes del cambio siempre tienen enemigos al principio. Dentro de cinco años, en el nuevo Harlowe, todos los que vivan en el pueblo estarán siempre dispuestos a ponerse de pie y aplaudirme.

Dixie se levantó y sacudió el cuerpo, y Perly fue con pasos ligeros hacia la bandera de New Hampshire y empezó a bajar por los escalones en dirección a los asistentes.

—¡Eh, un momento! —dijo alguien que se hallaba casi al final de la sala, y todo el mundo se volvió, porque habían reconocido al momento aquella voz, la voz monótona y prosaica de quien se complace en su propio poder. Era el Dr. Hastings—. En estos momentos Harlowe tiene más policías por persona que New York —afirmó—. Cuenta con tres patrullas, un sistema de alerta por radio y una red de lo que antes llamábamos «informantes», que al parecer incluye cerca de la mitad de Harlowe. Quisiera saber cómo es posible que a un cuerpo de policía que cuenta con tantos recursos le cueste tanto capturar a un miserable pirómano.

—Denos usted una oportunidad —respondió Ezra Stone—. El corpulento auxiliar de policía estaba sentado en un banco alto cercano a la estufa de leña, con los brazos cruzados—. No se preocupe. Lo capturaremos.

—Y, además —prosiguió el médico, sin voltear el rostro siquiera hacia Stone—, como médico de este pueblo, querría saber cómo es posible que, cuantos más policías tenemos, más propensos parecemos a sufrir accidentes.

Perly había regresado al centro del escenario y seguía allí, clavando en el médico sus ojos brillantes.

El Dr. Hastings le devolvió la mirada, sin pestañear tras los cristales de sus anteojos.

—Y ya que estamos —añadió—, también me gustaría saber

cómo es que muchos de mis pacientes más antiguos se marchan de la ciudad.

—Si le gusta a usted hacer comparaciones —respondió Perly con su voz calmada y luminosa—, ¿ha echado un vistazo a las estadísticas per cápita de incendios provocados, por no hablar de asaltos, violaciones, asesinatos y robos a mano armada de New York? ¿Cómo es que un neoyorquino apenas si puede albergar la esperanza de pasar un mes entero en paz? En efecto, puede ser que Harlowe se enfrente al primer problema grave en toda su historia, pero es que el crimen se está desbordando en casi todas partes. Y la razón por la que estamos mejor que en casi todas partes, señor doctor, es porque en un pueblo como este la gente actúa con rapidez antes de que las cosas se salgan de control.

Perly abrió ambos brazos como para abarcar a todas las personas que se hallaban en la sala.

—Las personas del campo saben lo que significa la hermandad —aseveró—. Todo el mundo se interesa por sus vecinos. Es la buena voluntad de un pueblo como este lo que nos ayudará a poner fin a los incendios. Y en cuanto a las personas que se marchan, no se van ni la mitad que en...

—Ya empezamos otra vez —gritó la Yaya—. Ya está dando la vuelta a las palabras. Lo que era blanco sobre negro se vuelve negro sobre blanco. Lo que estaba mal pasa a estar bien. Te da un tiro en la espalda y luego te recita el Sermón de la Montaña.

Perly miró a la Yaya y negó con la cabeza.

—Está perdiendo facultades —le comentó al médico.

John se levantó de pronto y se volvió hacia el subastador.

—Pregúntale sobre las subastas —masculló Sam Parry antes de que John hubiera podido pensar qué decir.

—¿Las subastas? —preguntó Perly con una sonrisa alegre, sin prestar atención a John—. Ese sí que es mi tema favorito. ¿Qué decir sobre las subastas? Jamás ha habido un pueblo al que le encantaran las subastas como a Harlowe. Cuando llegué aquí, pensaba llevar a cabo tres subastas, quizá cuatro. Pero ustedes mismos me obligaron a continuar. Ah, lo pagué todo. Quizá por eso continuaron dándome material. Lo único que he hecho es flotar sobre la cresta de la ola. Y ha sido una experiencia maravillosa, la experiencia más genuinamente estadounidense que se pueda llegar a tener. Esto es como el mismísimo ojo de un huracán, en el que compradores y vendedores se ponen de acuerdo.

—Pregúntale cuánto pagaba el maldito —gritó Sam Parry.

Perly se volvió hacia él con su rápida y negra mirada, y luego hizo un gesto para todos los que estaban en la sala, con silencioso dominio de la situación.

—Nadie se ha quejado nunca —dijo con voz pausada—. Por supuesto que acabo de llegar. Mi conocimiento de los precios que se pagan por aquí es limitado. Pero permítanme una pregunta. ¿Hay alguien aquí que se haya quejado alguna vez?

En medio del silencio, un leño resbaló dentro de la estufa de leña, con gran estrépito. Perly, irguiéndose sobre las puntas de las botas, se inclinó hacia las personas que se hallaban más abajo.

—¿Alguien se ha quejado alguna vez? —repitió.

Por fin, llevó la mano a la cabeza de Dixie y se volvió hacia Mudgett, sonriente.

La Yaya no había dejado de decir que no con la cabeza. Entonces empezó a golpear el suelo con el bastón, al tiempo que meneaba con furia su cabeza cana. Todos se voltearon de nuevo para observar a los Moore. Mim seguía sentada, sin moverse en absoluto. Tenía la sensación de haberse visto atrapada ya una docena de veces en aquel instante, en el que la linterna y las mirillas de los fusiles apuntaban directamente hacia ella.

—¡Yaya, por favor! —murmuró.

—Yo me quejé —gritó la Yaya, con la voz ronca—. Me quejé bien claro. Igual que me quejo ahora mismo.

Mim le puso una mano sobre la rodilla para contenerla, pero la anciana no le hizo caso.

—Señora Moore... —dijo entonces Perly, al tiempo que

enarcaba las cejas y bajaba la voz—. No se quejó usted cuando le regalé un sofá más cómodo que el que tenía. —Alzó la cabeza ante la sala entera y dijo—: La señora Moore está perdiendo el buen juicio...

—¡Qué diablos lo va a estar perdiendo! —gritó John, aún de pie.

Cerca de allí, Cogswell se llevó la ánfora a los labios con movimiento brusco, empinó el codo y bebió. Luego volvió a cerrarla con el tapón, se limpió la cara con una manga y se puso en pie.

—Sí se quejó —dijo—. Y si no se quejaron muchos más fue porque los hombres que hacíamos la colecta seguíamos órdenes precisas. Teníamos que estar seguros de que todo el mundo se enterara de los accidentes. Cada vez que empezaban las quejas, tenían noticia de un nuevo accidente.

Perly se enderezó, horrorizado.

—¡Por Dios bendito, Mickey! —gritó—. No sabes lo que dices. Nos vimos obligados a privar a Mickey de sus atribuciones —anunció a las personas del pueblo—. Le ofrecí mandarlo a una cura, pero él insistía en que no padecía ningún problema. De hecho, me guarda rencor desde que se lo propuse.

Cogswell se tambaleaba levemente frente al subastador.

—Ya ven... —dijo este, e hizo un gesto de tristeza.

Pero los demás clavaban los ojos tan solo en Perly.

—Nos transformó en una cuadrilla de ladrones —murmuró Mickey.

—¿Ah, sí? ¿Y cómo es que se lo permitiste? —gritó Arthur Stinson, y se tapó la boca con la mano antes de terminar. Stinson se había casado cuatro años antes, a los dieciséis, y a pesar de su reputación de impulsivo, había sentado cabeza y se las había arreglado para mantener a su joven esposa y luego a su hijo haciendo reparaciones de todo tipo.

—Yo tampoco vi que le llevaras la contraria —gritó Sonny Pike, que se había puesto de pie y acercó el rostro a Stinson por encima del cabestrillo que aún sostenía su brazo herido—. ¿Tú crees que esto nos gustaba? Pensábamos que le estábamos haciendo un favor al pueblo. Para cuando nos dimos cuenta de que no era así... bueno, mira lo que les pasó a los Carroll después de que Jimmy se fuera.

Perly observaba la discusión. Sus rasgos cincelados estaban serenos.

—Sonny se arredró —dijo con voz firme—. Nada tan demoledor como una emboscada secreta.

Sonny bajó la mirada y negó con la cabeza, pero siguió de pie. Su mano buena reposaba pesadamente sobre la silla que tenía delante.

—Esto es difícil... —le dijo Perly con voz tranquilizadora.

—¿Y qué nos dices de los niños, Perly Dunsmore? —gritó la Yaya, y su pregunta resonó por la sala—. ¿Qué pasa con los niños?

Dixie empezó a gimotear, pero por lo que respecta a Perly, casi pareció que se relajara. Sin apartar los ojos de la Yaya, le hizo un gesto a Dixie para que se echara en el suelo. Se plantó con firmeza en el centro del escenario, con las piernas abiertas y las manos en los bolsillos. Aguardó. Mudgett, a la sombra de la bandera estadounidense, empezó a mover un pie con impaciencia.

Cuando Perly habló, su voz era baja y calmada.

—Por supuesto que a una persona de casi ochenta años le cuesta seguir el ritmo de los nuevos modos de vida —dijo—. De todos modos, esto me entristece. Para mí, la señora Moore es un símbolo de todo lo que estoy tratando de salvar en este pueblo.

John seguía de pie en su sitio con ambos brazos en torno al cuerpo. Pero Perly miró a la Yaya y un pálido rubor cubrió su rostro. Mim, que estaba sentada cerca de ella, advertía su temblor.

—Preguntó por los niños —dijo Perly—. Me alegro de que haya preguntado por los niños. Me enorgullezco de mi...

—El martes lo vimos —interrumpió John—. Vendía niños en subasta como si fueran esclavos. Uno de ellos era el de Jimmy Carroll.

—¡¿Como esclavos?! —gritó Perly. Sacó las manos de los bolsillos y se volvió hacia la gente del pueblo—. ¿Qué iba a hacer yo con esos niños? —preguntó, indignado—. Yo. Un hombre soltero. Yo, que jamás he tenido esposa ni hijos. Yo, que sería feliz si tuviera hijos propios. Todos ustedes saben que me encantan los niños. Hildie Moore les puede contar que me encantan los niños. Los pobres hijos desamparados de Cogswell les contarán que me encantan los niños. Pero ¿qué clase de vida puedo ofrecer a un niño? Dos jóvenes madres acudieron a mí con sus hijos. Me preguntaron qué tenían que hacer. No podían cuidar de sus niños. No se veían capaces. ¿Qué iba a decirles? Lo único que supe decirles fue que algunas personas adoptan niños.

Perly calló unos instantes.

—Y esas madres me rogaron que hallara a personas buenas que adoptaran a sus hijos. De acuerdo, lo mío no es un servicio social. Ya lo sé. Pero es que Harlowe no tiene servicio social. Quizás algún día, si los cambios que he implementado funcionan, lo tendrá. Pero esos padres no podían esperar. Tengo experiencia del mundo. Tengo algún dinero. Así que acudieron a mí. Y, ¡por Dios!, encontré hogares para esos niños. Buenos hogares, con padres que estaban deseosos de amarlos y podían mantenerlos con un buen tren de vida. ¿Qué más podía hacer? ¿Qué quiere de mí este pueblo?

Perly calló. Su respiración se había vuelto trabajosa, su rostro se había ensombrecido.

Los asistentes se revolvían sin levantarse de sus asientos, como niños después de una reprimenda. John, Mickey y Sonny Pike seguían de pie, altos y bien visibles entre las personas sentadas.

—Pregúntenle —dijo Mickey con voz pastosa, pero la cabeza erguida, con la confianza y la calma de un hombre que siempre ha sido el favorito—, pregúntenle qué hizo para conseguir que los demás se separaran de su propia carne y de su sangre. No le bastó con hablar.

—¡Ah, Mickey! —repuso Perly, y pareció que su ira se disipaba—. Buscas el bien de tus hijos, a pesar de todos tus problemas. Ojalá todos los padres fueran tan amorosos como tú.

Y Perly miró a los residentes del pueblo casi con fatiga, como si buscara padres amorosos en vano.

—¡Miren a Sally Rouse, sentada allí, tan flacucha como siempre! —exclamó Fanny Linden. Fanny no se había puesto de pie. Se había quedado sentada y no se movía en absoluto, y sometía a Perly a la mirada inexpresiva e inflexible que ya conocían todos los que habían tratado de regatear con ella cuando ocupaba el banco alto tras el mostrador de la tienda—. Pregúntenle a Sally cómo lo hizo Dunsmore y con qué le pagó. Debe de creer que no tengo ojos de mujer en la cara. Hace no más de un mes se paseaba por mi tienda, con un embarazo avanzado. Pero no veo que ahora tenga ningún bebé. Así que les pregunto a dónde fue a parar el niño.

Sally Rouse estaba sentada con sus padres al final de la sala. Los asistentes estiraban el pescuezo para verla. Era una muchacha alta, de rasgos definidos, con una larga trenza rubia que le caía por la espalda y una gracia que destacaba en medio de aquella multitud de aspecto sencillo. Levantó un mentón firme y dejó que sus ojos azules recorrieran poco a poco toda la sala y se encontraran con las miradas de la gente, y se detuvieran por fin en Perly.

Dunsmore le sostuvo la mirada por un largo instante antes de hablar.

—Esto me resulta muy desagradable —dijo con voz gentil—. ¿Acaso es un pecado tan terrible? ¿Quieren que le cosan una letra escarlata en la ropa tan solo porque quiso que tuviera una mejor...?

—¡Ay, Sally, Sally! —gritó Agnes Cogswell, y entonces se levantó de su silla, con el cabello y los ojos revueltos. Dio unos pasos tambaleantes hacia Sally para ir a consolarla, pero Jerry la agarró y la obligó a retroceder—. ¿Qué es lo que te hizo ese hombre, Sally? —dijo entre sollozos.

—Por pura bondad de corazón —explicó Perly, que había enderezado el cuerpo y levantaba los hombros como para encogerlos— asumí la responsabilidad sobre la hija de otro hombre.

—Se inclinó hacia los presentes y su voz cobró fuerza—. Dije que le encontraría un hogar. Y ahora tú...

—A mí no me dijo que la iba a vender —gimoteó la madre de Sally, una mujer de cuerpo ancho y piel pálida, enrojecida por la ira—. ¡Mi pobre niña! ¡Mi pobre niñita! —Se dejó caer sobre el hombro de su marido, sollozando. Este no se movió. Sally estaba sentada con la cabeza en alto y clavaba en Perly unos ojos en los que no había lágrimas.

—¿Y fuiste tú quien se quedó el dinero, niña? —preguntó la Yaya.

Sally se volvió hacia ella.

—¿Yo? —dijo. Volvió los ojos hacia Perly y soltó una breve carcajada.

—Ni un centavo —contestó Dan Rouse, al tiempo que se ponía de pie con movimientos lentos. Era un hombre alto y de cuerpo muy encorvado, como si se hubiera pasado la vida entera con la cabeza agachada para evitar que el sol le diera en los ojos—. Ni un centavo —repitió—. Y se sirvió del poder que ejercía sobre la niña para obligarnos a seguir contribuyendo. —Hablaba con voz pausada—. Soy idiota. Tendría que haber dejado que me diera un tiro. Pensé que lograría salvar de algún modo a Sally. Pero ahora eso ya queda atrás y voy a hablar sin tapujos. Ese hombre es un demonio. Sally no es la única que se dejó llevar por él. Apenas queda nadie en Harlowe que pueda llamarse hombre.

Y Dan Rouse se quedó de pie, contemplando a Perly con la mirada baja.

Perly echó la cabeza a un lado y dijo con aire despreocupado:

—Siéntate, Dan. Estás haciendo el ridículo.

Pero Rouse permaneció en pie.

Entonces Perly clavó los ojos en él y le ordenó:

—Siéntate.

Rouse no se movió. Sally se levantó poco a poco y se quedó junto a su padre, con la cabeza levantada, como para sustraerse a la curiosidad de las personas del pueblo. Era casi tan alta como el padre, y su figura, en tejanos y camisa holgada, aún reflejaba la hinchazón del parto. La madre la jaló de la camisa, pero ella no se movió.

Entonces Sam Parry se incorporó, con el cuerpo aún muy erguido, a pesar de su edad.

—Una vez casi me atraparon —explicó—. Que acaben conmigo ahora.

Mudgett tenía la mano en la pistola.

—¿Qué querías que hiciera con la niña? —preguntó Perly, casi molesto, mientras sus ojos recorrían la multitud a gran velocidad.

—¡Ay, Emmie, mi pobre Emmie! —lloriqueaba Agnes Cogswell.

Frank Lovelace, sin decir palabra, se puso de pie de repente. Y John jaló del codo a Mim para que también se levantara, con Hildie en los brazos.

Y todos se dieron cuenta de que el médico aún estaba de pie detrás de ellos, en el mismo lugar donde se había hallado todo el tiempo, con aire despreocupado, cruzado de brazos, atento a lo que ocurría.

Poco a poco, Sam Parry esbozó una sonrisa.

El silencio se alargaba. Dan Rouse se irguió de súbito. Sus ojos café estaban fijos en Perly. Su mujer continuaba sentada y no paraba de girarse de un lado a otro. Por fin, se puso de pie y gritó:

—Dunsmore no le dio nunca nada por todo su dolor, lo único que le dio fue la propia niña y la usó contra nosotros. Y en cuanto nació también se la llevó.

La multitud empezó a murmurar.

—Ese hombre vino —siguió diciendo la madre— con sus maneras de animal. Y le puso el ojo encima a Sally, que tenía tan solo catorce años y era terca. No había nada que contentara a la niña. Y llegó él, con todo su poder y su dinero, y sabiendo muy bien lo que quería. Pues bien, nuestra Sally fue tras él como si ese hombre hubiera sido el Flautista de Hamelin. Y de verdad que nosotros nos esforzamos por educarla como corresponde...

Perly se puso de puntitas, sacando pecho, con la cabeza hacia atrás, y la boca bien abierta para dar su respuesta antes de que la madre pudiera terminar.

—¡Un momento! ¡Un momento! Hay algo que tiene que quedar muy claro. Esa niña no es hija mía —afirmó—. Llegué a esta ciudad exactamente doscientos ochenta días antes de que naciera ese bebé. Ustedes mismos pueden sacar cuentas. El médico presente en la sala nos dirá que el periodo de gestación humana es de doscientos ochenta días. Están exagerando mis cualidades. No hay hombre en la tierra capaz de llegar al pueblo, buscar a Sally Rouse, seducirla y concebir un hijo a la primera, todo entre el amanecer y la puesta de sol. Me halaga que me considere capaz de ello, pero no es humanamente posible. Y además la niña pesaba casi cuatro kilos, eso solo es posible si el embarazo duró los nueve meses completos, o un poco más. Esa acusación, precisamente, no es viable. Tendrán que imaginarse otra mejor. —Perly se encogió de hombros y la malicia se pintó en su rostro—. No voy a negar que he pasado buenos ratos con Sally Rouse. Está hecha una leona, a pesar de su edad. No podía enseñarle muchas cosas más. Mírenla.

Algunos de los vecinos del pueblo se dieron la vuelta y miraron. Sally irguió la cabeza aún más y mantuvo sus ojos azules fijos en Perly, pero el color empezaba a aflorar en su piel clara.

—Mírenla —repitió Perly—. ¿Qué hombre de sangre caliente la habría rechazado?

La señora Rouse seguía de pie en el mismo sitio.

—Y entonces... y entonces... —gritó, incapaz de terminar.

Perly meneó la cabeza y frunció el ceño.

—Pero tanto si fue culpa mía como si no, le hice una propuesta honorable.

—¡Querías matar a la criaturita indefensa, en vez de casarte con Sally! —bramó la madre—. ¡Una maldad después de otra!

—Una muchacha no puede casarse con un hombre que le lleva casi treinta años —dijo Perly con voz suave.

Se oyó un sordo rumor de murmullos y agitación en la sala.

Perly se quedó muy quieto bajo el escudo del pueblo, observando.

La Yaya, con ayuda de sus bastones, logró ponerse en pie, temblorosa, y se apoyó en las sillas que tenía delante.

El rostro de Perly se ensombrecía más y más.

John alargó el brazo para sostener a su madre y gritó:

—¿Y qué pasa con esa belleza rubia de cuatro años que prometiste para la semana que viene? ¿Qué me dices del establo y del prado en la ladera?

—¿Qué ibas a hacer exactamente? ¿Qué ibas a hacer? —preguntó la Yaya.

—¡Silencio! —gritó Perly—. Te equivocas. ¡Todos se equivocan! No entienden nada. Tan solo soy un hombre... tan solo...

—Pues yo diría que hemos entendido demasiado, durante demasiado tiempo, y nos hemos callado demasiado —gritó Mickey, arrastrando las palabras. Tiró de Agnes para que se pusiera en pie a su lado.

—No pueden alegar ninguna ley —gritó Perly—. Nada de lo que he hecho va contra la ley. No tienen autoridad para someterme a juicio de este modo. ¿De qué me acusan? ¿De tener ideales? ¿De impartir catecismo? ¿De enamorarme de...?

Walter French se puso en pie en silencio, luego hicieron lo mismo Arthur Stinson y Ezra Stone.

Entonces el color empezó a desaparecer del rostro de Perly.

—Ezra... —dijo.

Y los hombres y mujeres que estaban allí se fueron levantando, uno después de otro. El rumor que se oía en la sala se transformó en algarabía.

Perly se quedó como embobado ante el tumulto que crecía a sus pies.

—Recuerden tan solo una cosa —dijo, con una voz profunda que se abrió paso limpiamente en medio del barullo—: Haya hecho lo que haya hecho, ustedes lo permitieron.

Luego, tras escudriñar con los ojos por última vez a las

personas de Harlowe, se giró sobre sus talones con hábil movimiento y se dirigió a paso veloz hacia un extremo del escenario, por el lado donde se hallaba la bandera de New Hampshire, y Dixie trotó detrás de él, pegada a sus pies.

Perly dio seis pasos antes de que los asistentes se apelotonaran tratando de salir a los pasillos, al tiempo que le gritaban que se detuviera.

Entonces se detuvo en seco.

A la sombra de la bandera, Bob Gore, con su habitual camisa vaquera holgada y sus Levi's, le cerraba el paso. Sostenía torpemente la pistola con ambas manos y apuntaba a Perly, igual que antes había apuntado a la ventana de la habitación donde dormía Hildie.

Al otro extremo del escenario, Mudgett salió de detrás de la bandera estadounidense con un ágil salto, y todo el mundo vio que también había desenfundado.

Gore dejó de apuntar a Perly con el arma y la volvió hacia Mudgett.

El barullo que se había oído en la sala cesó, como si el mismo aliento de los presentes lo hubiera engullido, y durante largos segundos nadie se movió. Perly se quedó frente a Gore. Gore y Mudgett miraban cada uno la boca de la pistola del otro.

Entonces Dixie saltó en el aire cual centella de color oscuro y aterrizó en el hombro de Gore. Este levantó por puro reflejo el brazo con el que sostenía la pistola y el arma se disparó. El escudo de la ciudad se rompió en pedazos y se precipitó sobre el centro del escenario, envuelto en una nube de polvo de yeso. Gore bramó y rodó una y otra vez por el suelo, agarrando al perro que gruñía sin parar. Mudgett se acercó y bailoteó alrededor de ambos, apuntando en todo momento a Gore con su arma.

Se oyó un nuevo disparo y los niños gritaron. Mudgett gritó y su arma cayó al suelo del escenario con un ruido sordo.

—¡Red! —gritó Perly, y se echó a correr, tendiendo ambos brazos en dirección a Mudgett. Pero en vez de detenerse a ayudarlo, pasó de largo sin más, salió del escenario y escapó por el ala donde estaba la bandera estadounidense. Dixie, que se había girado al oír el disparo, abandonó a Gore y corrió detrás de Perly.

Un grito resonó en la sala. Mudgett estaba de pie, pálido, agarrándose el brazo derecho. La sangre le empapaba la manga y goteaba en el suelo. Y Gore se incorporó, tembloroso, y buscó su propia pistola entre los remolinos de polvo de yeso.

Era Ezra Stone quien corría escalera arriba hacia el escenario, subiendo los escalones de dos en dos, arma en ristre, y se dirigía hacia el ala por donde había desaparecido Perly.

Gore recogió su pistola y lo siguió. Luego, varios hombres se separaron de la multitud y corrieron hacia las salidas.

Mudgett se apretaba el brazo ensangrentado y tenía los ojos vidriosos de puro miedo. Su mujer, entorpecida por el embarazo, se le acercó con pasos tambaleantes, y luego se detuvo, con ojos desorbitados, temerosa de tocarlo.

15

Al sonar el primer disparo, muchos de los vecinos del pueblo se habían echado de cuerpo a tierra. Luego se levantaron y trataron de hallar a tientas a sus familiares. Todo el mundo hablaba a la vez. Agnes lloraba ruidosamente. Mim abrazaba a Hildie, que al oír los disparos se despertó y se había puesto a llorar, y John rodeaba con el brazo a la Yaya.

Las puertas dobles del fondo se abrieron de golpe y un aire frío invadió la sala hasta entonces cerrada. La Yaya rescató su abrigo y sus bastones de entre las sillas de madera caídas y todos los Moore recorrieron con pasos lentos el pasillo central. Al llegar a las puertas, se detuvieron. En vez de irse cada uno a su casa, las personas del pueblo caminaban por el césped en pequeños grupos, en dirección a la casa del subastador, como si estuvieran hipnotizados.

El edificio, iluminado como para una boda o un baile, arrojaba su resplandor sobre la mayor parte del césped. Todas las ventanas brillaban, hasta en el granero donde se habían celebrado subastas. En el césped de la entrada había seis focos que hacían relucir la pintura blanca reciente y su luz se reflejaba con gélidos destellos en los calados de madera que se hallaban bajo los aleros. Lo único que empañaba la brillante fachada eran las trémulas y negras sombras de los arces desnudos. Y en lo alto, el lince se encorvaba como siempre, inquieto, moviéndose en lo alto de su veleta.

Los Moore cruzaron la calle Mayor con todos los demás en dirección a la casa. Bob Gore gritaba a la multitud:

—¡Atrás! ¡Atrás!

Los Moore se detuvieron detrás de la turba. Bob Gore, Ezra Stone y Tom Pulver se dirigían a la casa pistola en mano. Iban agazapados como felinos, escudándose en los arbustos de tejo y madreselva, siempre en busca de la oscuridad más densa que les brindaban los árboles.

—¡No se acerquen! —gritó Gore, volviendo la cabeza—. ¡Quizás esté armado!

Los que iban al frente retrocedieron un paso o dos.

—¿Quién? ¿Perly? —preguntó John.

—Ezra dice que está ahí —repuso Sam Parry, dándose la vuelta hacia John con el ceño fruncido.

Ian James llegó corriendo por el césped desde el parque de bomberos, con un megáfono al extremo de un largo cordón. Por un momento miró hacia arriba, hacia la casa deslumbrante, se volvió luego para contemplar el gentío, y por fin se llevó el megáfono a los labios. Pareció que sus palabras amplificadas surgieran a la vez de todos los extremos del jardín.

—¡Vamos, Dunsmore! ¡Sal con las manos sobre la cabeza!

La casa, con sus luces, parecía titilar en aquella quietud. El lince de la veleta se movía de un lado para otro, y unas últimas hojas cayeron revoloteando de las copas de los arces.

Las personas aguardaban y escudriñaban las ventanas transparentes.

—¡Vamos todos por él! —gritó una aguda voz de tenor desde el final de la muchedumbre.

Las personas se voltearon y descubrieron a Jimmy Carroll, que se veía flaco y duro en su vieja chamarra de mezclilla. Nadie había sabido de él desde que dejó a Emmie en la residencia y desapareció con los hijos que le quedaban.

—¡Jimmy! —gritó Agnes.

El hombre se echó a correr. Cuando ya estaba cerca de la puerta de entrada de la casa, se volvió y se encaró con el gentío.

—¡Voy a matarlo! —advirtió—. Por Emmie.

—¡No! —gritó Bob Gore. Corrió hasta los primeros escalones del cobertizo y agitó los brazos en un intento de interceptar a Carroll. Pero Carroll dio un salto, a la vez que profería un alarido estridente, y apartó a Gore de un empujón.

Gore se tambaleó y se detuvo unos instantes.

Carroll asestó un golpe en el cerrojo y la pesada puerta principal se abrió. El hombre desapareció en el interior de la casa y momentos después la multitud silenciosa oyó el ruido de cristales rotos.

—¡Vamos allá! —gritó Cogswell, y obligó a Agnes a soltarlo, pero después vaciló y retrasó a los demás.

Todos empezaron a empujarse unos a otros sin ton ni son, pero no se acercaron.

De pronto se quedaron inmóviles al oír un grito, como el chillido de un zorro herido. Molly Tucker subió corriendo al cobertizo y, dándose la vuelta, dio un golpe sobre la barra. Era una mujer menuda, morena, con muñecas y tobillos muy delgados que sobresalían cual bastones de un abrigo azul deshilachado. Su familia no le había permitido ir al pueblo desde que su hijo menor se ahogó en un pozo. En aquel momento sus palabras sibilantes resonaban por encima de las cabezas de la gente, distorsionadas por la conmoción y por su propio frenesí.

Mickey se abrió paso entre la multitud y subió disparado por las escaleras, pasó por el lado de Molly y entró en la casa. Arthur Stinson y Frank Lovelace lo siguieron corriendo. Ian James y Ezra Stone intercambiaron una mirada y subieron juntos por las escaleras con pasos lentos y resueltos.

John apartó de su brazo la mano de la Yaya y se dirigió a la casa. Para cuando llegó a los escalones del cobertizo, se encontró en medio de un apilamiento de cuerpos que trataban de entrar. Unas pocas personas que se hallaban en los extremos se apartaron para ir a probar con las otras puertas.

Bob Gore gritaba objeciones y agitaba el arma ante la multitud, con el rostro desencajado por la frustración. Pero el tumulto en el césped se había vuelto tan abrumador que sus intentos por proteger la casa apenas si tenían más efecto que la actuación de un mimo.

John, empujado por los que se hallaban a sus espaldas, no pudo hacer nada al pasar frente al arma de Gore, salvo mirarla con prevención. Por fin, Gore se dio la vuelta y negó con la cabeza. Docenas de siluetas oscuras pasaban ya de un lado a otro por detrás de las ventanas iluminadas.

En cuanto estuvo dentro, la presión del gentío cesó y John quedó libre. Se detuvo unos instantes. Todo relucía. Los colores intensos de las alfombras orientales sobre suelos de madera de roble pulida habían reemplazado al linóleo de Amelia, y una delicada araña de cristal había sustituido la lámpara de vidrio rosado. Por doquier había luz y resplandor de madera bien aceitada.

John subió de tres en tres los peldaños de la ancha escalera. La gruesa alfombra azul silenciaba sus pasos. Sus dedos tocaban las curvas del barandal oscuro.

Una vez arriba, corrió hasta que una puerta cerrada lo detuvo al final del pasillo. La abrió y se encontró con un dormitorio. Una hilera de lámparas cercanas al suelo hacía que las blancas paredes relucieran. John se volvió poco a poco y examinó la cama y su colcha de terciopelo verde, el chifonier de madera de roble, una mesa y una silla pequeñas pintadas. Se acercó en silencio a la puerta del armario y la abrió de golpe. Dentro había una serie de trajes oscuros colgados en ganchos. John los golpeó con brazo rígido y se movieron de un lado a otro sin hacer ningún sonido. A pesar de que los tres pares de zapatos del suelo estuvieran indudablemente vacíos, John no dejaba de mirar, como si Perly tuviera que materializarse frente a él.

Por el rabillo del ojo, vislumbró algo que hizo que se volteara, una figura de color verde oscuro que pasaba con ligereza por el otro lado de la puerta. Corrió al pasillo y gritó. Pero el hombre que se giró, con el rostro empalidecido de pura alarma, era Walter French.

John pasó a la siguiente puerta del pasillo y la abrió de un tirón. Dentro encontró un baño, todo él de una blancura cegadora: la bañera con patas de garra, las paredes desnudas, los cuatro fluorescentes. Se dio la vuelta para salir y chocó con una figura que pasaba corriendo. Era Tom Pulver. Ambos se separaron el uno del otro y se miraron, casi sin reconocerse, luego retrocedieron y, con cuidado de esquivarse, continuaron en direcciones opuestas.

John se lanzó a correr de nuevo, cobró velocidad, fue de puerta en puerta por el pasillo. Por fin, en un dormitorio, se detuvo. Los ojos le escocían y le faltaba el aire.

Dan Rouse estaba arrancando las cortinas de las ventanas y gruñía de satisfacción cuando el tejido sedoso se desgarraba. Una barra transversal cayó con gran estrépito.

John pateó las cortinas caídas y miró por la habitación. Tan solo cuando Rouse pasó a la estancia de al lado, vio el tocador: su madera de nogal pulida con tonos oscuros de gran belleza, su elegancia más acorde con aquel lugar que con el sencillo dormitorio de la casa de los Moore. John se dio la vuelta y apoyó todo el cuerpo contra la puerta, y presionó las manos contra las jambas en un esfuerzo por contener su ira.

Cogswell salió dando bandazos del dormitorio de enfrente.

—¡Escapó! —gritó John—. ¿Escapó, Mickey?

El rostro de Mickey había enrojecido de pura rabia.

—Lo voy a encontrar —prometió—. Maldita sea... —Calló, y él y John se encontraron con que estaban mirándose el uno al otro, con el rostro desencajado de puro desconcierto.

Sin sonido alguno ni advertencia, todas las luces se apagaron. Un atónito silencio envolvió la casa, como si la vida se hubiera apagado al mismo tiempo que la luz.

Se oyó una voz de mujer:

—¡Está aquí!

Se oyó un impacto suave cerca de John y un hombre gritó sorprendido.

Poco a poco, John salió de la negrura y regresó al dormitorio del que acababa de salir, donde los pálidos rectángulos de las dos ventanas revelaban al menos los contornos de cuanto había en la habitación. Se apoyó contra una de las ventanas y aguardó.

En cuanto sus ojos se habituaron a la penumbra, creyó detectar una oscura silueta erguida, perfectamente silenciosa, pegada a la pared que tenía enfrente. Abrió la boca para hacer un comentario trivial y entonces recordó que había salido momentos antes de aquella habitación y que la había dejado vacía. La boca se le secó.

Al ver que la figura no se movía, John empezó a deslizarse poco a poco hacia la puerta a lo largo de la pared. Con un movimiento casi imperceptible, la figura también se acercó a la puerta. John se detuvo. La figura se detuvo. John volvió a moverse. Y la figura se movió de nuevo.

John se arrojó con furia contra la figura. Unos brazos musculosos lo atraparon y cayó al suelo con la cara contra la garganta del otro hombre. Ambos rodaron por tierra, se dieron patadas y gruñeron. Entonces el otro sujetó con firmeza los hombros de John.

—¡Suéltame! —le ordenó con voz distante y en absoluto familiar—. ¿Qué te crees que estás haciendo?

Por puro reflejo, John lo soltó.

Entonces, sin saber cómo había ocurrido, se encontró con que estaba echado boca arriba y trataba de abrirse paso a través de varias capas de sueño, e intentaba alargar el brazo y detener el intenso dolor que sentía en la nuca. De algún modo logró poner los pies debajo del cuerpo y anduvo tambaleándose hacia la negra silueta de la puerta, y salió al pasillo. Pero el hombre había desaparecido. John tropezó en el umbral y se cayó sobre el barandal.

—¡Ya lo tenía! ¡Ya lo tenía! —gimoteó.

—¡¿Ya lo tenías?! —repitió un hombre—. ¿Quieres decir que está por aquí?

John se agarró al barandal y, en un esfuerzo por recomponerse, miró hacia abajo, al oscuro pozo de la escalera que conducía al vestíbulo de la entrada.

—No lo sé —respondió—. ¿Cómo diablos voy a saberlo?

El otro hombre se alejó. Sus pasos resonaron sobre los peldaños no cubiertos por alfombras que conducían al tercer piso.

Abajo, en el vestíbulo, el fulgor de las linternas de bolsillo empezó a moverse con cautela de un lado para otro. Alguien gritó:

—¡Velas!

Y al cabo de poco subieron por las escaleras, cada uno de ellos protegiendo una frágil llama con la mano.

John empezó a bajar poco a poco por las escaleras. Al llegar al fondo, se metió en la sala. A la luz anaranjada y titilante de los periódicos que ardían en la chimenea, Frank Lovelace destrozaba con metódicos pisotones una mecedora hecha con delgadas piezas de madera de pino y arrojaba sus rotos pedazos al fuego.

—Debe de haber un centenar de personas en esta casa —dijo con su voz lenta y pesada.

—Perly es demasiado astuto como para esconderse en su propia madriguera —afirmó Dan Rouse.

—Pues entonces, ¿qué hacemos aquí? —gritó Arthur Stinson—. ¡Maldita sea!

Pasó un brazo sobre la repisa de la chimenea y un montón de velas y adornos diversos se estrellaron contra las baldosas del hogar.

Lovelace arrojó al fuego el grueso asiento de la mecedora y por unos momentos la llama perdió fuerza.

—Buena pregunta —dijo con seriedad.

John se dio la vuelta. El comedor que se hallaba al otro extremo del vestíbulo estaba iluminado con siete velas. Fanny Linden y Janice Pulver revolvían los cajones del aparador. John se acercó y vio que estaban llenando una bolsa de compra con cubiertos de plata.

—Fanny... —empezó a decir.

La mujer volvió su cara de luna hacia él.

—Todo esto lo robó, ¿no? —le respondió con sequedad.

Janice Pulver estaba examinando un tenedor que sostenía con la mano y ni siquiera se dignó a mirar a John.

—Ha dejado las luces encendidas y la puerta abierta, ¿verdad que sí? Tú vete para allá y trata de encontrar a ese gran personaje, si es que crees que es tan idiota. —Arrojó el tenedor a la bolsa—. Yo, por mi parte, me conformo con esto.

—Ellos también —añadió Fanny, y señaló con la cabeza en dirección al vestíbulo.

Walter French se había quedado atascado en la puerta principal con un sillón y los demás se apiñaban detrás de él en el vestíbulo y protestaban. Jane Collins se hallaba en lo más alto de la escalera y tanteaba con el pie en busca de los peldaños, porque el montón de pinturas y espejos ornados que sostenía entre ambos brazos le impedían ver por donde andaba. Agnes Cogswell y Jerry cargaban con una mesa colonial y la anciana Adeline Fayette aguardaba junto a la puerta con su frágil dignidad habitual, abrumada por el peso de un par de candelabros de plata.

De pronto, Jimmy Carroll bajó por las escaleras abriéndose paso a empellones.

—¿Qué están haciendo? —gritó. Agarró a Jerry por el cuello de la camisa—. ¿Dónde está Perly? —preguntó al muchacho—. ¿Acaso les da igual?

Todos se detuvieron por unos momentos y lo miraron a la luz incierta. Sam Parry estaba al pie de la escalera, apoyado contra la pared.

—Está por aquí —insistió Carroll.

—¿Y eso cómo lo sabes? —replicó Parry.

—Tiene que estar por aquí —dijo Carroll, pero soltó a Jerry. Miró a su alrededor, a los rostros dubitativos, y negó con la cabeza. Cerca de la chimenea del vestíbulo, descubrió un bote de basura metálico repleto de cartas y revistas viejas. Tomó una vela encendida de la repisa de la chimenea y la arrojó dentro. Con un sonido como de racha de viento, la basura empezó a arder. Carroll seguía erguido detrás de ella, con rasgos que se habían vuelto insustanciales e imprecisos en el baile de las llamas. Dio una patada al bote y este rodó sobre el suelo pulido hasta quedarse en medio de la multitud.

—¡Vamos a hacerlo salir con humo! —gritó, mientras la gente retrocedía—. ¡Vamos a hacerlo salir con humo!

John se quedó mirando el bote de basura en llamas. En cuestión de minutos el vestíbulo se llenó de humo. Se oyeron gritos de «¡fuego!» y todo el mundo se echó a correr hacia la puerta, gritándoles a quienes estaban más adelante para que no se quedaran quietos. Tosían y se peleaban por ver quién salía primero, pero ninguno de ellos soltó las sillas, ni las mesas, ni los montones de electrodomésticos, vajillas, mantelería y ropa que hacían que el éxodo fuera tan lento.

John miró a lo alto, a las piezas de cristal de la araña, cuyas brillantes facetas centelleaban con la luz dorada que reflejaban del bote de basura en llamas. Todas las noches, el subastador había pasado bajo su espléndida y luminosa simetría al entrar en aquella casa. John alzó el brazo, agarró un puño de piezas de cristal y las arrancó de un tirón. Mientras se abría paso a empujones por entre la muchedumbre que esperaba para salir por la puerta, la araña se meció de un lado para otro y tintineó en amarga disonancia.

En la sala, Arthur Stinson vaciaba una lata de queroseno de dos litros. Estaba empapando el sofá y los cojines. Rouse y Lovelace miraban con el ceño fruncido y los brazos colgando a ambos lados del cuerpo.

—¡Que el humo lo haga salir! —gritó una voz, y alguien apartó a John de un codazo e irrumpió en la sala. Stinson se enderezó con su lata de queroseno.

—¡Vamos a ver si esto te gusta, Perly! —gritó el recién llegado, y John reconoció a Sonny Pike por el brazo en cabestrillo.

En el exterior, las personas del pueblo que no habían entrado en la casa —en su mayoría, madres con sus hijos— se habían juntado en una larga hilera al otro lado de la calle. Cerca de uno de sus extremos se encontraba Mim, arrodillada en el suelo con

Hildie dormida en sus brazos. Un poco más allá se encontraba la Yaya, apoyada en sus bastones.

—¡Johnny! —gritó Mim, aliviada, al ver que venía. Entonces, cuando estuvo cerca, sostuvo a Hildie a un lado y preguntó—: John, ¿qué demonios...?

John se volvió y miró hacia la casa. Se metió las manos en los bolsillos para frenar el temblor y cerró el puño derecho sobre las gélidas lágrimas de cristal.

—No está allí dentro —dijo—. Tan solo hay un montón de baratijas.

—¿Crees que no está? —preguntó Mim. Observó a la gente que salía de casa con el botín y cruzaba la calle para unirse a la multitud cada vez más numerosa.

Tom Pulver y Arthur Stinson salieron corriendo por la puerta de atrás. Cada uno de ellos llevaba una lata roja de gasolina.

En las ventanas del comedor había un tenue destello de luz. Se apagó y luego volvió a inflamarse, teñido esta vez con el color anaranjado del fuego. Entonces las llamas iluminaron una de las ventanas del comedor y se extendieron a rachas por la estancia, al tiempo que las cortinas se incendiaban.

Bob Gore corrió por el césped hasta el parque de bomberos. Estaba iluminado y con las puertas abiertas de par en par en plena noche. Dentro se hallaban la ambulancia de Perly y los dos grandes camiones de bomberos adquiridos con las ganancias de una docena de subastas anuales, sin nadie que les diera uso.

—¡Vengan! —gritó Gore.

No acudió nadie.

Se detuvo y se volvió hacia la hilera de personas que conocía bien. Lo único que permitía distinguir sus rasgos era la luz vacilante del fuego que ardía en el interior de la casa, pero sus figuras apiñadas eran nítidas y no se movían. Gore los observó durante unos pocos minutos. Luego cruzó los brazos y caminó de nuevo hacia ellos, con pasos lentos.

Las llamas amarillentas se habían apoderado ya de la sala de estar y, de pronto, las cortinas de cristal del comedor estallaron en una lluvia de centellas. En dos de las ventanas del piso superior, una trémula luz dorada se hizo visible a través de los vidrios oscuros.

—¿Y si todavía está dentro? —susurró Mim. Apoyó la cabeza dormida de Hildie contra su hombro y se mordió con fuerza un nudillo.

—No está —respondió John, ahogándose en su propia ira—. Todo esto es una pérdida de tiempo.

—Pero ¿y si está? —insistió Mim.

El fuego envolvía también el granero, pero la gente seguía corriendo al interior de este para llevarse bombas de agua, desnatadoras y podadoras eléctricas. Cuando las llamas se volvieron visibles en un número mayor de ventanas, lo único que quebró ya el silencio fueron las pisadas y el jadeo contenido del propio incendio. Las personas del pueblo se apiñaban más y más, se apoyaban unas en otras, mientras contemplaban como en trance el fuego que se extendía por la casa.

—¡Está allí! —gritó Sally Rouse. Y luego, con toda la fuerza de su voz—: ¡Está allí dentro!

Pero, aun así, durante un largo silencio, pareció que no hubiera más vida que el destello del propio fuego tras las ventanas cubiertas de hollín.

Entonces todos los que estaban allí, uno tras otro, lo vieron. En la lucerna central del desván, donde aún no brillaba el fuego, una blancura espectral aparecía y desaparecía. Y debajo de esta, la sombra de un torso y unos brazos se agitaban contra el negro cristal de la ventana. Unos dedos pálidos empezaron a moverse contra los travesaños, tocaron los vidrios, trataron de abrir la ventana con lentitud ritual. No cedió. Las manos pugnaban, lejanas, ineficaces y oníricas.

Entonces, en un arranque que demostraba energía, la figura se enderezó y golpeó con el pie la parte de abajo de la ventana. Llovieron cristales sobre el techo del cobertizo y todo el mundo pudo ver bien la suela amarilla y marcada de una bota de trabajo.

Salió un hilito de humo por la abertura y, al cabo de unos instantes, el destello dorado del fuego se hizo visible en el desván. La sombra oscura se derrumbó contra la parte de arriba de la ventana. Algo empezó a arder a sus espaldas. A la luz de la breve llamarada, los habitantes del pueblo reconocieron las prendas de trabajo verdes, y la estatura y la fuerza del hombre que buscaban. La blancura era una toalla que se había envuelto en torno a la cabeza.

—¡Traigan una escalera de mano! —gritó Sam Parry—. ¡Que alguien traiga una escalera!

Él mismo se echó a correr y dio unos pocos pasos en dirección al parque de bomberos, y luego se detuvo y miró a su alrededor en busca de auxilio. Bob Gore pasó corriendo por su lado y rodeó la casa en dirección al granero. Ninguno de los otros vecinos del pueblo se movió.

Una nube de humo se extendía sobre el tejado, en torno a la lucerna. De vez en cuando, una bola de fuego se deslizaba por su empinada pendiente y terminaba por desaparecer. Luego, con un estremecimiento, un pilar de fuego se liberó y se elevó hacia el firmamento.

Entonces las llamas incesantes del interior iluminaron la toalla blanca y lisa, y agrandaron y ennegrecieron la silueta de la ventana. Poco a poco, los dos brazos se fueron para arriba, con las palmas hacia fuera. Las manos empezaron a golpear el marco de arriba, hicieron retemblar los cristales y terminaron por romper uno de ellos. La cabeza envuelta en la toalla salió por el boquete para tomar aire, pero el humo también la envolvió y dio vueltas en nauseabundas espirales grisáceas en torno a su cabeza.

Tan solo entonces, alguien se dio cuenta de que Bob Gore subía con una escalera de mano al tejado llano del cobertizo y tomaba posiciones bajo aquella ventana. Ian James lo siguió y entre ambos subieron la escalera de madera a lo alto del cobertizo y la apoyaron contra el alféizar de la alta lucerna.

Molly Tucker gritó, esta vez con voz clara:

—¡Que arda!

Aquella figura forcejeaba con la ventana. Bob Gore empezó a subir por la escalera de mano con un hacha en el cinturón. Mientras subía, la muchedumbre del pueblo se desintegró por pura conmoción.

—¡No! —gritó Jimmy Carroll—. ¡Dejen que se abrase!

Gore se detuvo y se dio la vuelta para contemplar la multitud.

—Vayan a sacarlo de ahí —les apremió la Yaya. Se veía vieja y fatigada bajo la trémula luz.

Un disparo se impuso a la algarabía y redujo al silencio toda la calle Mayor, salvo por el rugido de las llamas, que habían atravesado ya el tejado.

Gore miró a sus espaldas y bajó con rapidez por la escalera de mano.

En la ventana, la figura no se movía. Estaba erguida y aún tenía los brazos en alto, tratando de forzar el armazón de madera que la aprisionaba.

—¡Suban ahí arriba! —bramó Sam Parry.

Gore se había detenido en el travesaño inferior. Esta vez fue Ian James quien subió por la escalera y obligó a Gore a trepar hacia arriba antes que él.

Pero antes de que llegaran a la mitad del camino, sonaron cuatro o cinco disparos. Vinieron de todas direcciones, casi a la vez. Los cristales de la alta lucerna que aún estaban intactos se hicieron añicos. La silueta, poco a poco, se encogió, se agarró a los bordes mellados del cristal roto mientras se desplomaba, y desapareció de la ventana.

Bob Gore se acercó al borde del tejado y se encaró con la multitud. La muchedumbre le hacía frente, sin expresión en el rostro ni movimiento alguno. No se veía ningún arma entre las negras sombras y todos los ojos estaban fijos en la casa en llamas y en su ventana vacía.

Gore se dio la vuelta y subió de nuevo por la escalera. Golpeó el marco de la ventana con el hacha, hizo astillas la madera vieja y dejó salir una nube de humo. Tosió y se agachó. Luego respiró hondo, apoyó una pierna sobre el alféizar y se asomó a la habitación.

Los miembros que en otro tiempo habían sido gráciles, envueltos en ropa de trabajo limpia de color verde, se debatían con torpeza y se resistían a sus esfuerzos por agarrarlos. Por fin, logró pasar los brazos por encima de uno de sus hombros y las piernas sobre el otro. James sujetó la escalera y Gore bajó cargándolo.

El cuerpo se sacudía de un lado a otro al ritmo de los movimientos de Gore, y la toalla que le envolvía la cabeza, empapada y reluciente con el color de la sangre, empezó a desenrollarse. Cuando Gore llegó al final de la escalera y se dio la vuelta para dejar el pesado cuerpo sobre el tejado del cobertizo, la toalla se soltó del todo y cayó.

Los cabellos no eran castaños ni rizados. Eran lacios, sedosos, castaños. Los ojos miraban sin ver, y no eran negros, sino de un color azul grisáceo. Y el rostro era el de Mike Cogswell.

Con un suspiro, el fuego atravesó el techo del granero. Se elevó más y más, convergió con el fuego de la casa, y ambos terminaron en una delicada punta a treinta metros de altura. Al cabo de un rato, las paredes de la casa y del granero se transformaron en un raído manto de llamas anaranjadas, traspasado tan solo por el contorno de las vigas principales.

Las personas de Harlowe no se quedaron a ver cómo las vigas se quebraban y se venían abajo, y se transformaban en negras diagonales y reducían a escombros la mansión de Perly Dunsmore. Las familias se juntaban y se iban.

John tomó a la Yaya por el codo y la guió hacia la camioneta. Mim los siguió con Hildie en brazos.

La Yaya obligó a John a soltarla y caminó pesadamente entre sus bastones.

—Te quedaste parado —dijo la anciana—. Era Mickey Cogswell... y te quedaste parado.

Mim estrechó a Hildie contra su cuerpo.

—Nosotros queríamos mucho a Mickey —dijo—. No sabíamos que era él.

La Yaya se volvió de pronto y los obligó a detenerse.

—¿Acaso son Dios todopoderoso? ¿Cómo pueden quedarse sin hacer nada mientras un ser humano se quema vivo? —gritó.

John se detuvo.

—Yo no le disparé, Yaya —murmuró entre dientes.

La Yaya levantó el bastón.

—Tampoco vi que corrieras allá arriba para bajarlo.

—John ya tenía bastante trabajo cuidándonos, Yaya —respondió Mim, y alargó la mano para tocar la de la anciana.

—No —dijo John con sequedad—. Yo quería que Perly muriera.

La Yaya miró al suelo y apoyó todo su peso en los bastones.

—Johnny —repuso con voz trémula—, yo también me regocijé con lo que estaba ocurriendo.

Entonces la Yaya levantó el rostro y comenzó a caminar. Las lágrimas encontraron las profundas arrugas de su piel.

—Lo único con lo que contábamos para detenerlo era la justicia —dijo—. Ahora hemos renunciado a ella también.

John ayudó a la Yaya a subir a la fría camioneta y Mim entró después de ella con Hildie. John arrancó el motor y la familia aguardó en silencio mientras se calentaba.

La nieve que se había hecho esperar durante días enteros empezó a caer. Los copos grandes y pesados iban a parar al fuego y se derretían con un diminuto siseo. Caían sobre la lona que cubría el rostro de Mickey y sobre los habitantes del pueblo que se alejaban de la calle Mayor. En Constance Hill se acumuló con rapidez, cubrió árboles y tejados, se amontonó sobre la nueva capa de hielo del estanque y ocultó como un manto la tierra helada. Quizás, en algún lugar, cayera también sobre el subastador.

EPÍLOGO

En memoria de Joan Samson

El subastador, la primera y —como después se vio— única novela escrita por mi esposa Joan Samson antes de que un cáncer cerebral se la llevara a la edad de treinta y ocho años, apareció en 1976. Ahora que han pasado más de cuatro décadas, quizá no debería sorprendernos que este libro vuelva a ser objeto de atención. Aparte de los elementos que en un primer momento suscitaron tanto interés, la angustiosa novela de Joan cuenta una historia que, a ojos de muchos lectores, debe evocar lo que ahora mismo está sucediendo en Washington. Por supuesto que las similitudes entre la destrucción desatada por un personaje ficticio como Perly Dunsmore en *El subastador* y los actos del presidente actual de los Estados Unidos *(N. T. En el momento en el que se escribieron estas líneas, Donald Trump)* están sujetas a la opinión de cada uno de los lectores.

Para mí, en cualquier caso, la reedición de esta novela tiene un significado distinto, un significado más personal y que, debido al carácter visionario de la obra de Joan, llega mucho más lejos que lo que ocurra ahora mismo en la Casa Blanca.

El editor entiende que esta novela es «un clásico de la ficción estadounidense moderna». Como marido que fui de su autora, no soy el más apropiado para juzgar sus méritos literarios. Sin embargo, sí experimenté de primera mano las circunstancias que llevaron a Joan a escribir *El subastador*. Así, por el interés que esto pueda tener, permítanle a este octogenario, ahora que aún conserva al menos en parte sus facultades, que les cuente «la historia que está detrás de la historia».

Al principio, Joan se propuso escribir un relato que reflejara en toda su intensidad una pesadilla que había padecido sobre un subastador que llegaba a un pueblo pequeño de New England y empezaba a estafar, intimidar y aterrorizar a los residentes a fin de arrebatarles todo lo que estos amaban —lo que en último término incluía sus tierras y hasta sus propios hijos— y luego, les gustara o no, vender los «objetos» así obtenidos en subastas semanales destinadas a conseguir fondos para la siniestra policía de Perly.

Pero, aunque al principio no hubiera tenido más intención que contarnos en detalle esa pesadilla, Joan no tardó en añadir una nueva e importante dimensión a la historia. Puso el foco en el íntimo sufrimiento de una familia específica de granjeros, una de las muchas que el subastador había elegido como víctimas, una pareja formada por John y Mim Moore, acompañada por la madre de John (la Yaya) y su hijita Hildie.

La identificación de Joan con esa rústica familia y su apasionado apego por las tierras que trabajaba tenía profundas raíces personales. Su madre Helen, con quien Joan tuvo una relación muy estrecha, creció en una primitiva granja de la provincia canadiense de Saskatchewan. Helen, que era ella misma una narradora nata, alimentó la imaginación de Joan con historias sobre amplias praderas, por donde los caballos de la familia rondaban en libertad durante todo el invierno, sin más responsabilidad que hallar bajo la nieve hierba suficiente para llenarse el estómago.

Con tales visiones implantadas en su imaginación infantil, no es de extrañar que Joan, a mediados de los sesenta, aprovechara con entusiasmo la oportunidad de adquirir —por tan solo 8 300 dólares, una ganga incluso en aquellos tiempos— una casa colonial ruinosa junto con un terreno de cincuenta hectáreas en una comarca interior de New Hampshire. Joan y yo mismo acabábamos de regresar de un viaje de dos años en el que habíamos merodeado por Europa en un viejo Volkswagen, acampando en largos trechos del camino en una tienda iglú inflable, durante lo que fue una larga luna de miel *hippie*.

En aquel momento nos parecía que nuestra buena fortuna no iba a terminar. A falta de las credenciales necesarias, la universidad me dio trabajo como profesor de inglés en los alrededores de Boston, con un sueldo de miseria, pero no nos importaba. Joan empezó a escribir y, después de que quedara embarazada y naciera nuestra hija Amy, publicó *Watching the New Baby*, una gozosa narración a partir de la observación atenta de los primeros meses de la niña.

Al cabo de poco tiempo, los tres empezamos a pasar los fines de semana en New Hampshire. En el verano siguiente conocimos a nuestros vecinos más cercanos, que vivían a casi dos kilómetros de distancia por un camino de tierra: los Wheet, cuya casa estilo Cabo Cod y establo grande e imponente, aunque desvencijado, tenían vistas a un estanque, el Lougee, más conocido por las personas del lugar como estanque de la Mofeta, sin más edificaciones en sus orillas. Detrás de la casa de los Wheet se alzaba una elevada colina, a la que Joan y yo solíamos subir acompañados por Amy para contemplar la casa y el estanque. «Esto es el paraíso», decíamos con un suspiro.

No era un paraíso, ni tampoco lo era ninguno de los terrenos que la rodeaban, tampoco el viejo cementerio que hallamos en pleno bosque, cubierto de una hiedra venenosa que atacó a Joan y la obligó a cubrirse toda la piel con cinta adhesiva para no terminar rascándose hasta sangrar. Mientras sudábamos en los trabajos de restauración del edificio y arrancábamos la maleza enmarañada que lo rodeaba, descubrimos que lo que habíamos hallado no era en absoluto un paraíso. Pero al final de cada uno de aquellos largos días, después de nadar en el estanque, contemplábamos nuestra nueva casa a la escasa luz del crepúsculo. Empezamos a ver que aquello era mejor que un paraíso. Habíamos hallado un hogar.

Joan y yo también empezamos a ver —y lo confirmaríamos una y otra vez durante los años siguientes— que el hogar se hallaba en todo lugar donde estuviéramos juntos. Joan lo expresó una vez de la mejor manera posible: «Somos uno».

Así, ¿qué importó que ese tiempo no fuera largo? Poco más de una década. Pero no podíamos quedarnos en eso. A ambos nos costó aceptar la lección: el valor de lo que habíamos disfrutado no se medía por lo que durara. Yo he tenido más tiempo para descubrir esa verdad. Joan tan solo contó con algunos meses, una vez que empezó el cáncer. Pero, aparte de nuestro amor, Joan también gozó de la satisfacción de haber escrito *El subastador*. Trató de tenerlo en cuenta mientras el cáncer avanzaba, y por lo general se sintió contenta con ello, aunque cuando ya faltaba poco para el final a veces gritara: «¡Renunciaría ahora mismo a ese libro con tal de recobrar mi cuerpo!».

Joan no pudo elegir. Por ello, todavía encuentro consuelo en su hermosa obra.

Warren Carberg
2018